中国政府出版品国际营销平台精选图书·文学书系　　　王昕朋 主编

我们唱歌

We Sing

韩永明　著

中国言实出版社

图书在版编目（CIP）数据

我们唱歌 / 韩永明著 . -- 北京：中国言实出版社，
2021.1
（中国政府出版品国际营销平台精选图书·文学书系 /
王昕朋主编）
ISBN 978-7-5171-3642-2

Ⅰ.①我… Ⅱ.①韩… Ⅲ.①中篇小说－小说集－中
国－当代②短篇小说－小说集－中国－当代 Ⅳ.① I247.7

中国版本图书馆 CIP 数据核字（2020）第 256018 号

出 版 人　王昕朋
责任编辑　罗　慧　李　岩
责任校对　张国旗

出版发行　中国言实出版社
　　　　　地　　址：北京市朝阳区北苑路 180 号加利大厦 5 号楼 105 室
　　　　　邮　　编：100101
　　　　　编辑部：北京市海淀区花园路 6 号院 B 座 6 层
　　　　　邮　　编：100088
　　　　　电　　话：64924853（总编室）　64924716（发行部）
　　　　　网　　址：www.zgyscbs.cn
　　　　　E-mail：zgyscbs@263.net
经　　销　新华书店
印　　刷　北京中科印刷有限公司
版　　次　2021 年 1 月第 1 版　　2021 年 1 月第 1 次印刷
规　　格　880 毫米 ×1230 毫米　1/32　9.5 印张
字　　数　186 千字
定　　价　58.00 元　　ISBN 978-7-5171-3642-2

有风骨讲美学接通全球

——"中国政府出版品国际营销平台精选图书·文学书系"总序

王昕朋

中国言实出版社是国务院研究室主管主办的国家级出版单位，出版定位是：主要出版党和国家重大政策的研究成果以及相关的辅导读物。1995 年成立以来，我们一直坚持这一出版定位，围绕党和国家中心工作开展出版活动，因而，国内外读者很少见到由中国言实出版社出版的文学类图书。但是，近几年文学界对中国言实出版社已不陌生。这源于出版理念的一次变革。习近平总书记在文艺工作座谈会上的重要讲话指出："一部小说，一篇散文，一首诗，一幅画，一张照片，一部电影，一部电视剧，一曲音乐，都能给外国人了解中国提供一个独特的视角，都能以各自的魅力去吸引人、感染人、打动人。"这给了我们启示、启迪，文学也是讲好中国故事、传播中国好声音的重要途径。所以，我们也用心、用功、用力打造文学板块，并将它推向世界。2018 年 8 月，由中国言实出版社出版的李春雷报告文学作品《朋友——习近平与贾大山交往纪事》获第七届鲁迅文学奖，同时入选"丝路书香"出版工程在国外出版，于是文学界发现，中国言实出版社在文学出版领域同样有不俗的表现。中国言实出版社的文学图书品种少而精，中国文学的声音在通过中国言实出版社持续传播到海外，承载着文化和文学信息的《温文尔雅》翻译成英文、日文、俄文、德文、法文、意大利文、西班牙文、葡萄牙文、阿拉伯文等多种语言向全球推介，英文版、中文繁体版荣获第十三届"输出版引进版优秀图书"奖，长篇小说《京西胭脂铺》一举登榜"中国图书世界馆藏影响力图书 20 强"。付秀莹、金仁顺、乔叶、魏微、滕肖澜、叶弥、戴来、阿袁等 8 位"当代中国最具实力女作家"的作品集同时推出，之所以在名称中冠以"中国"二字，是出于对外推介的考量，其中付秀莹、魏微、戴来等人的小说集后来入选"经典中国"项目在美国出版，产生良好反响。

近年来，中国言实出版社加快国际出版步伐，与英、美、日等多家国外出版单位建立战略合作关系，近百名当代中青年作家的作品陆续推介到美国纽约、日本东京、德国法兰克福等多个国际书展，被多个国家的图书馆收藏，图书受到国外图书界关注，连续 6 年入选中国图书世界馆藏影响力百强出版单位。2015 年经财政部批准立项，中国言实出版社建设并主办中国政府出版品国际营销平台，为推动"文化走出去"提供支持。2020 年，有感于体量庞大的中国当代文学无法快捷地被全球关注所带来的传播学遗憾，有感于年度文学选本出版周期较长，有感于众多具有潜力、实力、影响力的青年作家的作品没有很好的对外传播渠道，中国言实出版社整合资源，决定专门为中国政府出版品国际营销平台的文学板块打造出一种比年度选本出版周期短、对当代文学创作反应更为灵敏的季度文学选本。《中国当代文学选本》应运而生，书名由王蒙题写，选稿编委梁鸿鹰、李少君、王干、付秀莹、古耜皆为业内名家行家，所选作品为国内新近发表的文质兼美的力作。作为一种有公信力的季度文学选本，《中国当代文学选本》因"让国外读者快捷阅读当代中国文学精品"的窗口作用，以及"为中国作家走向世界铺筑交流合作桥梁"的桥梁作用，受到作家、汉学家、国内外读者一致好评。《中国当代文学选本》传播中国声音，讲述中国故事，产生良好社会效益。有鉴于此，中国言实出版社决定打造这套"中国政府出版品国际营销平台精选图书·文学书系"。

出版社并不承担培养作家的使命，但是这套"中国政府出版品国际营销平台精选图书·文学书系"的入选作品多是出自青年作家之手，原因在于，我们始终关注着中国当代文学最具活力与实力的鲜活部分，求取风骨与审美的统一，始终在精心遴选极具当代性的中国文学好声音，始终把推动中国当代文学与全球接通作为出版人的责任，这套"中国政府出版品国际营销平台精选图书·文学书系"的入选作家和作品便是如此。有风骨、讲美学，是选取这套丛书的思考维度。"有风骨"是要对民族精神有所反映，要为人民而文学，要关怀民生，帮助读者把无病呻吟、凌空蹈虚的作品以独特筛选眼光来淘汰掉；而"讲美学"是指中国言实出版社遴选书稿时看重作品的文本质量，内容和形式互为表里，是为美。美为作品飞向全世界插上翅膀，中国言实出版社人始终认为，美是全人类可通融的共同语言，有风骨、讲美学才能接通全球，成为文学精品。这些优秀作品里，都跳动着时代的脉搏，展现着当代中国日新月异的面貌，蕴含着深厚的文化自信。出版是文学生产的终端，对于中国言实出版社而言是文学传播的开始。中国言实出版社将始终秉持"好作品主义"，重视名家不薄新人，盘点、整合中国文学资源，积极开展对外译介和推广工作，自觉地将有风骨、讲美学的文学精品作为永不改变的出版追求。

2020 年 12 月

目 录
CONTENTS

爸　爸

1

丁广青听小唐老师说要他参加演个戏，眼睛瞪得像要吃人。他抓着没几根头发的癞痢头，连说不行不行。小唐老师就给他解释，六一儿童节要来了，学校要求每个班都出一个节目，学前班也要出，所以她想排一个节目，名字就叫《守望》，内容大致是这样的：几个留守孩子，因想念在外打工的父母，放学后就跑到公路上，在路肩上边写作业边等着父母回来。其中一个写着写着睡着了，梦见在外面打工的爸爸回来了，带了好多大白兔奶糖。同学们见她睡着了，就和她嬉闹，把她吵醒了，她哭起来，要同学们还她的爸爸，说得小朋友们都哭了。

丁广青在这里照顾侄儿飞飞上学前班，小唐老师要他演的就是那个梦境里头的爸爸，动作和台词非常简单：一是他背着一个包，拎着一个鼓鼓囊囊的编织袋走上舞台，站住，擦汗，望望自己的家，说"玲玲，爸爸回来了"；二是孩子向他奔跑过来，跑呀跑，他也跑呀跑，父女俩跑到一起，他把孩子紧紧地抱在怀里，放下包，从包里拿出给孩子买的奶糖，说"玲玲，大白兔奶糖，你一直想要的大白兔奶糖"。

丁广青根本就没听小唐老师在说什么，脑子里嗡嗡的，不做主。他长得丑，一个癞痢头，说话口吃，不识字，谁也不把他当个人哩，哪能演戏？

没等小唐老师说完，他就结结巴巴地说："小唐老师，我……这事我……不行……我不是……"

小唐老师没让他说下去，大声说："丁广青，你不要推辞了。我们这个班，老师个个都是女的，家长绝大多数都是爷爷奶奶，都七老八十了，你好歹是个年轻力壮的男人。"

这是在教室里，小唐老师说完抱起一沓作业本走了。丁广青伸一下手，想抓小唐老师的胳膊，可伸到半路又缩回来了。

丁广青回到出租房，正闷头闷脑要进门，突然听到租住西屋的鲁翠花冷不防地喊了一句："丁癞子，老师又找你了？"

丁广青站住，回头瞪住鲁翠花。鲁翠花正坐在门前竹园边上不慌不忙地纳鞋底。丁广青听出她话里的意思了，她以为飞飞在学校里又惹事了，幸灾乐祸。

虽同租一栋房住着，两家关系却不太友好。鲁翠花的女儿英子和飞飞从来没有一起上过学。放学后写作业，英子和飞飞也从来不在一起，一个一张凳子摆在院坝西头，一个一条板凳摆在院坝东头。

丁广青觉得这与他名声不好有些关系。丁广青的哥哥叫丁广汉，三十大几才娶了老婆甘枣花。甘枣花进门没几天，丁广青就把她睡了。甘枣花脑子不灵醒，根本就不知道她是只能和丁广汉睡的。她嘿嘻嘿嘻地和丁广汉说老二和她锄草时脱她裤子了，把苞谷搞断了几根，好可惜。丁广汉心里像被划了一刀，他把头埋下去，又抬起来，想揍老二，可最终也只叹了几声长气。丁广青也三十几了，他们住得又高又偏远，读小学时认的几个字早撒尿时撒得没影了，连出门打个工也不敢，可能再也娶不上媳妇了。以后丁广汉也就睁一只眼闭一只眼了。

从此两兄弟就这样过下来了。第二年便添了飞飞。一晃飞飞五岁了，按要求要上学前班，可学校远，距雨水荒几十公里，上学要大人去陪，料理他生活起居。甘枣花没这个能力，丁广汉就让丁广青来了。

鲁翠花和丁广青并不在一个村，而且住得很远，丁广青不清楚鲁翠花怎么知道他们家这点事的。

这时鲁翠花又补了一句："学校的水管子坏了，厕所满了要掏吗？"

因为学校里没有男老师，也没有杂工，几分菜园子要挑粪水浇，水管子破了要补，等等，老师们就喊他。

见鲁翠花很得意，奚落他，丁广青突然觉得应该把小唐老师让他参演节目的事说出来："小唐老师，要我……"

刘太婆的这栋土房子总共三间，刘太婆住中间堂屋，鲁翠花和丁广青住两头。鲁翠花租的西头原来有个磨坊，见刘太婆空着，便找刘太婆要了做饭。

此时太阳有些斜了，院坝里一半明亮一半阴暗，丁广青的一颗猩红猩红的脑袋在阳光中晃着，光闪闪的，像抹了猪油。

"小唐老师——要你？"鲁翠花哈哈大笑起来，笑得她身后的竹枝乱舞，"丁广青，你说话可真不怕凉牙齿，小唐老师会要你？"

鲁翠花今天为什么主动找丁广青说话？是因为磨坊也就是她的厨房有些漏雨了。雨季马上就来，她想让丁广青帮她捡捡瓦，或者买点石棉瓦、油毛毡加上去。不然，她不会搭理他。

丁广青想不到鲁翠花会这么理解他的话，急得很："我是说……我说……她要我……要我排……节目。"

鲁翠花的眼睛瞪大了："排节目？你说小唐老师要你演戏？"

"嗯。"丁广青说。

"哈哈哈哈。"鲁翠花的哈哈甩得过河，她实在不相信小唐老师会要他演戏。她翻了丁广青几眼，似乎想起什么来："要你演——小丑？"

"演——爸爸。"丁广青说完就转身往自己屋里走了。"爸爸"两个字，他说得很轻，很不理直气壮，因为他搞不清楚他记错了没有。

鲁翠花有些蒙，忘了说要他帮忙捡瓦的事。

2

因为鲁翠花这不经意的一句话，丁广青拿定主意演戏了。他想演给鲁翠花看看。可没想到排戏的时候出了问题：他怎么都说不出台词。

他的台词只有两句话：一句"玲玲，爸爸回来了"，一句"玲玲，大白兔奶糖，你一直想要的大白兔奶糖"。小唐老师让他跟着说，说了几遍，结结巴巴也会了，小唐老师就让他走到教室中间的"舞台"上对远处的"家"说。

可一上台就哑火，一个字都说不出来。

小唐老师给他提示："说啊，'玲玲，爸爸回来了！'"

可还是说不出。

小唐老师瞪着他，看到嘴唇动着动着，就是没有声音出来，脸憋得像泼了猪血，问他："紧张？"

为了演戏，他特意买了一顶蓝色布帽戴在头上，用来遮羞。现在他感到浑身燥热，头皮发痒，他把手插到帽子里去抓头皮，抓了一把汗下来。

扮演玲玲的是英子。英子这时伏在地上"睡"着了。

他没有想到他有这么糟糕。

小唐老师也没有想到会出现这种状况。她想了想，把丁广青叫到一边，扯了两把凳子，让丁广青坐下，自己也坐下来："丁广青，你可能是太紧张了，放松一下就行了。这个节目说是节目，其实就是你们的生活，你们活生生的生活。"

这个节目确实来源于小唐老师的一次散步。那天放学后，她到公路上散步，看到一个奶奶气喘吁吁地追着一个孩子，她帮忙把孩子追到后，才知道孩子是要去找爸爸。又有一次，她看到好几个孩子放学后就直接上了公路，在公路的排水沟上写作业。她问他们怎么在公路上写作业，有人说他们在那里等爸爸，说爸爸打电话来了，要回来看他的。小唐老师当时便悄悄地哭了。这次学校要各班都出节目，她又想起这件事来，就想把它排成个节目试试。

在她的想象中，这个节目排练起来应该很简单，想不到却找不到一个演爸爸的人，因此才让丁广青来演。

小唐老师启发他："你每个星期五都要回去吧，你把自己想象成飞飞的爸爸——"

丁广青的脸一红："我不是飞飞的爸爸。这个你知道的。"

小唐老师也知道丁广青兄弟俩共老婆的事，因为学堂垭的人都当笑话讲。只是她并不像别人那样看待丁广青，而是觉得这很苦涩。

"我是假设。"小唐老师说，说完才知道对丁广青讲假设是没用的，"好了，现在，不在舞台上了，你喊一声试试？"

丁广青嘴巴张了几下："玲，玲，我，我……回来了。"

小唐老师点头："好，把'我'换成'爸爸'。"

"玲，玲……爸……爸回……来了。"丁广青嘴动了半天，总算把这几个字说出来了。小唐老师让他再重复几遍，见渐渐连贯些了，便让他再上台试试。

参加排演节目的学生有八个小朋友，老师跟别人说话去了，他们就在教室里追逐打闹，小唐老师拍拍手掌，让他们迅速站到教室中间。

丁广青也站上去了。小唐老师说一声"小朋友们注意了，现在是玲玲的爸爸上场了"，就让丁广青说。

小朋友们脸上都红扑扑的，迅速站到各自的位置上，眼睛瞪着丁广青。

丁广青脸又陡地红了，又说不出话来了。

飞飞因为没有人照看，小唐老师让他待在教室旯旮里的一张课桌上写作业。这时，他跑上来，飞起一脚踢在丁广青的腿上："爹，你这个蠢货，说啊，爸爸回来了，这都不会！"

丁广青回过头来，瞪了飞飞一眼，揩一下汗，把飞飞抱到边上去："我……不，不是……急的嘛。"

小唐老师搞不懂丁广青为何就说不出这句话，她想，是害羞吗？于是便让英子上场。她给英子说，这个场景是玲玲做梦，玲玲梦到爸爸回来了，朝爸爸跑过去，跑到爸爸身边，嘴里喊着爸爸、爸爸，便扑到爸爸的怀里。小唐老师让英子试试。

英子有些羞涩，她望着丁广青轻轻地说了声："爸爸，爸爸。"

英子叫得很呆板，像读书一样，这当然不行，应该是喊，呼喊，语气里充满焦急、兴奋等，可是小唐老师这时并没有给英子说这些，因为她觉得英子不会有什么问题。她瞪着丁广青说："该你了，你是这样的，先答应一声'哎——'，然后喊，

'玲玲——'"

可是丁广青却把嘴巴紧紧地咬着。

"你答应啊，'哎——'"小唐老师教着他，"这样，声音大点，长一点。好，'哎——'，你说。"

丁广青的嘴仍紧紧抿着，就像谁给他嘴巴上了锁。小唐老师说："难道你不会说'哎'？"

丁广青的嘴唇一瘪一瘪，可没有声音出来，就像一条被扔在岸上的鱼。

小唐老师想了想，走到门外去，长长地叫了一声："丁广青——"

丁广青应道："哎！"

小唐老师走进来，对丁广青说："你会答应啊，就是这样的，声音大点、拖长一点就行了。因为戏中人相隔很远，可能是一道山坡，可能是一个山沟。"

这时又叫英子再叫："爸爸——爸爸——"

英子显然弄懂了小唐老师的想法，比刚才叫得好多了。声音又大又长。英子叫过之后，小唐老师便望着丁广青："答应啊，'哎——'，就像刚才那样？"

丁广青的嘴张了一下，又抿上了。小唐老师看到他脸都憋成了紫色，就像要破了皮，催促道，"说啊，'哎——'"

"哎！"丁广青重重地吼了一声，咆哮一般，把小朋友们吓一大跳。小唐老师也吓了一跳，她禁不住扑哧一笑，继而又摇了摇头。

散了回家，丁广青没有做饭，也没要飞飞写作业，他让飞飞和他再排一遍节目。飞飞喊饿了，丁广青说："饿什么？爹要趁热说那个'哎'，说'爸爸回来了'。怕吃过饭又忘了。"

丁广青确实很担心说不出那两句简单的词儿了。对于这个节目，现在，他有些上心了。他很担心把这戏演砸了。

在学堂垭，丁广青和那些家长们有些格格不入，或者说遭尽冷眼。来学堂垭照顾孩子上学的，大多是爷爷奶奶、外公外婆们，是一支白发苍苍的队伍，像丁广青这样的青壮劳力少之又少。那些爷爷奶奶们、外公外婆们碰到总有话说，还时不时串串门，聚在一起骂人聊天，可见到丁广青都不搭言，头一扭就走了。丁广青知道他们瞧不起他。

他想把戏演好的另外一个动力便是小唐老师。他知道小唐老师是来支教的，是从大城市来的，可她一点也不歧视农村人。她不嫌他长得丑，不嫌他身上臭，她亲自到出租屋里，教他如何给飞飞洗澡洗衣裳，要他经常洗被子，不要让飞飞把尿撒在屋里，弄得屋里臭烘烘的，等等。她还吃过他在柴火灶里烧的土豆，从家里带来的烂豆渣；又从城里找了一大包衣裳、本子、书籍过来，发给同学们，给飞飞的最多。他觉得小唐老师是很不错的人。她让他演戏，是对他的信任，他不能辜负了小唐老师……

"那你要让我去沟那边找罗志军玩一会儿。"飞飞扭着身子，不情愿的样子。

飞飞在学校的处境比他好不了多少，同学们都躲着他，说他身上臭。唯一的好朋友便是罗志军。可罗志军的爷爷已经警告过丁广青好几次了，让他把飞飞管好，免得飞飞把罗志军带坏了。

飞飞非常"皮"。他曾把尿屙在丁广青给他做的竹子汲水筒里，对准女同学喷；曾经把一个炮杖绑在罗志军家的一个小鸡身上，把小鸡炸死了，让丁广青赔了人家五块钱，丁广青揍他，他说是想让小鸡飞上蓝天……

丁广青有些为难，吼道："又想去闯祸？"

飞飞这就抱住他的大胯，摇着，身子一扭一扭地，一声一声地叫爹。丁广青想了想，答应给他买快餐面。

飞飞这才放了他，说："你真是个傻瓜，两句话，都记不住。你就只知道吃，吃！"

丁广青傻笑起来，用手去挠头，然后让飞飞扮玲玲，站在屋角里，趴在地上。

他一会儿便走到屋中间，清了清嗓子，喊道："玲玲——爸爸回来了！"

他没想到喊得这么顺溜，他简直有点不敢相信这是自己喊的，喊完后，便问飞飞："是这样吗？是吗？'玲玲——爸爸回来了！'？"

飞飞却没有听他喊。他又喊了几声，感觉越来越好："第二句，飞飞，我来第二句，你上场，你喊爸爸，喊啊。"

飞飞这时正在玩他的竹筒枪，丁广青几大步走过去，把枪缴了："你上啊，喊爸爸啊，喊啊！"

飞飞跑到门边，望望外面："爹，英子在外头写作业，你叫英子来。"

丁广青望了外面一眼，却没有喊，他害怕鲁翠花。他马着脸对飞飞说："人家正写作业呢，你就当英子，再排戏的时候我就把英子当成你。"

飞飞把手伸到他面前，叫道："快、餐、面！"

丁广青打了一下飞飞的手，骂一句"你这个讨债鬼"，就从衣袋里掏出两块钱递给飞飞。可飞飞一把抓过钱就撒腿跑了。

丁广青这时一个人在屋里练起来："玲玲，玲玲，大白兔奶糖，是你一直想要的……"

丁广青念了一阵，觉得挺熟练了，才开始洗土豆，淘米做饭。他嘴里仍在咕噜咕噜念着，像念经，直到他自己都认为滚瓜烂熟了。

吃过饭，飞飞问他还练不练，他说不练了。他让飞飞写作业，他要检查。

他没有检查过飞飞的作业。飞飞朝他做了个鬼脸："你又不认得拼音。"他说："我对着书上比。"

飞飞写作业时，他开始洗锅，想烧水洗个澡。他感觉自己再不能搞得臭烘烘的了。

3

第二天下午再排戏的时候，情况就好多了。除了有点拘谨，两句台词总算说囫囵了。小唐老师连说有戏，再排几天就像那么回事了。

丁广青也有些自信起来。而且他发现人们开始注意他了。罗志军的爷爷居然还主动跟他说："你这脑袋很吓人的，是要戴个帽子才好，特别是夜里，免得把孩子们吓着了。"

虽然罗志军爷爷这话是在暗里骂他像个鬼，可他还是挺高兴的，毕竟有人主动和他搭话了。

更让他感到很受用的是，排戏回来的路上，英子冷不防叫了他一声"爸爸"，然后一溜烟儿跑了。他一下子怔住了。他突然觉得心里一颤。

他有些奇怪。这些天，英子叫了他千遍万遍爸爸呢。

丁广青脸烧了一下，突然觉得有点惭愧和内疚。

鲁翠花是一个要强的人，做什么事总要高人一头，对英子的要求也一样。英子只要哪天的作业不是优，哪次考试不是第一名，她就往死里打。好几次，丁广青看到英子的手臂上有一条一条血痕。

丁广青这时候很后悔鲁翠花打英子时，他未去劝阻。

回到家，他脑子里还在响着英子那一声爸爸，直到飞飞喊道："爹，我要吃火腿肠，我作业做完了。"

飞飞叫了几声爹，又拿脚踢他，他才醒过来。他答应过飞飞，他排戏的时候，只要飞飞把作业写完，就奖一根火腿肠："哦，吃饭了爹给你买去。"

吃完饭，他拉着飞飞去大屋场的一个经销店，因为那里的火腿肠比学校小卖部的便宜。

这个时候，是学堂垭一天之中最生动的时刻。家长们把孩子接回来了，有的忙着做饭，有的往外面搬桌椅，守在一边看学生写作业……夕阳下的村子，到处飘着炊烟，静谧中透出安详，简直诗意盎然。小唐老师初来之时，看那些白发苍苍的爷爷奶奶们拄着拐杖来这里陪孩子念书，看到这炊烟袅袅的村子，感到很激动，她说这有一种悲壮感。她甚至想把城里的孩子们弄过来看看，让他们了解山里的孩子是怎么念书的，她相信这是对城里孩子进行励志教育的最好现场。

丁广青当然没有这种感觉。他只觉得这里比雨水荒热闹，觉得学堂垭这个地方好。他有些搞不懂住在学堂垭的人，为什么不好好地待在这里，要千方百计往远处搬。

经销店里没什么人，他拿了一根火腿肠正要走，周太婆进来了，来买洗锅洗碗的海绵。她接了两块海绵，用手捻着，数落着海绵差，洗不了几回就不起作用了，而且洗碗洗筲箕都没竹刷好用，让店主从哪儿进点竹刷子来卖。可店主说："现在哪还有人扎刷子卖哟。"

丁广青一直都是用竹刷，都是从家里带来的。因为他们家里有竹子，两兄弟都会扎。听周太婆这么说，便说了一声："刷子我会扎，只要有竹子。"

周太婆瞪着他："你会这？竹子学堂垭哪里不是啊？"

学堂垭的人家，几乎家家都有一方竹园，竹子多的是。可扎刷子要金竹。金竹才能揉出那种细线一般的竹签，而且韧性好，弹性足，耐用。"要金竹。"他说。

周太婆哧地笑了一声，说她的房主那园子里的竹就是金竹，要多少砍多少，反正他们人也不在这儿，也不用竹子。如果丁广青真能扎出竹刷子来，她做主送他竹子，只要给她两把刷子。

丁广青从家里带来的刷子正好也烂了，他想就砍根竹子扎几把吧。

砍竹子的时候，有不少人都围过来，要丁广青多砍几根，扎成刷子卖给他们。

丁广青突然有了一种很好的感觉。他可从没有被人这么注意过呢："好！我在这里也没什么事做，扎刷子卖给你们，我还能挣几个烟钱。"

丁广青扛着几根竹子往回走的时候，想这可能都是因为演戏吧。

4

没想到，小唐老师突然说这个戏不排了。

丁广青今天穿得干干净净，没戴几天的帽子也洗了。听小唐老师说不排戏了，下意识地把帽子取下来："是我……没排好？"小唐老师想了想说："不是，学校不要学前班拿节目了，说孩子太小。"

小唐老师没说实话，真实的原因是鲁翠花提意见了。鲁翠花先说这个戏不好，因为在这里上学的孩子，绝大多数爸爸妈妈都在外打工，他们平常都很想爸爸，这戏一演，真有可能把有些学生演跑了。其次是说，要演也不应该是丁癞子演这个爸爸，这个丑八怪，看到就恶心，而且是一个没一丁点儿道德的人，演爸爸那就是对孩子的侮辱。

小唐老师一开始觉得鲁翠花可能是对丁广青有成见，直到和校长说了这件事，才有些理解了。校长说，学堂垭不到二百个学生，有十六七个学生没爸爸了。马小波和刘雯雯的爸爸在建筑工地上，早上乘升降机去上班，升降机从三十几层楼上掉下来，人下来就成了肉饼；屈五一的爸爸被人拉进去"碰瓷"，断了两条胳膊还进了监狱；那个叫军军的孩子，爸爸直接进了搅拌机……

小唐老师没听说过这些事情，很震惊。她答应不排这个戏了，以免刺激了那些没有了爸爸的孩子们。她说，她简直想象不到这个普通、寻常得像山里的石头一样的"爸爸"在这里成了一种忌讳、一种伤痛、一种稀缺，喊一声爸爸也成了一种奢侈。

丁广青心里很有些失落，就像有人拿刀把他的心剜去了一块。他很想说"不是都排得像模像样了吗"，可看到小唐老师样子很严肃，就把话咽下去了，他傻傻地"嗯"了一声，就拉着飞飞回了家。

做饭的时候，突然听见英子叫爸爸的声音。他扭过头望门外，却没见人，就骂了自己一句："狗日的，什么脑袋，还以为在排戏呢。"

晚上，给飞飞洗了澡，让他在床上睡了，便把晾在外头的竹篾和揉出来的竹签拿进屋来，开始扎刷子。这几天，又有两个人要买他的刷子。

正在这时，英子蹑手蹑脚钻到屋里来了。

丁广青坐到矮板凳上，正把一把竹签捋整齐，拿过两匹篾捆扎着手里的竹签。两匹篾像两条小蛇在嬉戏。

"丁叔叔！"英子的声音不大，站在他旁边，瞪着他。

丁广青想不到英子这时候会钻进来。"英子！"他有点激动，声音有一点颤抖，"有……事吗？"

英子摇着头。

丁广青捡了一张小板凳摆在身边，"坐吧，英子，"他说，"看叔叔扎刷子。"

英子坐下来，把腿一偏，抱住他的胳膊："妈在洗澡，我偷偷跑过来的，我……"她忽地站起来，一只手攀在他肩膀上，把嘴对着他耳朵说："想在丁叔叔的肩膀上靠一会儿。"

丁广青想不到英子会有这种想法，瞪着英子。看到英子眼里亮亮的，像清澄澄的水，闪着好看的光。

他把手里的竹签放下了，让英子靠着他。

"想叫你一声爸爸，真正地叫，行吗？"

他心里一颤。他怎么也想不到小小的英子会有这种想法。他一直以为那天英子在路上叫他爸爸是开玩笑，是调皮，是恶作剧。

"我没叫过爸爸，我也没见到过爸爸，可我常常做梦梦到他，"英子把他的胳膊抓得更紧了，"我不知道……在爸爸的胳膊上靠一会儿是什么滋味，也不知道他答应我了是什么滋味……"

丁广青瞪着英子，看到她眼眶里一下子噙了泪水，喊了一声英子，喉咙却哽住了："英……子，你爸爸……"

"妈说他在海船上，在国外，说我读完小学才能回来。可是我太想他了。"英子说。

丁广青从没有看见过英子的爸爸，也从未看见鲁翠花回家去拿过粮拿过菜。她吃粮食是去经销店买，菜是她在刘太婆房前屋后那些边头边脑的地上种的。

"英子……"他想说句什么，可是不知道要说什么，他觉得脑子里有点乱。他不知道是该拒绝，还是该答应，脸又烧起来。

"爸爸！"英子轻声叫了一声。

"爸爸！"英子又叫了一声，然后站起来，跑出去了。

他这时才像从梦里惊醒一样，望着英子的背影，"哎"了一声。

学堂垭的夜非常非常静，静得就像人睡过去了一样。一般而言，晚上八九点钟后，家家户户的灯光就熄了，大门插好，睡觉了。除了偶尔有打牌的人回家，引起几声狗吠，就再没有别的动静。丁广青很喜欢这样的晚上，因为这样的晚上很好睡觉，一上床，眼一闭，就到了天亮。

可今天，他上床之后，好久都没有睡着。他心里疼兮兮的，脑子里也总是乱糟糟的。

第二天早晨，他送飞飞上学时，望了鲁翠花那边一眼。看到鲁翠花正在锁门，英子站在门前正在准备往学校去，便急匆匆地拉着飞飞走了。他觉得有一点做了什么错事的感觉。

把飞飞送到学校，往回走时，远远地看到鲁翠花拉着英子走来了。他不像往常那样把头一低过去，而是走过去时，瞥了一眼鲁翠花和英子。鲁翠花眼皮耷拉着，没看他，但英子眼睛瞪得大大的，脚步停了一下，望着他还把嘴唇张了两下。

他觉得英子是在"叫"他爸爸。虽然没有声音，但是他听懂了。他也张了一下嘴巴。

回到家里，开始扎刷子。脑子里全是英子，全是英子叫他爸爸的声音。他搞不懂为什么会这样。

他甚至想起了飞飞叫他爹的事，为什么飞飞叫他爹时他没有这种感觉？

在雨水荒，爹的意思既可以是父亲，也可以是叔父，有的亲生孩子叫父亲爹，有的侄儿叫叔父爹。飞飞牙牙学语的时候，他让飞飞学叫爹，学叫爸爸，飞飞叫过他爸爸。可他什么特别的感觉都没有。

究竟让飞飞叫谁爸爸的事，兄弟俩是有过专门讨论的。丁广汉十分慎重地说，要不叫你爸爸吧？这样孩子好养。他却对这事一点也不上心，叫什么不一样呢？

这次到学堂垭来陪读吧，应该是孩子的家长来的，也就是说应该是丁广汉来的，可丁广汉让他来他就来了，他没有区分什么爸爸和爹。也就是说，飞飞即使叫他爹，他自己也认为这就是爸爸。可为什么飞飞叫他爹，他心里没有那种颤颤的感觉呢？

他还想起六一儿童节要来了，他觉得应该给英子买一个什么礼物。

一会儿一把刷子就扎好了。他把刷子丢出去，准备再扎第二把。这时他突然冒出一个念头，把这把刷子给鲁翠花送去。

怕篾口割手，他特意找来砂纸把刷子打了一遍，打得十分光滑了，才给鲁翠花拿过去。

鲁翠花正在拖地，抬头望他一眼，没理。

他没进门，站在门口，重重地咳了一声，问："你……要不要竹刷子？"

"不要。不卫生，割手。"鲁翠花没望他。

"你屋里有漏子吗？"他突然说。早晨见到英子那会儿，他看到英子衣袖上有一小块棕色的污渍，他觉得应该是屋檐水溅到英子衣服上了。

鲁翠花想不到他会主动提起这件事来，直起腰来："怎么，你会捡吗？三十块钱包给你，不过我可要把话说清楚，如果你捡不好，得把钱退给我。"

丁广青没说行或是不行，转身走了。他把刷子放回家后，从屋后面搬了一架单梯，架到鲁翠花屋檐上，爬上了屋。

捡好漏子下来，鲁翠花从围腰里头掏了二十块钱伸到他面前："没有一袋烟的工夫，二十吧，三十也忒多了。"鲁翠花说。

丁广青没接鲁翠花的钱，扛着梯子走了。鲁翠花对着他的背影喊："丁癫子，别以为不要钱我就感谢你。这是你自己不要的。我不会把这个当人情的。"

丁广青转过身瞪了她一眼，很想说他是看在英子面上，可把话忍下来了。

5

刷子扎好了七八把，他准备去一趟大屋场，给人家把刷子送过去，然后顺便去经销店看看有没有什么东西可以买给英子。

丁广青把刷子给了周太婆后，屋里一下子便来了很多买刷子的人。他们都觉得刷子扎得不错，说想不到丁广青还有这样的手艺。

卖了刷子去经销店，让店主拿了彩笔、蜡笔、发卡、头绳、小圆镜等一切来看，最后选了一个金属小圆镜。

可回到家才觉出有问题，他怎么把这个礼物给英子。因为要是鲁翠花知道他给英子买了小镜子，鲁翠花不仅会把东西扔了，还很有可能打英子。

正在这时，听到门外有摩托响。他往外望了一眼，看到一个人把一个邮包递给鲁翠花，让鲁翠花在邮包上签字。

他拍了一下脑袋，觉得可以把小镜子送到邮电局，让邮电局在六一那天给英子寄回来。他就在包裹上写"爸爸"。

这就去找摩的。

下午回来，听飞飞说小唐老师找他，就立刻去了学校。

小唐老师给他说，那个节目还是要排，市里有家电视台的一个关心下一代节目组要来学堂垭搞慰问，要给学校送书送课桌，学校准备演几个节目，要学前班还是演一下那个《守望》。

要演这个节目，是校长的意思。校长说，她看了各个班上准备的节目，都很一般，就学前班这个节目有点新意。因为这个演出不是演给学生看，是演给电视台看，她准备还是演一演。小唐老师说，不是怕勾起孩子们想爸爸的心事吗？校长说，在学校内演不合适，但这次是电视台，电视台录了这个节目，放出来，那些在城里打工的爸爸就可以看见了，让他们看看孩子们是如何想念爸爸吧。

想起鲁翠花不要丁广青演爸爸的事，和校长说起来，校长说，那就换成妈妈吧，现在妈妈在外打工的也多。小唐老师有些犹豫，她总觉得只有爸爸才符合剧情，爸爸才是那种在外奔波、常年不着家的人，爸爸才有力量，才有氛围，才有效果，而妈妈，则是在家里，是"家"。她和校长说了自己的想法，校长说，那就丁癞子吧，换个人演玲玲。

丁广青听到小唐老师说这戏又要演，心里怦怦跳起来。他原以为，这节目不排了可能是他演得不好的问题。

更重要的，他现在很喜欢英子叫他爸爸。只要想到英子叫他爸爸，他嘴都笑得合不拢。他说话都有些不连贯了："我……保证……这回，一——定演好。"

想不到小唐老师却不让英子演玲玲了，让聂芳芳演。丁广青弄不明白小唐老师为何要换英子，问小唐老师这是为什么，小唐老师马着脸说，她感觉聂芳芳应该比英子演得好。

丁广青心里顿时像有个东西被别人拿走了。他望了英子一眼，见英子的样子很无辜，心像掉了。他对小唐老师说："小唐老师，还是……玲玲……还……是让英子演……吧，我……都……"

小唐老师没让他说下去："你不要管我的事，你把你的戏演好就行了。"

小唐老师不让英子演玲玲，丁广青也没有办法。排戏时，问题就出来了。丁广青又说不出台词了，他脸憋得通红，急得直挠脑袋。

小唐老师只好还是让英子来演玲玲。

校长来看过几次排节目，说排得不错，超过了她的想象。还说丁广青和英子都很投入，简直就像亲生的父女俩。

没几天，电视台慰问的就来了。他们扛着摄像机，到处照着，还找了一些老师学生访谈，最后是看节目。

听说市电视台来拍节目，学生家长和学堂垭的人都拥到学校里来了。校长原来打算只演给电视台的人看，让他们拍一拍，可电视台的主任说，这个节目要在六一播出，全校学生一起看演出才有氛围。校长只好让全校师生都搬了凳子在操场上看演出。

丁广青从来没见到过这么大的阵势，心里有点怵，他脑子里嗡嗡的，喉咙发干，心里像打鼓。小唐老师见他手有些抖，让他深呼吸，并让他说说台词看，他想了想，说上来了。

可上场后又出状况了，他突然感到有点头晕眼花，脑子不做主，他背着鼓鼓囊囊的行李包，从左台走到右台，再回到台中间，做了擦汗、向远处张望两个动作后，居然又把词忘了。

"玲玲，爸爸回来了！"小唐老师焦急得不行，把手拢在嘴上，给他提词，可他哪里听得见，汗秃噜下来了，他挥臂揩着、揩着，还是没想起台词来，就想下场了，转身时突然看到了伏在地上"睡觉"的英子，总算把台词想起了，叫了一声："英子，英子，爸……爸回来了！"

他很激动，叫得很真切，没有人发现他是忘了词，也没有发现他叫错了词。

英子从地上爬起来，朝他奔跑过来，喊着爸爸、爸爸，扑到他怀里，他搂住英子，恍惚间感觉到自己就是从外国的轮船上回来的爸爸，他把英子搂起，说："爸爸想你啊，英子。"泪一下子流了下来……

这个情景是许多孩子的经历再现，也是他们的梦想，一下子，台下安静极了，安静得可以听见人的抽泣声。小唐老师看见电视台的那个主任也在悄悄抹泪……

丁广青以为今天把戏演砸了，一下台就找到小唐老师，给小唐老师解释，他太紧张了，一紧张就把词儿都忘了，总想不起那个玲玲，而且还哭了，洋相算是出大了，他也弄不清怎么会哭，他这一辈子没哭过，妈死的时候都没。

小唐老师见他说得诚恳，说："你演得很好，真正入戏了！没想到你今天演得这么好。非常打动人。"

丁广青说："真的？"

小唐老师说："真的。"

丁广青这才松了一口气，把头抬了起来，有点骄傲地望了望台下，这时看到鲁翠花也来了。他心上霎时漫起一种得意的味道。

这时这个节目演完了，台下响起了很热烈的掌声。

小唐老师照料小朋友们往台下走，丁广青也准备到台下去。正在这时，鲁翠花突然从台下冲了上来，一把揪掉丁广青头上的帽子，扔出去，然后双手揪住他的衣领，破口大骂起来："你这个王八蛋，你这个流氓，你是谁的爸爸，你给英子当爸爸，屙泡稀屎去照照……"

这太突如其来了，丁广青猝不及防，什么话都说不出来，只紧紧地抓着她的手臂，往边上退。老师们见状，过来拉鲁翠花，鲁翠花才松开了丁广青的衣领，却趁丁广青不注意时，反扑过来，狠狠地在丁广青脸上抓了两把，把丁广青脸上刨了两道血印……

散会以后，小唐老师把丁广青叫到办公室，让他给鲁翠花道个歉。丁广青说："是她打我。"小唐老师说："不是应该叫玲玲吗？"丁广青说："我……真不是故意的，我真是把玲玲忘了。"

小唐老师也相信丁广青不是故意的，他都急出大汗来了呢。可是小唐老师不这么说："你知道英子的爸爸吗？"丁广青说，"在外国轮船上。"小唐老师说："我刚刚听说，英子的爸爸在英子还没出生时就死了，他根本就不是什么海员，而是在外面挖煤。而且，死得很不体面。他和矿上的女炊事员好上了，晚上去一个废矿井幽会，山洪暴发，矿井坍了，把两个人都埋在里面，把他们挖出来时，两个人一丝不挂。鲁翠花可能是受刺激了，太担心英子想爸爸。"

丁广青听小唐老师这么说，不吱声了。他想不到这个表面上风风光光的女人原来也这么可怜。他给小唐老师说："怪不得她像个疯子。"说完站起来走了。

6

丁广青总想为英子做点什么。他觉得那个礼物远远不够。现在，他越来越觉得英子是把他当作爸爸了。而他也觉得他更应该像一个爸爸，像英子想象中的那个爸爸。英子望着他张嘴巴的情景动不动就浮现在他眼前，他恍若听见英子在一直不断地叫他爸爸。

可是他却不知道做点什么好。他不仅不能让英子抱着他的胳膊靠一会儿，不能让英子叫他爸爸，而且他还不能叫英子一声。演完戏那天回到家，他给鲁翠花去道歉，鲁翠花大骂了他一顿，还特别警告他，英子不是他叫的，以后不准和英子说话，如果她看见他和英子说话了，就要拿刀片他的嘴，让他活活饿死。

他感到很痛苦。这天下午，他去经销店卖了刷子之后，就打了二两酒，一口喝下去了。

他长这么大，还没喝过酒。回到家感到口干舌燥，喝了一瓢冷水，就上床睡了，直到一阵打骂声把他吵醒。

是鲁翠花又在打英子？他一个激灵，从床上起来，几大步就到了鲁翠花那边。

鲁翠花把门关着，他听见鲁翠花一边打，一边骂着："你说，你画的是不是他，是不是？你耳朵聋了吗，你是这只手画的吗？我让你画，我让你画！"

鲁翠花每骂一句，丁广青就听到"啪"的一声，英子歇斯底里叫一声妈。他知道鲁翠花又在拿着细竹条抽英子的手。

英子的哭声撕着他的心。他推了一下门，吼道："开门！鲁翠花你开门！"

屋里抽打的声音更大了，英子哭得更凄厉了。他朝后退了一步，用脚踹门，踹了几脚，把门踹开了，像一头怒狮一样冲进去，扑向鲁翠花，一把抓住鲁翠花的手，夺了鲁翠花手里的竹条。

这更激怒了鲁翠花，她抓起一条扁担，就朝丁广青光光的脑袋劈下来。

扁担没落在头上，落在他肩膀上。丁广青没理，抱起英子，往门外走。

鲁翠花这时又用扁担抽他腿。他把英子放到门外，走回来，像铁塔一样耸在鲁翠花面前，吼道："你再打一下？！"

丁广青脸变得紫红，两眼喷着火星，鲁翠花突然感到了恐惧，把扁担甩了。

"这么打孩子，还像个当妈的吗？鲁翠花，我告诉你，我早就想教训你了，如果你再敢打英子，我就打你。你打英子一竹条子，我抽你两条子。不信你试试！"

鲁翠花不敢相信这个窝囊到家的丁癞子还有这样的脾气，有些怵了。她早听说过，癞子的脾气是最杠的。"教训我？你算老几？"鲁翠花只好自己找楼梯下了，歪到地上哭起来。

丁广青抱起英子到了自己屋里，插了门。

英子的眼泪哗啦啦流着，丁广青找了一些布片来包英子被打伤的手，一边问英子为什么挨打。英子哭哭啼啼说："我画了一个爸爸。她说我画的是你。"

丁广青说："你画……我？"

英子摇摇头又点点头。

晚上，丁广青送英子回去，对鲁翠花说，如果她再打英子，他听见英子哭一声，看到英子臂子有血印子，他就不客气了。鲁翠花瞪着他，就像要跳起来袭击他，可最终把脸一扭，算了。

丁广青出门时，看到地上落着一个翻开的作业本，风吹起来，纸张翻动着，他见是英子的作业本，捡起来拍了拍，这时看到英子画的那张画，那是一个头上戴着一顶蓝帽子的男人。他想英子画的应该是他，心像被针刺了一下。

回来后，丁广青一直注意着鲁翠花那边，没听到什么声音，才放心地睡了。

7

这之后，丁广青一直没见过鲁翠花打英子。虽然鲁翠花看见他时，还是把头扭过去，把眼皮耷下去，不理不睬，可丁广青还是感到这和以前有些不一样了。他觉得鲁翠花应该知道错了。

没想到她居然往老师食堂水缸里下毒了。

丁广青知道她下毒，是警察来查案时。鲁翠花突然钻到他屋里，给他跪下，让他救救英子。丁广青丈二和尚摸不着头脑，问究竟是怎么回事，鲁翠花这才说老师食堂水缸的毒是她下的，她感觉警察都怀疑上她了。

丁广青越发蒙了，问她为什么要害老师，鲁翠花说就是因为演戏，因为演戏，英子没以前听话了，成天念叨爸爸，不喜欢她了。而且英子已经知道她爸爸死了……

鲁翠花哭哭啼啼的，又说自己也不是要把老师们都毒死，只是想让他们吃点苦头。

小唐老师和另外三个老师被毒得很厉害，现在还住在医院里，丁广青听说，如果不是抢救及时，可能命都保不住。

"我……"丁广青不明白鲁翠花找他到底要干什么，"你要是被抓走了，要我……照护英子？"

鲁翠花停了一会儿："我想你去认罪，代我去坐牢。我照顾飞飞。"

"开什么玩笑？"丁广青想不到鲁翠花会想出这种好笑的主意，"这能替吗？"

"我那个死鬼男人塌死后，我找矿上要了四十万，供英子、飞飞读到大学都不成问题，你又没有家，也就照顾个飞飞……"

"你最好的法子是去找公安局认罪，"丁广青说，"免得被他们查出来，那样要多判几年。"

丁广青觉得这个女人真是有病。

晚上，丁广青把飞飞弄到床上睡了之后，英子推门进来了。英子说："丁叔叔救救我妈。"

丁广青想不到英子会来："是你妈让你来的吗？"英子点点头，泪下来了。丁广青说："英子你别担心，你妈犯了法，坐牢去了，丁叔叔照顾你。丁叔叔……认你这个女儿呢。"

英子这时给丁广青跪下来："妈现在没打我了。"

丁广青这时把英子抱起来，抱到自己腿上："英子，你在我胸前靠一会儿吧。"英子轻轻地叫了一声："爸爸，妈是为了英子……"

丁广青听到英子叫爸爸，喉咙哽住了。

"妈每次打了我，她自己也一哭好半天……"英子又说。

英子走了之后，他抽了几袋烟，然后去了鲁翠花屋里。

丁广青第二天一早就去找了警察，说是他投了毒。警察问他为什么，他说，他恨学校太远了，为了孩子读书，他回不了家。

丁广青被带走时，家长们和学堂垭的人都围过来了。丁广汉听说了，也赶来了。丁广汉说，他真后悔让丁广青来照顾飞飞。丁广青一笑："哥，飞飞其实蛮聪明的。你和嫂子，就是吃不饱，就是穿树皮，就是做牛做马，就是卖血，也要把飞飞供出来，让他把书念好，去读大学，将来能和小唐老师一样。"

丁广汉听他这么说，泪哗哗地下来了："老二，你放心吧。"

"还有英子，"丁广青说，"她叫了我爸爸。"

鲁翠花和英子这时也围在身边，英子抱着鲁翠花，脸靠在她腰间，一直流着泪，这时她再也忍不住了，扑到丁广青身上，抱着他的腿子，歇斯底里叫道："爸爸——"

从刘太婆的房屋这里到公路上去，有一段弯弯曲曲的小路。警察这时催丁广青走。

田里，麦子要黄了，风里已经有了麦香。梨树、桃树碧绿如墨，已经结了拇指般大小的果子。麦收要快了，那些爸爸们有可能赶回来收麦了。丁广青叹了一声。

这时有邮递员给鲁翠花送来一个包裹，上面写着英子收，落款是"爸爸"。鲁翠花打开，是一个小圆镜。

鲁翠英明白这是丁广青买给英子的，泪扑簌簌直往下掉。她突然觉得，她应该把丁广青换回来。

被警察押着的丁广青这时刚刚要上公路，听见英子叫爸爸的声音，回过头来，看到鲁翠花和英子追了上来。

"爸爸——"英子叫喊着。

英子的呼唤声在田野上飞过，传得很远很远……

（原载《长江文艺》2013 年第 6 期）

看天的女人

莫小燕喜欢看天。每天傍晚，天将黑未黑之时，就倚住门框，看一阵子天，直到天完全黑定。

莫小燕看天的姿态很悠然，头微微有点偏，下巴向前翘，胸略略有点挺，一只腿直着，一只腿曲着，脚尖踮着地。样子有点像城里的女人。

天上有什么好看的呢？天气好的时候有些云彩、晚霞，有几只归巢的麻雀、燕子，或者出来捕食的蝙蝠，这又有什么看头呢？村里人搞不懂，私下就议论，有说她是闲得无聊的，有说她是在等待、装派的，也有说她是一种习惯的。

为什么说是"习惯"呢，因为村里人人都知道她在城里是做那种事的。做那种事，每天傍晚都是靠门边儿上等客的。

莫小燕出去的时候很早很早，应该是改革开放后第一代，她本来接父亲班在县城的一家电影院上班，不知道她是被单位开除了，还是辞职，也不知道她是不是因为家庭问题。

我和莫小燕一个村，比她大几岁，1979 年高考，上了县师范，之后在县城的一所小学教书。那时我零零碎碎听到一些有关她的故事。譬如说，某某经理的儿子、某某局长的儿子为和她谈朋友进行了一场群殴，打伤了许多人，某某的儿子因此被公安局抓了，坐了牢；说她嫁给很会打架的毛子了；说她到广州了；说她在广州挣了大把大把的钱，给前夫毛子买了一辆崭新的富康轿车，让他开出租；说她从广州回来，把几捆票子往毛子桌上一扔，让毛子的新娇娥死到一边睡去；说警察抓她回来，警察还没到家，她又打"飞的"去了广州等。

因为父母兄弟都在村里，每年我都要回老家过年，偶尔也会听到有关她的一些故事，譬如说，她爱看天的事，譬如说她怎么也不回家去的事等。

莫小燕的父母早不在了。她现在来雨水荒，是来她姐家里玩。也没见过她带孩子，而老公，有时候过年，会有一个男人过来，但每次都不是同一个人。没人知道这究竟是不是她的男人。

我听见这些议论时，心里会想起一件事来。那是读师范时，放寒假回去，在坝子里打乒乓球，那时她已经接了父亲班在县电影院当售票员，她和她表妹一直站在很远的地方看我打球，她躲在表妹的身后，双臂环着表妹的颈项，露出半个头来。我捡球的时候，她就把头彻底藏到表妹的身后去，表妹嚷嚷着把她往球台跟前推。

我知道她在关注我（毕竟村子里，我们都是吃商品粮的了，而且年龄相仿），可是我一直没有去追她，因为她长得太漂亮。我当时读的师范，毕业后就到乡下教书去了，我很清楚我们不可能有结果。

一晃 30 年过去了。30 年里，我们偶尔也会撞见。有时候我们会问候一声，回来了？回来了。除此再没别的。诸如现在在哪里等的话都不曾问过，因为我觉得那可能是一个让她难堪的问题。

今年春节，我回家串门，看到她正在麻将桌上打麻将，我看到她发印处有一层白发，心上突然漫出一丝苍凉。

五一节，侄儿办婚礼，我回去了。到家才知道，办婚礼的还有莫小燕，莫小燕嫁给了大狗子，婚礼和侄儿一天。

侄儿和我住一个屋场。我到家时，家里已经有了不少人，他们聊的不是侄儿"嫁"到陕西做上门女婿的事，而是莫小燕嫁了大狗子。

大狗子这个人，我知道一些，是个游手好闲的角儿。我每次回来，几乎都能听到他的一些故事。譬如说，他不干农活，脚走错了也走不到田里去；也不出去打工，成天就在村上耍，赌博。已经三十好几的人了，却不行正道，爹妈劝他务点正业，将来也好找个老婆成个家，不然就要打一辈子光棍了。可他回答他爹：你以为你能找上老婆是你的狠气？是政策好。

算得一件事情的就是捉蛇，抓秧鸡子。

捉蛇，抓秧鸡子，过去在雨水荒是忌讳的。雨水荒的人认为，蛇是有灵性的，鸟是苦命人托的生，所以，从没有人敢抓蛇，也从未有人抓鸟，甚至有这样的谚语："伸手打只雀，不死脱层壳。"有人劝他别干这些造孽的事，他说，老子管得着它是什么变的，就是老子的亲爹变的，只要它能变钱，老子也照抓不误。村里人在背后骂道："这个恶物！如果他爹卖得出来钱，他真有心把爹卖了。"

抓蛇和秧鸡子，确实搞钱。应该说，大狗子这回算是找到了一条生财之道。问题是他手聚不住财，把东西往城里一交，拿了钱，就去找人赌，或在县城里赌，或回到村里赌。一般而言，几张票子在身上揣不暖和就又跑到别人口袋里去了。一回，他不知道从哪儿弄了一杆猎枪和火药，想大干一场，可火药灌得太猛，一扣扳机，枪管"轰"的一声炸了，右手四个手指头像秧鸡子一样飞了。

有人说是报应，让他别再打鸟，可他说，不抓秧鸡子那杀爹卖啊？

我听说莫小燕嫁了他，心里有点疙疙瘩瘩，还有些疑惑，问坐在一旁的老二这究竟是怎么回事。

"他会抓天作怪啊！"老二回答。

天作怪是一种鸟，我小时候听它叫过，还知道它一叫，天就要变，要下雨。还听说过天作怪是小媳妇儿变的，小媳妇儿被公婆打死了，化作了天作怪。还记得有一首童谣："天作怪，打草鞋，老子打，儿子卖，还说老子不勤快。"

"会抓天作怪？"我有些疑惑。不还是抓鸟嘛，莫小燕就为这嫁给大狗子？

"落了后吧，虽说是抓鸟，可钱那是哗哗的。"有人说。

这时有人便说大狗子到底是聪明，他弄了个抓天作怪的宝贝，高科技。这是一个扩音器，巴掌大小，还有一个U盘，再就是一个两尺见方的铁框。铁框的每一边有一排线粗的细钢丝做的活动吊环。天作怪一进去，那些活环就拉紧了，把它拴住了。

这个高科技确实好使。不管白天和夜晚，大狗子只要把东西拎到一片林地里，把铁框架好，然后把扩音器放在铁框里，按下开关，潜伏在林中等待就行了。扩音器的声音比天作怪真实的叫声要嘹亮得多，发情期中的天作怪耐不住寂寞，经不住诱惑，鸣叫着飞来，纷纷往铁框子里扑。

我想不到有人会发明这样的高科技，脑子里冒出了竭泽而渔那个成语。想这个世界真有那么一点发疯、有点无所不用其极的意思了。

又想，这也是一个产业链啊，制造、销售这种设备，购买使用，抓捕，再送到餐馆，弄上餐桌，不知道有多少人依靠这种针对天空中自由飞翔的鸟儿的骗局而活着，也不知道有多少人为此成为大款和成功人士。

"那个声音真是洪亮，几座岭都听得见，而且比真正的天作怪叫得还要逼真。"有人这样说。他们好像并不知道 U 盘里装的就是录制的天作怪发情时的叫声。

"现在真是只有想不到的,没有做不到的。现在的高科技,只差吃饭机了。"有人感叹时代进步得太快。

好像一点也没觉得这有什么不好。

这时突然有人说天作怪的肉好吃,很嫩。也说大狗子很搞钱,一只天作怪,在村上卖 20 元,弄到县城,25 元,运气好,一个晚上,可以捉几十只。

我听出来了,村子里的人,不再有人相信"伸手打只雀,不死就脱壳"的话了,知道村里有人吃它了。我感到村子里有人不再畏惧什么了,变了!

这时有人说到莫小燕,说她也是大狗子用高科技抓的另一只天作怪。

这个比喻还真有点确切。立即有人笑,人自然而然地也把话题转到了莫小燕身上。

我突然想起每年过年的时候,总有男人来找莫小燕的事,问道:"她不是有男人吗?"

"可能是谈着玩的吧。"有人说。

"或者是拿钱租来过年的。"有人笑起来。

关于莫小燕为什么要嫁给大狗子,人们有种种猜测。归纳如下:一是莫小燕看上了大狗子的高科技,或者是大狗子利用高科技的聪明。因为这个高科技太来钱了。大狗子说了,那个小小的 U 盘，威力无比，是个摇钱树，天作怪被抓完后，可以换上别的声音，只要这个天空下还有鸟在，还有鸟在求偶，在发情，鸟们还没有完全绝望，他就不担心个人的 GDP 下滑，也不担心 CPI 上涨，因为随着资源的减少，天作怪或者会像房价一样给人惊喜。不知道害怕什么的大狗子可能会像房地产商一样暴发，聪明甚至有几分侠客气的莫小燕自然也会看到这一点。二是她年纪大了，心急了，她原来接班，把户口办到城里去了，可后来被单位开除了，又去了广州，不知道户口落在哪儿，她现在是真正的一叶浮萍了，嫁个人，好歹落地生个根，说不定还能生下个一男半女，后半辈子也有个真正落脚的地方和依靠。她每天倚着门看天就是证明。那是什么？她在想嫁人啊，她不能老在她姐的门口靠一辈子啊，她得有一扇自己的门靠啊。三是落地的凤凰不如鸡啊，她明白自己是什么人，因此不敢找个好人家，怕一辈子抬不起头来。四是惺惺惜惺惺，大狗子这种东西，别人不待见，她莫小燕喜欢也说不定，狗还喜欢吃屎呢。五是一切都是上天安排好的……

这几种说法，都貌似有理，可异议也不少。因此，除了笑声，屋里还有一些争议声。譬如说，她想落地生个根的事，多数人持不同看法，因为雨水荒比大狗子优秀的男人多的是。老的嫩的，打光棍的，一抓一大把，哪个都比大狗子强，只要她答应嫁人，谁也不会计较她是那种人。又如惺惺之说，也有人反对，俗话说，婊子无情，戏子无义，她还会爱一个人吗？就包括第一条，也有人提出异议，大狗子这个高科技确实是很搞钱，可他抓了这么多的天作怪，他身上有钱吗？赌，多大的家当，多会挣钱也白搭，最多快活一下他的那只只剩下一个指头的手，莫小燕难道看不到这一点？

我只在一旁静静地听，并不参与讨论，因为这种事情是说不清楚的。一个女人嫁个男人，有理由正常，没有理由也正常——不是常说爱是没有理由的吗？

也有人为莫小燕鸣不平。说莫小燕再怎么也是见过大世面，见过金山银山的人，在大都市里花花世界里混过的主，再怎么说模样在那里摆着，在雨水荒，或者说在全县，也是一顶一的头牌呢，怎么就配上这个恶物了？古时候人家从良，还给大户人家做个三房、四房呢，就说贱，没有尊严什么的，穿金戴银可是少不了的哪，再不济的杜十娘，不是也嫁了个公子？虽说那是个窝囊废，可到底还是公子哥儿啊……

从这些讨论里，我明白了一点。村里人对莫小燕和大狗子这桩婚事不看好，觉得不可理解，那意思是：鲜花插在牛屎上的事这世上多的是，可插到这么稀烂的牛屎上是人无法承受的。而对于莫小燕，他们似乎不再像以前那样厌恶和鄙视。

我不大喜欢天作怪，觉得天作怪这个名字听起来有些恐怖，有些狰狞，人一听脑子里可能会立刻飘出张牙舞爪的形象，好像是个夜叉之类的东西。

我不喜欢天作怪还有一个原因是不喜欢下雨，因为上学，没有雨伞，连篾斗笠也没有，一双布鞋，下雨是不准穿在脚上的。

我没有见过天作怪，算是"只闻其声，不见其鸟"，现在，听说大狗子抓天作怪，莫小燕嫁了大狗子，便想知道天作怪究竟是一只什么鸟，问老二，老二说："就是竹鸡子。"

我还是不知道，问他们竹鸡子是什么样子。这时人都七嘴八舌说起来。

按照众人的描绘，天作怪应该是这个样子：它像鸡，只不过没有鸡大，最大的半斤重，黑嘴壳子，可没有鸡冠，但羽毛很艳丽，有灰色、黄色、红色等许多颜色等，有点像图上凤凰的羽毛。

我想不到天作怪有这么漂亮，觉得过去对它的不喜欢太无端。

吃过晚饭，我便决定去村里转转，顺便看看莫小燕——雨水荒有这个风俗呢，婚丧嫁娶，邻里乡亲都去送恭贺，或者去慰问，拿点礼金，何况她也是结婚，是喜事，而且我碰巧又在家里，遇上了呢?

莫小燕姐姐家里，也有一些客人，只不过比侄儿家里少多了。大约十几个人，和侄儿家里比，有些冷清。屋里有一桌麻将，人都围在麻将桌边。

我没有看到莫小燕，和几个有点熟相的人寒暄了几句，喝了一杯茶，便去了厨房，掏出两百钱给了正在做饭的莫小燕姐姐，离开了。

可刚走出院坝，莫小燕在后面追上来了。

莫小燕看起来比往日显得年轻漂亮一些。头发重新做过，我注意了一下她的头顶，没看到她头上发印处的白发，想她是焗了油吧。脸也好像绞过，而且妆比往日要浓一些。她穿着大红的旗袍，头上还戴了花。我突然想起了人们描述的漂亮的天作怪。

这个打扮让我感觉她是很满意这桩婚事的、是慎重的。

我听说莫小燕要嫁给大狗子的事后，心里有点不那么舒服，我觉得她有点傻。既然要嫁人，就嫁到外面去好了，怎么一定要嫁在本村里？明知道村里人都知道她做过什么呢，怎么连这个聪明就没有呢？

"祝贺你！"我站住了，准备握手，可伸了一半出去的手又缩回来了。因为莫小燕手里拿着钱，没有握手的意思。

她把双手抱在面前，看着我："谢谢申老板。"

我在小学教了几年书，辞职下海，跑到省城混了几年，自己开了一家公司，卖润滑油。听到她叫申老板，我知道她是知道我的情况的。怎么说呢？有点高兴她知道这些——无论怎么说，现在省城工作，而且大小还是个老板："你客气了，我一点心意，祝福你们，愿你们幸福美满，白头偕老。"

"你能来……我……很感动。"莫小燕又说。

我说："这回刚好碰巧了。如果不是和侄儿的婚礼同期，我可能就不会来了——当然，我也可能不会知道。"

"我知道。我们……哎，你现在……哎，怎么说啊，我们……"莫小燕似乎想表达很复杂的意思，可又不知道怎么说。但我还是听明白了，她是想说我们之间有很大的差距，或者还有点无奈之感。

我知道该怎么躲开："你还是那么漂亮、年轻。"

莫小燕虽说四十多了，可模样还在。这一化妆，确实显得年轻、漂亮。她的脸很小，颈脖长，一低头一眨眼，骨子里有一种媚人的风情。这种人落到风月场上，想必也是宿命。我在心里感叹。

"谢谢。"莫小燕说时，突然把钱递到我面前，"这个——你拿走吧。你知道，我算不上这个村里的人了。所以，我没有收情，什么人的都没收。我担心还不上。"

嫁女，赶情赶在娘家，还情，也该娘家。莫小燕这么说，似乎也有些道理。"别说什么情不情的，当我给你买了一束花！再说，明天，你就结婚了，不就是这儿的人了？"

"这么说吧，我……不差钱，我的钱……在雨水荒十辈子都花不完。"

我想不到莫小燕会这样说，想起村里人对她嫁给大狗子的种种猜测，越发有些疑惑了。突然想问问她这个问题：

"你选择……"

没等我把话说完，莫小燕就说："你是觉得我嫁得有点怪吧，我知道大伙都觉得怪。"

我笑了一下："你选择了……总有你选择的道理吧。"

"我喜欢鸟。"莫小燕又说。

听莫小燕这样说，我不想再问什么了。莫小燕确实喜欢鸟。我突然记得小时候我们几个男孩子掏一个斑鸠窝，把几个没长毛的斑鸠儿丢到地上，莫小燕捡起来跑着去找医生的事。

可转念一想，又觉得这个理由很牵强：喜欢鸟就嫁给捕鸟的大狗子？

又想，她是在炫耀什么，在分辨什么？

人啊，活着活着，就可恶了！

我觉得脸上像蒙了一层蜘蛛丝，抹了一把脸："好了，我走了，明天我不能参加你的婚礼了，与侄儿的婚礼时间冲突了。我真诚地祝福你们幸福。"

莫小燕嗯了一声，一笑，瞪着我，似乎希望我还说点什么，可我说过就转身走了。莫小燕追上我，把两百块钱塞到我裤兜里。

我原本准备也去大狗子家里看看，一来去赶个人情，二来去看看天作怪，可最终没去。侄儿让我写对联是个原因，真正的原因是我不想去了。

侄儿婚礼结束后，我在家里待了两天才走。天作怪也好，莫小燕也罢，也像那些熙熙攘攘的客人一样来了又走了，我甚至连莫小燕过去给我心里的那点苍凉也没有了。

可回去不到三天，就听到老三打电话来，要我回去一趟，我问什么事，老三说莫小燕把大狗子弄死了。

老三说："起因还是天作怪。莫小燕不让大狗子抓天作怪，把大狗子的 U 盘藏起来了。大狗子向莫小燕要，莫小燕不交出来，他便把莫小燕捆了吊起来，用火食子烙她的脸，逼她交出了 U 盘。莫小燕没有办法阻止，昨天晚上，趁大狗子睡了，便想把大狗子这几天抓的一些天作怪都放了，没想天作怪一阵乱叫，把大狗子叫醒了，恼羞成怒的大狗子顺手拿了一把羊角锄朝莫小燕挖下来，没想羊角锄挖进了猪栏的木栅门里，取不出来了，莫小燕看到地上有把柴刀，捡起来，扑过去，砍到大狗子颈子上，几刀把大狗子砍死了。"

我说："她嫁给大狗子，不就是因为大狗子会抓天作怪吗？"

"我们都弄反了。她嫁给大狗子，恰恰就是不想让大狗子再抓天作怪。听大狗子爹说，莫小燕答应嫁他，条件就是大狗子不再抓天作怪。"

我一下怔住了。老三说完，直喘气，喘了一阵，便说莫小燕已经被警察带走了。

这件事情太突然了。我心惊肉跳。

我不知道为什么会连夜赶回雨水荒，更不清楚为什么会去找莫小燕的姐。满脑子我都想着莫小燕头顶发印的那丛白发。莫小燕的白发影影绰绰，却又清晰可见，像游荡在坟地的鬼火。开车走神，让我在回雨水荒的山野夜路上，好几次险些酿成大祸。

雨水荒这个季节，万物葱绿，荒草也很茂盛。我周围荒草中，有朵朵艳丽的小花寂寞地开放。

莫小燕的姐倚在门边，不知道是在看天，还是在等待什么。看见我，嘴角浮起一笑："你回来了，我正想着要不要去找你。"

"我想你应该可以去公安局说明一下，莫小燕她不是故意杀人……或者她就是防卫过当。"

莫小燕的姐对我的这个说法，并不上心。她转身进屋，从里面拿出一个用红色绒布包裹的长方形盒子，递给我："这是她托我交给你的，她怕今生再也看不到你了。"

我打开绒布，看清是一个钢笔盒，里面放着一支钢笔。

"她给我说，这是你读师范时她买给你，可一直没有送给你。她说这么多年她一直带在身边。"

我顿时蒙了：怎么会这样？

"她……怎么……"我的心像被划了一刀，有一种鲜血淋漓的感觉。

莫小燕的姐以为我是问她为何要杀大狗子，"为什么？她喜欢鸟儿呗，她说天空中没鸟就不是天空了。她不想看见空荡荡的天空。"说着摇起头来，叹着气，流露出不解和无奈。

我喉咙发紧，泪水要涌出来，想找一个地方痛痛快快哭一场。

从屋里退出来，莫小燕的姐问道："蠢啊莫小燕，难道那些天作怪比大狗子的命更金贵值钱？"

我不知道莫小燕的姐这是问谁。

回省城时，在即将走出村子的时候，我把车停了下来，走到一片荒地上坐下来。

荒芜中的花朵出奇的漂亮。

我突然想起了那个躲在人家身后看我打球的莫小燕。她不是那么羞涩那么矜持吗？

我还是弄不懂莫小燕为什么要用那种极端的形式来保护天空中的小鸟，也不懂她为什么想死。我想那应该不是杀人者偿命那么简单。

我又想起她倚着门看天的事，那是无聊，是等待，是习惯，还是在看过眼烟云？

仰头看天空。天空中云卷云舒，偶尔有飞鸟掠过，我耳朵里也有咯咕咯咕或叽叽喳喳的鸟叫声……眼泪突然稀里哗啦下来了，像一条大河……

（原载《芳草》2013 年第 4 期）

望　烟

雪说来就来了。早晨，彭幺姑打开门，漫天的雪，不自觉地后退了一步。眼睛睁不开，她一手扶门，揉了半天眼，脚才跨出门槛。

雪下得真大。路盖住了，田也盖住了，竹子压弯下去了。高大的狗柿树、山枣子树枝丫上也落了雪，枝条像变细了，看起来温顺了不少。远山上也堆着雪，天地都白汪汪的。

狗柿树坡已没有几户人家了。总共六户，除了彭幺姑，再就是国顺爷老两口儿、高队长、观花娘、周跛子、李铁匠，都是七老八十的人。

彭幺姑下了阶沿，走到院坝边上，望那几户人家。

家家房子上都堆着雪，房子比平时矮了许多，打眼一望，只能见一片白茫茫中有几抹黄色。

雪花还在懒洋洋地飘，远处的天空乌蒙蒙的。彭幺姑没看到他们房顶冒烟儿，想可能是天还早，都还没起床吧。

回到屋里，生火膛的火，倒了暖水瓶子的水洗脸，手机响了。儿子彭宝儿问下雪没有，说想回来看雪。

彭幺姑一辈子没有嫁人，宝儿是她抱养的，住在县城里，早几年就要把她接到城里去，可彭幺姑不干。

放下电话，彭幺姑嘴里嘟嚷着，这雪有啥看头？人已开始上楼梯了。楼上挂着腊肉，宝儿最喜欢吃腊肉，还说腊肉一带进城一进冰柜就变味了，回来吃才有味道。

宝儿每年都要回来好几次。映山红开的时候回来看映山红，狗柿子红了时回来摘狗柿子。烧肉的时候，彭幺姑就想起这些了，叨起来，幸亏没跟着进城，不然你到哪儿看花儿看朵儿去？又说，看了二十几年还没看够？都是跟城里人学的！

把腊肉烧好泡上，洗了手，又站到院坝边上了。她要看清楚那几户人家屋顶上冒了烟儿没。那几户人家的孩子请她了，请她帮忙看门。屋上有烟儿，说明他们就是好好的。

国顺爷、高队长、周跛子、观花娘屋上都有烟儿了，只有最东边的李铁匠，彭幺姑看不清到底冒了烟儿没。

李铁匠其实不是铁匠，因他喜欢打老婆，村上的人就这么叫他。李铁匠老婆已死了好几年了。大前年，村上鼓励人搬迁，每户补贴一万五在镇边上建房，儿子腊狗就搬下山了。要彭幺姑帮忙看门，是腊狗今年正月初五回来给他妈上坟时顺道到彭幺姑家里说的。

对李铁匠，彭幺姑没什么好感。宝儿念大学的时候，彭幺姑经济正困难，不得已去找放高利贷的李铁匠借钱，可李铁匠开口就要彭幺姑陪他睡一觉。彭幺姑气得浑身发抖，骂了声"你要遭报应的"，转身就走。

彭幺姑以后没有再踏进过李铁匠家门一步。路上遇见，头一低就过去。想不到李腊狗会请她给他看门。

彭幺姑心里有些不情愿，她一生都不会忘记那天晚上。"你……把他接下去吧？"她婉言推辞着。

"他不下去。"李腊狗说。

"他怕下去了，他烧的那些纸钱收不到了。"腊狗又说。

李铁匠给他自己烧纸钱的事，彭幺姑听说过。一个大活人，每天没事就给自己烧纸，狗柿树坡的人都当稀奇讲。

已经有好几年了。有人问他为何要烧纸，他就是一句话：老子这辈子没过好。

"还烧？"

"烧啊！我就没见过他做事像这么当真的。无论刮风下雨，从没有间断过一天。每天傍晚，他就开始打纸，'噔、噔、噔、噔'一响半夜，听着就烦。一张纸上，横七竖十一，七十七个凿印，一个不多一个不少，横竖对得整整齐齐，凿眼儿的深浅也很均匀。我要他去买那些印制的大票，或者用一张百元钞票在草纸上哈气，他不干，他说那些是假的，收不到。他烧过之后，还用笔在草纸上记下：某月某日，化纸多少。还要我在他死的那天给他把这账本也烧了，他过去了好对账。"

腊狗说着说着自己笑起来。瞟一眼彭幺姑，又说："他每天打纸，烧一些，留一些，留的都放在楼上，都小半间楼了。他这么信迷信，是不是老糊涂了。"

腊狗说完又嘿嘿笑了两声。见彭幺姑没笑，不言语，赶紧住了嘴。

彭幺姑似乎并未听他说，腊狗不知道说什么了，正想站起来走，却听彭幺姑说了这么一句："迷信……信迷信，好啊。"

"好？"

"好。信迷信的人，怕报应，不做坏事。"

腊狗摇着头，摇了一阵，双腿一收，站起来："彭幺姑，我知道他不招人待见，今儿的话，就算我没说。"

彭幺姑却改变主意了，她突然觉得应该帮腊狗这个忙："腊狗，你爹我了解，我答应帮你望望。"

腊狗高兴起来："您答应了？我就知道您会答应的。高队长对您那样，您都答应了呢。"

"都是要钻土的人。"彭幺姑说。

一开始，彭幺姑望着李铁匠那栋矮塌塌的屋时，心里有些不是滋味，动不动就想起了她向李铁匠借钱的那个夜晚。过了一段时间，就慢慢好了。

雪又下起来了，飘飘荡荡的，十分从容。彭幺姑想起宝儿要回来看雪的事，心里叫了声好。刚才她还有点担心雪停了，雪化了，宝儿回来看不到好景色呢。

只是李铁匠那屋顶上，她越望越模糊了，似乎浮着一层青烟儿，又似乎是雪天的雾气。

彭幺姑想，还是跑一趟吧。转身进了屋，换上了长羽绒服，换了套鞋，找出了拐棍。

路上雪积得厚。彭幺姑脚踩下去时，雪往套鞋里掉。路上没有人行走，平展展的，只有一只狗跳出的两串窟窿。

起了风，雪花密起来，往彭幺姑脸上扑，往颈子里扎。就像它们也很孤独，就像它们和彭幺姑分别太久，要逮住彭幺姑亲热。

彭幺姑也不年轻了，去年夏天过的七十岁生日。虽然挂着拐棍，可还是小心翼翼的。

离彭幺姑最近的一户是观花娘。观花娘在扫门口的积雪，见彭幺姑过去，便问彭幺姑这是要去哪里。

彭幺姑拿拐棍一指前面："李铁匠！"并要观花娘帮她望望李铁匠屋顶上到底有没有冒烟儿。

观花娘走到院坝边头望了一阵，也不能确认李铁匠屋上到底冒了烟儿没有。

"我还是过去看看。"彭幺姑往前走。

"下雪，他还在床上挺尸吧。"观花娘说，"这大的雪你得小心……"

观花娘中气不足，说出来的话也像她走路，颤颤巍巍的。一股风把她后半句话卷走了。

雪越下越大了，观花娘丢了扫帚，站到屋檐下，却没有进门，望着彭幺姑走，直到裹着长羽绒服、拄着拐棍、佝偻着腰的彭幺姑慢慢在眼里模糊了。

虽说彭幺姑和李铁匠两家相距的直线距离不超过一公里，可路弯弯拐拐的，又被雪埋住了，所以彭幺姑走得并不快。

风更大起来，在空中吹得"呜呜啦啦"地响。雪也更大起来，像一群发了疯的长脚蜂往彭幺姑脸上撞。

彭幺姑走了一段，站住，望李铁匠屋顶，可那屋顶越来越模糊了。

走到大堰塘那里，离李铁匠的家就不远了。可彭幺姑依旧看不清屋顶。彭幺姑想起宝儿，脚下快起来。

却没想脚下一滑，人倒了下去，"咕噜咕噜"滚到了堰底。

雪一会儿就把路上的脚印和堰底的彭幺姑盖住了。

宝儿自己开车，不到两个钟头就到了山下。公路只修到这里。

山下下着雨，不小。儿子帅帅抱起自制的滑雪板、滑雪杖就下了车，连雨伞也懒得拿。宝儿要他拿伞，他不拿，说只要爬到半山腰，就是雪了。他待会儿还要滑雪呢，要滑到奶奶家里去。

眼前的大山陡峭，狗柿树坡就像"搁"在其上。山上有一条"之"字形的路，在山坡上拐过去拐过来，当地人叫它"十二拐"。爬上"十二拐"，就到了狗柿树坡。

雪只落到半山。山像戴了一顶雪帽。青烟缭绕。宝儿觉得这有些像有一次他去玉龙雪山。

帅帅抱着滑雪板，爬了不几步，就喘不过气来了："要是有公路多好啊。等我长大了，我要把这里的路修通，或者在这里装一架缆车。"

宝儿知道，这里人户还多着的时候，上面也有过修公路的计划。可拖了几年，人越拖越少了。乡里算账，修路不如将人搬迁，于是迁走了一些人家，到现在就只剩下这么几户了。

上了半山，雨摇身一变成了雪花。像飘飞的羽毛，像满天的星星。帅帅兴奋得尖叫起来，他用手去接纷纷扬扬的雪花，又伏在地上啃雪，揉了雪球往远处掷。他问宝儿："老爸，奶奶不愿跟我们进城住，就是因为有这么好看的雪吧？"

"不只有雪，还有狗柿子，还有映山红。"

"我真是觉得奶奶这里比城里好！"

帅帅又问："就只有这一条吗？"

宝儿说："是啊，千百年来，狗柿树坡就只有这一条路通向外面，通向远方。"

"老师说条条大路通罗马，要是有个条条大路通狗柿树坡就好了。"

宝儿和帅帅边聊边爬，不知不觉上了山。山上的雪可是真厚，齐小腿肚了。宝儿和帅帅不约而同地倒了下去，就像那是铺着蓬松棉絮的大床。

一会儿站起来，宝儿赞叹起来："真美啊！想不到今年的雪会下得这么大。帅帅，你看那些狗柿树像什么？"

帅帅正在急不可耐地往脚上套滑雪板，一扬头："像一幅画，像谁用大墨笔在一张大白纸上画的画。"

"那些房子呢？"

帅帅不假思索，脱口而出："仙境……琼楼玉宇吧！"

"说得好。我想仙境也不过如此吧。可惜……看不清房子上的烟儿。"

宝儿一直在望他家的屋顶，只是掩映在纷纷袅袅的雪花中，看不太清。

宝儿每次回家，上山第一眼就会望自家的屋顶。屋顶上有烟儿，他浑身就舒服。

宝儿还喜欢看别人屋顶上的烟儿。那时候，狗柿树坡人户多，一到做饭的时候，散落在坡上的人家，家家户户屋上冒着烟儿，整个村子炊烟袅袅，青烟在空中飘浮，风把它们聚拢来，吹开去，拉成丝，撕成纱，一村子都是温暖和安详。

帅帅已经系好滑雪板，准备滑雪了。可滑雪板不听他的。一开步，就摔了个四仰八叉。宝儿想早点到屋，对帅帅说："帅帅，时间不早了，奶奶可能等急了。"于是强行拿起了帅帅的滑雪板。

到了家，没进门，宝儿先叫了一声妈，帅帅叫了一声奶奶，可没听见答应。

宝儿拨打妈的手机，手机在灶屋里唱歌。

宝儿屋前屋后找了一遍，没找着人，就和帅帅一起去了观花娘家里。观花娘说早晨看见他妈去李铁匠那边了。

"李铁匠？妈也给他看门了？"

"说腊狗请他了。"

彭幺姑给几户人家看门的事，宝儿知道，是观花娘告诉他的。观花娘有点不能接受彭幺姑给高队长看门的事，就把这事儿说给宝儿了。

彭幺姑这一辈子，害她害得最狠的就是高队长。要不彭幺姑不会不嫁人，也不会抱养宝儿。

那时彭幺姑刚刚二十出头。一天，县防疫站来查钩虫，要求人人都交大便。彭幺姑不交，高队长便开会斗了彭幺姑。

高队长之所以要拿彭幺姑开刀，是因为她家庭出身是地主。

彭幺姑虽说没过上几天地主生活，六七岁时就解放了，可大户人家小姐的范儿却与生俱来。她爱干净，说话轻言细语，又还有一些孤傲。这样的一个人怎么会把大便写上名字交到那些外来的男人手里呢？

高队长要她承认是破坏爱国卫生运动，彭幺姑怎么都不开口说话，高队长恼了，要民兵连把她捆了送到公社派出所。

这一送就把彭幺姑的前程断送了。彭幺姑人长得漂亮，虽说成分不好，但当时却有几个不怕死的向彭幺姑提亲，可就因为这一送，几个不怕死的也怕死了，打了退堂鼓。一晃过了六七年，年纪大了。有外大队的人来提亲，可不是跛子，就是傻子。她看不上。农村实行责任制，高队长下台了，也再没有人嫌她出身，嫌她进过公安局了，可年纪大了。

观花娘才要她抱养了宝儿。

如果没有这件事，彭幺姑可能是另一种人生。彭幺姑冤不冤啊？

可几年前，高队长的女婿张子强来请彭幺姑帮忙看看门时，她不假思索就答应了。

高队长退下来后，日子不好过。因为当了一辈子队长，把种田的手艺荒了。分田到了户，田要自己种，这下问题就大了。不会使牛，不会种水田，请人，又因在台上时好批斗人，把人得罪干净了，请不到。而更关键的是：他只有一个女儿，想招婿入赘，招不到，三十岁上，女儿就变得疯疯癫癫了。他把女儿弄去精神病院看过几回，有些好转，回来后赶紧嫁到了远处。

女儿嫁过去不久又犯病了。女婿上了当，不认这个岳父。过了两年，女人也死了。他成了一个孤老。好在女儿的病好了一些，女婿这才又认了这个岳父，每年过年来看他一眼。

观花娘对彭幺姑给高队长看门很感意外，两人聊天时问她："你不恨他？"彭幺姑说："现在还谈什么恨不恨呢。"

观花娘过去给人家观花，挨过高队长不少整，几乎每次批斗会都不掉号："也是，也许这都是命吧。"

宝儿不同意他妈给这几户人家看门："您都这么大年纪了，要是他们当中哪个真有事，您怎么办？"彭幺姑说："都说清楚了，我就帮忙望一望他们屋顶有没有烟儿。没烟儿就给他们打电话。"

"真的就这么简单？"

"就这么简单。"彭幺姑说，"这几年，都还好，我没打过一次电话。"

彭幺姑话是这么说，其实并不像她说的那样。有一天晚上她头疼，第二天早晨起来得晚。起床去望烟儿，几户人家屋上都没有。望他们的门，门也没开，只好到田里找人。又有一次，她望到高队长屋上老没冒烟，去看，门开着，进去，才知道高队长砍柴把腿伤了，去不了山林里捡引火柴，索性煮了一大锅土豆和红薯，每天也不烧火了，就吃冷土豆和冷红薯。彭幺姑心里发酸，捡起门背后的背篓，给高队长捡了好几背篓干松毛。

宝儿说："我是说，他们的家人会不会找您麻烦——要是您有一天疏忽了呢？"

彭幺姑说："怎么会呢？"

宝儿说："您不会就为了给人家看门，才要留在这里吧？"

彭幺姑笑着说："妈有这么憨？妈是在这里住惯了……"

"您没看到她回来？"宝儿问观花娘。

"没。雪大，我一直在烤火。"观花娘说。

"我们就是从这路上回来的呀，没看到这路上有人走过啊。"宝儿说。

"这大的雪……"观花娘说。

宝儿的心"咚"的一声悬了起来：这大的雪，不会摔到哪里了吧？立马带着帅帅去找。

一直找到李铁匠家里。

"我妈早晨来过吗？"

李铁匠这时正在火炉上做饭："没呀！"

李铁匠早晨起来，看到雪大，就没及时烧火。他上楼去拿火纸来打，他准备今天打一天火纸。雪把亮瓦遮住了，屋里看不见，他拉亮了灯。

电灯光下，那些满是铜钱凿印的纸格外好看，像草纸上开满了花。恍惚中他还觉得那就是黄灿灿的金元宝。看着看着，他舍不得下楼了，也忘了饿了。

"你妈怎么了？"李铁匠问。

宝儿没理会李铁匠，转身就往回走。一路走一路叫妈，帅帅时不时叫声奶奶。

走到大堰跟前，宝儿站住了。大堰里有一些雪堆，一个雪堆比较高。

帅帅突然惊叫起来："爸，那个雪堆像动了一下。"

宝儿和儿子下到堰底，刨开雪堆，才看到了彭幺姑。

彭幺姑已经冻僵了。宝儿把她背回家放到床上时，观花娘就被帅帅叫来了。观花娘把耳朵抵在彭幺姑鼻子前听了一阵，说还有气，人还活着，要宝儿铲些雪在桶里，兑些开水化开了，她给彭幺姑擦身子。

观花娘从脚到头，浑身上下擦了一遍，彭幺姑也没哼一声。观花娘让宝儿用些雪给妈擦脚，自己跪在一旁烧香求神。

观花娘口中嘀嘀咕咕的，一手端水，一手用两个指头蘸了，往彭幺姑身上浇。可浇了一阵，彭幺姑仍然没有什么反应。观花娘说，等等吧。万一不行，她就过阴去，看看彭幺姑是不是过去了。

宝儿不信观花娘这一套，打电话给县医院的同学，把情况说了。同学说，十有八九是中风了，你赶快想办法弄下山，我要救护车到山下来接。

宝儿背着彭幺姑出门时，李铁匠拄着拐棍来了，咳个不停。问宝儿彭幺姑这是怎么了，宝儿没理他。观花娘说："怎么了？还不是因为你！"

因为抢救及时，不到一周，彭幺姑人就清醒了。宝儿问她，是不是去看李铁匠？彭幺姑点头。宝儿问是不是腊狗请了？彭幺姑说是的，那天腊狗回来给他妈上坟。

宝儿这就给妈说，单位有事，要出差几天。

宝儿这几天想清楚了，他要找腊狗索赔。他咨询过他的律师同学，只要有证据证明腊狗确实请过他妈看门。宝儿决定回狗柿树坡一趟，找找证据。

首先找的就是观花娘。和观花娘说了说妈的情况，就要观花娘把那天早晨看见他妈去找李铁匠的过程详详细细说一遍。

观花娘就说，她大约什么时候看到彭幺姑的，她和彭幺姑说了什么，等等。

按照律师的提醒，宝儿带了录音笔，并做着记录。观花娘不懂宝儿这是在干什么，见他在一张纸上写个不停，便问。

宝儿说："我要索赔。"

"索赔？"观花娘似乎没听懂。

"这么给您说吧，腊狗请我妈看门是吧？"

"嗯。"

"我妈就因为给他爹看门，才在大雪天里摔成了脑出血是吧？"

"是的。"

"这就构成了一种雇佣关系。打个比方吧，城里榨面的，师傅操作不当，把手绞了，老板是要赔师傅的伤药钱的，您懂了吗？"

"那是榨面啊？"

宝儿不想给观花娘多做解释："如果法庭需要您出庭做证，您实话实说就行了。"

观花娘像有些吃惊："法庭？你说这事要上法庭？"

"是的。我想这事可能最终要上法庭解决的。"宝儿现在还没跟腊狗谈索赔的事。他准备先收集证据。

宝儿在观花娘这儿取了证，又去了高队长和其他几户人家，律师同学告诉过他，那些也是证据。

收集齐了证据，宝儿回到老屋里，用一个大包袱收了妈的一些衣裳和手边物品，要带到城里去。他不会再让妈回来了。

要下"十二拐"时，他站住，回过头看了一下，就像是和生他养他的狗柿树坡告别。

雪全化了，他熟悉的一切都跳到眼里。坡上嶙峋的乱石、张牙舞爪的狗柿树、歪歪扭扭的泥巴墙……清晰可见。风吹起来，在乱石罅里盘旋，发出怪响。他顿时感觉狗柿树坡萧瑟荒凉，杂乱无章，像是《聊斋》里的一个野狐出没的村落。

这回，无论如何不能再让妈回来了。他想。

他很后悔早几年没有把妈接进城去。要是接进城里了，就不可能出这么大的事情。他叹了一声。

彭幺姑还住在院里，宝儿回到城里，径直去了医院，跟妈说想找腊狗索赔的事，彭幺姑问："赔什么？"宝儿说："钱啊，都花了五万多了。"

彭幺姑想不到宝儿会要腊狗赔钱："这从何说起呢，是我走路不小心……"

宝儿说："要是腊狗不请您看门，您会摔成脑出血吗？"

彭幺姑不再说什么。她没想到这次会花这么多钱。她不愿跟宝儿住进城里，原因之一就是怕给宝儿添了负担，多了麻烦。

可又不想让腊狗赔钱。

正是要吃中午饭的时候，宝儿回家给她拿饭去了。宝儿走了不久，腊狗来了。

彭幺姑不知道腊狗是不是听说了宝儿要索赔的话才来的，问腊狗怎么来了。腊狗说爹说的。彭幺姑问宝儿找过他没有，腊狗说没有。

彭幺姑瞪着腊狗，一时不知道说什么好。腊狗说，这次他爹还做了一回人事，拄着拐棍一步一咳到镇上找他了，要他无论如何要到县城来看看彭幺姑。

腊狗说时，从衣袋里掏出五百块钱，塞到彭幺姑枕头下，说是他爹给的，他没想到他爹这只铁公鸡这回大方了一回。然后"扑通"跪到床前，说这事都怪他，如果不是他请彭幺姑看门，彭幺姑也不会摔筋斗。

彭幺姑心里突然有了主意："腊狗，你别胡说，你请我给你爹看过门吗？我怎么不记得了？"说时把五百块钱拿出来递给腊狗，要腊狗赶紧走。

宝儿一会儿给她拿饭来了。吃了饭，彭幺姑便要宝儿给她办出院手续。宝儿问她为何这么急着出院，她说："我不是没去过你家吗？急着看看呢。"宝儿劝她再住一个星期，说医生交代过了。

"再说，还有人没来呢，我得让他来看看现场啊。"宝儿又说。

可腊狗不来医院，宝儿打电话他，他说他没有请过彭幺姑。

这是宝儿预料之中的，他咨询律师同学，律师同学建议他申请法庭调解，如果调解不成，再转入诉讼程序。

彭幺姑又住了一个多星期后，就出院了，去了宝儿家里。住了两天，宝儿便和她说法庭调解的事，要她实话实说。

"我可能把人记混了。让我看门的不是腊狗，是高队长的女婿张子强。"彭幺姑说。

宝儿知道妈是不愿意他找腊狗赔钱："其实我索赔也不仅仅是钱的事。我要让他们知道，他们那样干是不对的。他们搬出去了，把老人丢在山上，不赡不养，就托人帮忙看看门，这是什么？就等着人死了来收尸不是？就是怕受人指责他们不是？"

彭幺姑不语。

宝儿又说："如果是个别人，我也罢了。可他是谁？李铁匠啊。"

宝儿正说着，手机响了。法庭打来的，告诉他：腊狗不接受调解。

宝儿说："好。"

法庭很快审理了这个案子。胜券在握的宝儿想不到审理过程中会出现问题：彭幺姑说腊狗没有请过她，而且那天她是去接帅帅。

当事人彭幺姑这么说，法官们都愣住了。

宝儿急了，举手向法官示意要说话，可人还没站起来，李铁匠早站起来了："我……可以说……句话吗？"

主审法官让书记员问明了李铁匠的身份，同意了。

"腊狗今天没说实话，彭幺姑也没说实话。我亲耳听到腊狗给我说，他请彭幺姑看门了。我还记得他的话，他说他请了彭幺姑，你哪天爬不起来了，彭幺姑就会给他打电话。腊狗我清楚，如果他没跟彭幺姑说，他绝对不会跟我说他说了。"

此话一出，彭幺姑愣住了。这个李铁匠，一辈子都没做过亏本的买卖，今天是怎么了，难道他不知道这一认他要赔多少钱？

李铁匠是今天早晨法庭派车去接观花娘、高队长等证人时，挤到车上来的。他并不是证人，他给司机说情，想看看打官司，他活了一辈子没看过打官司。司机才让他上车了。在车上时，观花娘和高队长都没跟他说话。

腊狗也愣住了。他想不到爹这时会站出来。

"腊狗，爹一辈子都没做过赔本的买卖，这一回是赔大了。"李铁匠说时咳嗽起来，满面通红："可爹这回不想赖这个账。人家为我，差点把命丢了，赖这账没得良心。你就说实话吧。该赔好多赔好多。爹还存了一点钱，准备走的那天用的。差下的，这辈子你先垫上，爹下辈子还你。"

李铁匠说着说着又咳嗽起来。

法官这时问腊狗了，腊狗脸红得要破皮。他很为难，他既不想赔钱，又不想撒谎。

"李腊狗，这是神圣庄严的法庭。"法官说，"撒谎是要付出代价的。"

李铁匠也望着腊狗说："腊狗你说啊！"

腊狗望了一眼彭幺姑，清了清嗓子："我……请过彭幺姑看门。刚才不承认都是彭幺姑的主意。"

宝儿想不到李铁匠和腊狗会这么说，坐了下来。

法庭最终判决腊狗赔偿彭幺姑三万元医疗费。

案子审完以后，李铁匠、观花娘、腊狗等人就要乘车回狗柿树坡。彭幺姑要跟着车回去，宝儿好歹劝了下来。

车子送证人回去，送到"十二拐"下，把人放下就回去了。李铁匠、高队长、观花娘三人往山上爬，三个前前后后，并不紧跟着。爬了一阵，李铁匠坐下了，高队长、观花娘也坐下来，三人之间隔了几丈远。爬到第五个拐上，观花娘看李铁匠坐下，便走到李铁匠身边坐下了。"你今天还像个人。"观花娘说。李铁匠咳嗽个不停："我这个喉咙，一发热、一说话就咳……"观花娘说："你可是个铁公鸡，这回这么大方，你不会……是对人家彭幺姑有意思吧？我可是听说，你这只癞蛤蟆一直想吃天鹅肉的。"

观花娘和李铁匠说话时，高队长往回走了一段，走到观花娘跟前坐下来。平时他不会往人跟前凑，他们三个人更不会坐到一起说话。

观花娘扭头望了一眼高队长，没说什么。李铁匠咳了一阵，说："山上没几户人家了。我们几个老家伙住在这里，谁知道哪天早晨爬不起来？有这么一个人望一望，我就心里踏实。"

高队长说："老李你这话对呢。"李铁匠没接高队长话。观花娘又望着李铁匠说："你在那边存了那么多钱，还怕死？"

聊了一阵，歇了歇汗，观花娘说走吧。三个人一起站起来了。

在宝儿这儿住了一个多星期，彭幺姑就要宝儿送她回去。宝儿要她彻底把狗柿树坡忘了。彭幺姑摇头。

"狗柿树坡有什么好的？您难道忘记了您在狗柿树坡受的苦遭的罪？李铁匠、高队长当年是怎么整您的您忘了，您还要回去，天天和他们见面，天天去望他们屋上冒了烟儿没？"

李铁匠、高队长刁难她的事，她当然没忘，可现在，她却一点也不恨了："那些事还提它做什么？几十年了，就是一块铁，也被风吹化了。我就是觉得住在那里什么都舒服。"

"狗柿树坡连个说话的人都没有，您就不觉得寂寞吗？"

"不寂寞。那里有狗柿树，有满山的树，有石头，有鸟，有鸡，还有屋上的烟儿……我觉得它们都亲。我天天都梦见它们了。"彭幺姑这阵子确实天天梦见回了狗柿树坡。她梦到那些石头、那些狗柿树和她说话，还梦见狗柿树坡上空飘浮着青烟，那些青烟也和她说话。烟儿还带着她往天上飘。

"知道您这回有多危险吗？要是再晚个把钟头，或者出血点不对，您就没命了。如果再来这么一回，就是神仙也没得救了。"

"观花娘说了，差一个时辰阎王就不会要。"

"'十二拐'您还爬得上去吗？您说说我怎么把您弄上去？"

"你放心，我能上去……"

宝儿想，妈不愿住这里是没人陪她，没人说话寂寞吧，就请了一个佣工回家。

佣工每天早晨把她带去公园看人跳舞，带去买菜；宝儿和老婆一下班就带她去逛街、散步，回了家陪她看电视，等等。可没几天，彭幺姑哪儿也不去了。她说街上太闹了，看电视头疼。

而且人也蔫了下来，一点精神气儿都没了。饭量减了，还失眠，每天凌晨两点就起床，坐在卧室里，对着窗子发呆。

看着妈这样了，宝儿便不再坚持，答应送她回狗柿树坡。彭幺姑立刻精神了，眼里放出光来："宝儿，妈就是这么个命。妈就是狗柿树坡的一棵狗柿树，离开了狗柿树坡，就活不了。"

过年之前，宝儿请了假，送妈回去。宝儿一直担心彭幺姑爬不了"十二拐"，没想到她爬得比他还快。

登上"十二拐"，彭幺姑站住喘气，掏了口袋的小手巾擦汗，眼光便瞟到李铁匠、观花娘、高队长、周跛子他们房子上去了。

可没有看到烟儿。

彭幺姑把手机拿出来看时间，下午两点，正是做饭的时候，怎么屋上没烟儿呢。而且，天这么冷，不做饭，也要烤火啊。

"宝儿，你帮我看看他们屋上冒了烟儿没？"

"看，还记着人家屋上的烟儿。"宝儿也没有看到他屋上有烟儿。天气好着，宝儿连他们屋上的瓦楞都看得清清楚楚："没有。"

"这个时候怎么没有烟儿呢？"

"也许今天暖和，没生火吧。"

回到家里，彭幺姑立刻烧了灶膛的火给宝儿做饭，又弄燃了火膛的火让宝儿取暖。她想告诉他们，她回来了。

彭幺姑在灶房里忙了一阵，就跑到外面望一眼。去菜园子找菜也是。他们屋上的烟儿成了她的挂牵。

可直到她把饭做好，端上桌了，也没看到他们屋上有烟儿。

一会儿吃饭，彭幺姑端着饭碗又去院坝里望了一眼。宝儿说："您好像有点心神不宁的。"彭幺姑说："天也不早了，你说他们屋上怎么还是没有烟儿？"宝儿说："您安心吃饭吧，他们屋上冒没冒烟儿与您没有一毛钱关系。"彭幺姑说："他们请了我呢。受人之托，忠人之事。"宝儿说："现在真的没关系了。"

彭幺姑觉得宝儿这话怪怪的，瞪着宝儿，宝儿给妈夹菜："您吃饭。您做的饭真是太好吃了。"

那天法庭判决之后，腊狗、观花娘的姑娘、高队长的女婿、国顺爷和周跛子的儿子都前前后后给宝儿打了电话：不请彭幺姑看门了，要他给彭幺姑说一声。宝儿没想到彭幺姑还会回来，也就没给彭幺姑说。

"我真的觉得有点怪，宝儿，你腿脚快，吃过饭你去看下吧。"彭幺姑说。

宝儿答应下来。吃完饭，彭幺姑催宝儿去，宝儿这才把腊狗他们打电话的事说了。彭幺姑怔了一下，说："不，你不去，我去。他们请不请我不管。"

宝儿知道妈的脾气，连忙答应去。

到了观花娘家，见观花娘家门锁着，又去李铁匠家，李铁匠家门也锁着。屋前屋后，也没见着人。宝儿也觉得有些奇怪了，就打电话给腊狗。腊狗说，他把爹接下去了。宝儿问观花娘呢？腊狗说观花娘也被她女儿接走了。宝儿又问高队长，腊狗说，高队长也被女婿接走了。宝儿问为什么这样？腊狗说，那场官司后，先是来了报社的记者，后来乡政府来了人，乡政府把我们都找去了，要我们把人接走。宝儿说，那你爹他愿意下去吗？腊狗说，不下去不行。宝儿问，你是说狗柿树坡现在没人住了吗？腊狗说，是呀。

宝儿喊了一声好。

宝儿心里升起一种成就感。这场官司打得真有价值。他想，狗柿树坡没人了，妈在狗柿树坡就待不住了。

回了家给彭幺姑说，并要彭幺姑跟他回县城。可彭幺姑死活都不肯。

"我不走。我就住这儿。我住在这儿，屋上冒着烟儿，这地方就是活的。狗柿树坡虽然都搬走了，可过年过节的，他们会回来上坟，我住这儿，也方便他们找口热水喝。"彭幺姑说。

彭幺姑仍一个人住在狗柿树坡。每天天一亮起床，弄燃火膛的火，洗脸，然后出门，走到院坝前，看观花娘、李铁匠那几户人家屋顶。

这天早晨，她突然看到李铁匠屋上飘起了烟儿，便过去了。

"你怎么回来了？"彭幺姑说。

李铁匠脸上堆了笑："……你就回来了。"

"我是觉得住在这里舒服。城里我住不惯。"

"我也是住不惯。我在山下，最喜欢望的就是山上的烟儿，一看到山上的烟儿，我也舒服……我就是望着山上有了烟儿才回来的，我猜到是你，果真就是你。"

"你就为这烟儿回来的？"彭幺姑说。

李铁匠咳嗽起来。

彭幺姑瞪了一眼满脸通红的李铁匠："我想问你一句话，那天在法庭，你为什么要腊狗承认请了我？"

李铁匠说："我怕没人再望我屋上的烟儿了……"

彭幺姑说："你一辈子都在算计。"

"我……一辈子都……没算对……咳咳……"李铁匠脸红红的。

（原载《长江文艺》2016年第9期）

除草剂

汽车驶上大街，我就像一只趴在一片树叶上的蚂蚁。树叶在大海上漂浮，我不知道它要漂向哪里。

我真的没想好要去哪儿。到车站时，遇到有人拉客，问明他们是去县里就上车了。我只是要买一瓶除草剂而已。

一开始我想的是硫酸。我想硫酸是很适合他们的。我会在某一个早晨或者晚上去找她，在她毫无防备的情况下，把一瓶硫酸泼到她那如花似玉的脸上，让他终生面对一张狰狞而丑陋的脸。可上网一查，买硫酸需要公安局证明。

我还想过一个比较温和的办法：雇一个男人去勾引她，或者雇一个妓女去勾引他。无论是她还是他，只要有一个上钩，她们的这段婚姻也就结束了，她就会尝到再次被抛弃的滋味，或者他也会尝尝被背叛的味道。

我对这个办法很有信心——对这种人！

可是我最终决定放弃这个办法，因为这需要时间。我粗略地估计，这个计划要完成好，至少需要三个月时间，或者是半年，我没这个耐心。我不想让他们的罪有应得来得这么晚。

说实话，让我活下来的信念就是报复。

我又搜毒药，这倒是很多，可搜索不到哪里有卖。最后我才想到了除草剂。

我突然有了一点兴奋。

除草剂有很多种，譬如百草枯、草甘膦、扑草净等。我阅读着每一种除草剂的说明。顿时我像站在广袤的田原上，看着那些疯长的杂草一片片枯去，而他们伸出无力的手臂挣扎，用微弱的气息哀号，我发出疯狂的笑声。我看到全世界的人都在为坏人受到惩罚欢呼。

看完说明书后我开始查找卖家。武汉的好几个区都有农资市场，那里什么样的除草剂都有。可我准备出发时，想到了一个问题：城市的每一条街道上，天眼密如星辰，就连一个普普通通的街边店也有。

我不想让警察找到我，或者那么快找到我。我不想和他们一起枯掉，至少我要看到他们先枯掉，除非万不得已。

我想了好一阵，想到了乡下。我想乡下的路上应该没有监控，卖除草剂的店子也应该没有。至少，要是事情真的败露，警方要找证据，也要多花些时间，那样我还可以多活几天。对，我要的就是看到他们的下场，只要亲眼看到，我也无所谓了。

到远县县城时已是下午一点多。我找了家餐馆吃了饭，然后用手机搜索农资市场。路上，我一直留意着街边的监控探头。到了农资公司门口，看到也挂了监控，就转身去了远县的客运站。我得再往乡下走。

还没到客运站，一辆小巴"吱"地停在我身边，司机朝我喊：杉树坳！杉树坳！我停了一下，司机便伸出长臂猿一样的手，帮我打开了车门。

车子一会儿钻进了大山里。山路弯弯，车子从一座山钻进另一座山。我感觉车子就像一颗胶囊，在弯弯曲曲的肠道里穿行。

三个多小时后，车子到了一个小集镇，停下来下客。司机告诉我，杉树坳镇到了，问我下不下车。我望了望外面，下了。我感觉离武汉已经够远了。

下了车，便去找镇上的农资市场，买了一瓶百草枯装进包里，然后站在街上等开往县城的车，可等到天黑也没有等到。我只好在镇上的旅馆里住一宿了。

可我拿出身份证登记的时候，突然意识到不妥。我知道现在每一家旅馆信息都和公安的网络连着。我想了想，准备找户人家借宿。可一连问了好儿户人家，都不答应我。他们告诉我镇上有旅馆，甚至直接问为什么不去旅馆。

我显然是很可疑的。一个有钱有身份证，还有点姿色的女人不住旅馆，要在私人家留宿，怎么说都像一个阴谋。

街灯和铺面的霓虹广告都亮了。我站在街边，心中茫然。

我不想露宿街头。想了想，决定到村上去，到一个不能再把镇上的旅馆当作托词的地方。

穿过面街的一排房子，就是果园。果园后面是一条小河。我站在鹅卵石垒起的河堤上，向远处望去。远处茫茫的黑夜里，有一处处闪烁的灯火。我想那里应该有我住一宿的地方。

爬了一个小时的山坡后，我敲开公路边一户人家的门。这是一栋小瓦房，临公路这边的屋檐下吊着一只节能灯。院坝用水泥铺过，打扫得干干净净。院坝边都是橙子树。

我站在院坝边平息了一下急促的喘息，抬手敲门。

门开时，我吓了一跳。门里面站着一位妇人，半面白脸，半边黑脸，头发披着。我以为真遇到了一栋鬼屋。我想跑，可迈不动腿。

"姑娘，是你敲门？"她问。

她说话的声音很好听，我大着胆子瞟了一眼她的下巴。我听说过，鬼是没有下巴的。

她的下巴有很清晰的轮廓线，而且很漂亮。"你……真的不是……"我牙齿打战，字在口中乱蹦乱跳。我用了好大劲，才把要蹦出口的那个"鬼"字拦住了。

可她还是听懂了："我这脸，可能吓着你了。"

"不……是。"我又瞟了一下她的眼。我稍微冷静些了，我从她的声音里听出了一种"人间"的气息。我大起胆子扫了一眼那半边黑脸，我估计那可能是烫了："我……是……有口吃，有口吃。"

"听说话，你像是外地人，深更半夜，你一定是有什么难处了，不然不会到这儿来。姑娘有什么难尽管开口。"

我扫了屋里一眼。屋里摆着大方桌、木沙发，墙上挂着一本今年的挂历。"我的……身份证弄丢了，住不了旅馆，我想……借宿。"

进了屋，我把装了除草剂的背包往沙发上一丢，坐了下来。她立刻倒了一杯水递给我。杯子是一次性塑料杯，当我接触到有些发软的杯子时，心里一下子踏实了。杯子有些烫手，我听人说过，鬼怕火，所以鬼是不会有热水的。

屋里的灯光比外面亮许多。我这才看清，那半边黑色的脸，其实不是黑色，而是一种肉红，深浅不一，有地方粗糙，有时候光亮。我相信这张脸一定是毁于一场意外，要么是无法躲避的大火，要么是一盆滚烫的开水。我眼光落到她那半边好脸上。那半张好脸，此时显得并不那么白，但饱满光滑，而且还有几分俏丽。她的眼神柔和而慈祥。这让我感到她像是一个和蔼的人。

从她的脸上，我没看出她的年纪。她是那种瘦小个子。可腰没弯，而且还有胸。我想她应该是那种能干的女人。

我想和她说句什么，譬如她叫什么名字，多大年纪，我该怎么称呼她等，可想想不对。要是我问了她，她一定会问我。我不想让她知道我是谁。

还有，她是什么人，跟我一点关系都没有。跟我有关系的是，她能够给我提供一晚的住宿。

我把旅行包拉开，找钱夹。可旅行包里的几个暗袋都摸遍了，也没摸着。怎么会？在镇上买除草剂时，还掏过钱包的。我只好把塞在里面的衣服、洗漱用品，甚至包括那瓶除草剂都拿出来，总算把钱夹找着了。我抽出二百块钱放在桌上，望着她说："够了吧，一个晚上？只要有张床就行。如果有面条，帮我煮一碗面条，如果你不觉得太麻烦的话。"

　　"我知道了。姑娘一定饿了，我先给姑娘煮面条吧。"

　　如果仅仅是被自己的老公抛弃，我也许还能承受——现在的男人越来越不把婚姻当回事了，婚是想离就离，谁能保证自己的婚姻是铜墙铁壁，没有被人攻陷的那一天？我接受不了的是攻陷我婚姻城堡的人居然是她——张二凤。

　　她是我闺密。大学时我们住一个寝室。毕业后都在武汉找了工作。我去了一家出租车公司财务部，她则去了一家民营银行。虽然我们各自的单位相距很远，可我们总会找机会见面，一起逛街购物，一起做头发、选香水，一起看电影、喝咖啡，一起八卦单位的人和事，甚至一起去相亲。我们好得就像一个人一样。我们之间，没有隐私，什么话都讲，包括易斌在农村的家庭，包括第一次做爱，包括易斌的坏习惯，包括形形色色老男人的骚扰，包括我们家庭的财富等。我在她的面前，就像一个玻璃人。我觉得她在我面前也是。都说女人是男人的肋骨，我觉得我们彼此是对方的肋骨。

　　她和褚云飞离婚我感到很突然。一周前的一天，她还在炫耀褡云飞的"老实"，天天加班，没有奖金也没升职的希望。所以我能想象出，当她听到褡云飞说要跟她离婚时，她是怎样的胆肝欲裂，怎样的痛不欲生。我很快赶了过去。

她抱着我大哭，撕心裂肺地痛斥褡云飞的忘恩负义，鬼迷心窍，咒骂着那个从她手上夺走褡云飞的小妖精；要杀掉他们，和他们同归于尽；有好几次要冲出去跳楼，一死了之。

被人抛弃的痛苦，谁都想象得出。我安慰她，讲那些世界上所有人都懂的道理，想让她减少一些内心的伤痛。我担心她一个人做出什么傻事来，生拉硬拽把她带回到我家来。

我特地请了假，并让易斌也请了假，一起陪她去木兰湖和武汉周边几个风景区去散心。担心她回到那个家触景生情，引发伤感，我和易斌商量，让她在我们家生活一段时间，等她彻底从阴影中走出来后再回家。我甚至要易斌帮忙替她物色对象，让他们见面，促使她早点忘掉褡云飞。

怎么想得到她竟和易斌好上了呢？

那天，单位的财务报表落到家里了。我中途回来拿。开门后，却没看见她。这一个月来，她没去上班。我去医院给她开了张病假证明。所以，在我和易斌上班后，她就待在我家里看碟，或者玩网游。我叫了声阿凤，没听见应答。我想她是不是出去散步去了。可我进卧室找报表时，我听到了一个女人的怪叫。我从卧室出来，扫了屋里一眼，见卫生间外面有两双拖鞋。我走过去，这时听得清楚了。那是女人那种夸张和做作的叫床声，还有淋浴喷头稀里哗啦的喷水声。这个时候，我还以为是她找了别的男人进来了。我有点纳闷，她这么快就有这个心情了？她是想通过这种方式来发泄一下？我虽然心里有点不高兴，但想想，我又释然了。她这样发泄一下也好，就不会老是纠结在离婚的伤感之中了。

我准备离开，悄悄地拿了报表就走。可这时听到手机响了。我望过去，见是易斌的手机。

是他？卫生间里是他和她？我控制不住自己了。易斌！我冲向卫生间，吼道。叫床的声音没了。我扭开了卫生间的门，这时，他们还抱在一起，喷头的水还在喷着，浇在他们赤裸裸的身上。

真是易斌！我怒不可遏，冲上去，揪住她的头发，要把她拖出来，要一脚把她踢出门外。没想到易斌把我抱出了浴室，把我抱出大门，将我锁到了屋外。

"你怎么还不滚？你还有脸见我？"我晚上才回去。我面对穿戴整齐坐在客厅里的她说。

她坐在沙发上，用手捋着垂在脸前的头发，一副死猪不怕开水烫的架势。

"你这个恩将仇报、不知廉耻的东西！见你可怜，把你接到家里来，你竟然偷我的老公！你知不知道羞耻，知不知道下贱？！"我吼道。

我以为她会说一声对不起，以为她会满面羞惭，想不到她十分坦然。她捋了捋头发，手停在她的耳朵上："今天你撞见了也好。"

我这才想起为什么卫生间的门我一扭就开了，为什么在我进屋之后，她还会那么肆无忌惮、恬不知耻地叫喊。"什么意思？你不会说是想表演给我看吧？"

"我比你更适合他。"

"你说什么？"

"难道你没有发觉？"

真是太嚣张了。她居然要和易斌结婚，让我眼睁睁地看着她从我手中夺走易斌。

易斌就坐在另一张沙发上。我瞪着易斌："你也这么想？"

易斌说："我是准备这两天跟你谈的。"

我真的不知道这个世界怎么了。我和易斌已结婚三年，我和张二凤"姐妹"了上十年！是爱情和友情太脆弱，还是原来的一切都是假的？

我怎么也不敢相信人会有这么坏。

坐在木椅上，心里又冒出那天的情景来。我把除草剂拿到手上，细细地看着说明书，想着怎么除掉那两棵毒草。这时她叫我吃饭了。

吃过饭，她把我带去卫生间洗漱。洗了澡出来，她又倒水给我："姑娘是城里人吧？城里人都睡得晚。我陪姑娘说会儿话吧？"

我没回答她。我既不想听她说什么，又不想去睡。这几天来，我一直睡不好。白天昏昏欲睡，正睡时又没了睡意，乱七八糟的事情在脑子里像放电影。我看了看手机，还只有十点。

我把手机放到桌上。

"我想姑娘一定是遇到了什么不顺心的事。有不顺心的事，说出来就好了。"

我确实想跟人好好说一说，说说易斌的忘恩负义，张二凤的恩将仇报。可到这时才发现，我没有一个人可以说。我只有张二凤这个闺密。父母，我不想说，我不想让他们再为我担心。我和易斌接触了一段时间，我准备嫁给这个男人之际，我给他们说了他的情况。父母一听说他是农村人，而且是个卖润滑油的，一百个不赞成。我差点跟他们闹翻了。现在，我被他甩了，我满腔的苦水又怎么能向他们倒？

我不明白她为何不带我去卧室，而要和我说说话，难道她担心什么，譬如说，我究竟是个什么人？我会不会伤害她？

对于她，我是个不速之客。她自然会有许多疑问，甚至恐惧。要知道，我虽然看起来并不像一个女汉子，甚至还有点弱不禁风的样子，但要对付她这么一个婆婆，或者行个窃什么的，在她看来，应该是绰绰有余的。

正这么想时，我看到她瞟了一眼我丢到地上的那瓶除草剂，我恍然大悟。她可能是担心我在她家里喝药吧。"婆婆，您可能误会了。这除草剂，我是买回去除草的。"

"城里人也除草？"

"我们家……有个小花园，里面特别喜欢长草。"我撒了个谎。

"我好久都没和人说说话了。我特别想说。实在找不到人说，我就对着我的橙子树说，望着天上的星星和月亮说。原来我养过一只狗，有时候我也和它说。不过，我不是心里不舒服说，我是高兴了才说。我想过往的那些事，很高兴，我一高兴就想找个人说说。"

我理解她的这种感情。罢了，她爱说就说吧。我正好可以想想怎么用除草剂去对付那两个贱人。

有人说我命苦，一出生就遭人遗弃，可我觉得我命好。我出生那会儿，生活那样困难，可我活下来了。你说我命好不好？

听养父说，我是他在一棵香椿树跟前捡到的。所以，他给我取了个名字就叫香椿。这个名字真好听。我很感恩那棵香椿。养父说，如果不是那棵香椿，他就不会看到我，我也可能那时就死了。养父说，那确实是一个奇怪的事，那时候，田间野地，没有一点青色。别说是香椿了，就是柳树叶、槐树叶、榆树叶，有一点芽芽就被人掰走了，可那棵香椿树的嫩芽却没人掰了去，也不知道是那棵香椿树一晚上发起来的，还是别人没看到。也许我的生父和生母，正是看在这一点上才把我放在那里。以后我一直想，我的生父和生母，一定是跑了很多很多路才找到那棵香椿树，他们不想我死，他们想让我活下来，他们只有那样才能让我活下来。

养父说，他看到我的时候，我被裹在一件破棉袄里，正在大哭，脸上身上爬满了蚂蚁。他把我抱起来后，就用手把我身上的蚂蚁都扒了下来，然后往宿舍跑，弄了热水给我洗澡，用他自己的干净衣服把我裹了起来。

养父那时二十七岁，没养过孩子，连对象都没找呢。可是他硬是把我养了起来。那时可不像现在，养个孩子可不容易，因为没吃的呀。我养父在煤矿上，比村上略好点，一天还有六七两粮食。这点粮对于一个下井拖煤的人来说哪够呢，他就跟别人一样，去田间找野菜。有了我以后，添了一张嘴，粮食就更紧巴了。养父自己吃野菜，却每顿都煮稀饭给我吃。你说我是不是很幸运？

我夜晚喜欢哭闹。天一黑就哭。他一个大男人，不知道怎么哄小孩子，就只好抱着我在屋里转呀转呀，一转就是大半夜。还有下井。不下井，就没有粮食了。养父就请人做了一只摇窝，把我放在摇窝里。下井之前，就送到食堂里去，请食堂的吴婆婆帮我喂米汤，换屎片。

我慢慢地长到六七岁了。可以帮养父铲野菜了。一天晚上，养父给我说，香椿，爸爸给你找个妈妈好不好？我当然说好。别人家的小孩除了有爸爸，还有妈妈，每次我看到别人的妈妈给她们梳头，站在门口喊他们吃饭的时候，我眼泪就在眼眶子里滚。听爸爸说要给我找个妈妈，我高兴得差点跳了起来。过了几天，真的有一个姑姑到我们家里来了。爸爸望了我一眼，把我拉到他面前，对那个姑姑说，这就是我给你说的香椿。那个姑姑抱了我，还说我真是个漂亮的孩子。

然后，爸爸就要我出门玩一会儿。我就出门去铲野菜。到晚上回来。那个姑姑就走了。我问爸爸那个姑姑去哪儿了，爸爸便把我抱起来，抱了一阵便流起泪来。我不知道爸爸为什么要哭，我从没见过爸爸哭。我以为他病了。我用手去摸他额头，就像我不舒服时他摸我额头那样。这时他一手抓住了我的手，哇的一声哭起来，说香椿，爸爸没病。爸爸怎么会有病呢，香椿还没长大呢。我说，那你怎么要哭呢？爸爸这时揪起衣袖把脸上的泪擦了，叹着气说，爸爸是难，爸爸遇到难事了。那个姑姑，你先见着的那个姑姑，她有两个孩子，都比你小，一个三岁，一个一岁多。我说好哇，我也有弟弟妹妹了，我还可以照顾他们，还可以铲野菜，我现在认识好多好多野菜了，灰灰菜、苦苦菜、婆婆丁、荠菜、刺树芽、马兰头，好多好多。爸爸听我说这些，又哇的一声哭起来。后来的几天，我从别人的口中知道爸爸为什么叹气了。那个姑姑要爸爸把我送给别人。如果爸爸不把我送人，她就不和爸爸成家。爸爸那年就三十几岁了，那个姑姑是爸爸最后的机会。听别人这么说，我心里很难受。我知道一定是我拖累爸爸了，因为我，爸爸才这么大年纪没成上家。我觉得不能再拖累他了。可是我一想到要离开他，眼泪就不住地流，怎么也忍不住。我独自一人在坡上铲野菜时流，我睡在爸爸身边时也流，就像我的眼睛关不住眼睛水了。可最终我下定了决心。一天，等爸爸睡着了，我就悄悄地爬起来，轻脚轻手地打开门走了。可惜我不识字，如果识字，我会给他留个纸条，感谢他养了我。我只跪在门前，给他磕了几个头。

我一直想着怎样用除草剂的问题。我不知道它泼到人脸上有没有硫酸那样立竿见影的效果，也不知道把它掺到食品和饮料中，会不会被他们发觉。我觉得应该回去以后做点什么实验。

然后，我又开始想张二凤，想易斌。

是的，这些天来我总是这样。无论白天还是夜晚，无论眼睛闭着还是睁着，无论有没有人说话，我脑子里冒出来的全都是他们。他们就像魔鬼，把我的脑袋当成了它的巢穴，像啸聚山林、蛮不讲理的强盗，在我脑子里占山为王，任我怎么驱赶，都赶不走。

她究竟是什么时候盯上易斌的呢？是她离婚了到我家以后，还是以前？

以后，有道理。她被男人抛弃了，想寻找依靠，想早点有个家，她到我家了，跟易斌接触多了，迷惑易斌的机会也多了。

以前呢？有没有以前就和易斌暗通款曲，而把我蒙在鼓里？

这个问题，我想过很多次了，就像是要为自己的引狼入室开脱。可我一直没有找到很有说服力的证据。

有一点迹象是，她结婚不久，跑过来问我，易斌和我一夜做多少次爱，每次多长时间，喜欢什么的姿势等。那时，我觉得这些问题很正常，因为我和她无所不谈，我们之间没有什么隐私可言。她被一个男人性侵之后，给我说；我读大学的时候，和文学院的一个同学在外面租房过夜，也给她说；所以这个话题我当时并不在意。我如实回答她，一夜四五次，每次十几分钟吧。我反过来问她，她说，褚云飞不是个正常人。有时候一夜七八次，一次半个小时，还特别喜欢一些稀奇古怪的方式。

我不知道她是炫耀还是埋怨。

现在我想，她并不是对男人的能力好奇，而是想了解褚云飞？那时她就对易斌有心了？

如果是这样，她也真是隐藏得太深了，也太会伪装了。我想想都不寒而栗。想想看吧，我和易斌就像栖在鸟巢里的两只呆鸟，而旁边一直潜伏着一条毒蛇，瞪着骨碌碌的眼睛，伸着长长的芯子。

因为我和她的这种关系，我们两家走得都比较近。周末或者长假时，我们两家会聚一聚，吃吃饭，或者一起去武汉周边的风景区逛逛。可我从来没有发现她和易飞有什么暗送秋波之举，她总是很淑女或者说很矜持，难道这一切都是装的？

我还想从易斌身上找到什么蛛丝马迹，可也没有找出什么。有个周末，我知道褚云飞出差，就约她去逛街，逛了街之后她到我家玩了很久。我要易斌去送她，可易斌要我和他一起去送。易斌这是避嫌还是做贼心虚？

这个婆婆没在意我听没听，自顾自讲着，沉浸在回忆里。我们就像来自两个星球。

我沿着公路跑啊跑啊，一口气跑到了县城里。天要亮没亮，我不知道往哪儿走，就坐在城门洞子里，还不知不觉睡着了。也不知道睡了多长时间，我醒来时，太阳已经照过来了。我揉了揉眼睛，看到身边有一个和我差不多大小的男孩子，浑身脏兮兮的，脸上白一块黑一块，上嘴唇有个大豁口，两颗当面的牙齿特别长。他手里拿着半块生红薯，望着我笑，把那红薯递到我面前，说你饿吗？我真的有点饿了，可我没有接他的红薯。他又说，我叫小石头。我突然咯咯笑起来，说我觉得你像个小兔子。他还是嘿嘿地笑，笑了一阵说，你也是没有家了才跑到这里睡的吗？我说，才不是呢，我想自己出来找吃的。

小石头在城里有两个朋友，一个叫六指头，一个叫花脸。当时，小石头就带着我去见六指头和花脸。他给他们说，她是香椿，是个女生。我们都要照顾她，听到了吗？六指头和花脸都说，谁也不准欺负女生。我没听说过女生这个词，问小石头女生是什么？六指头和花脸就咻咻笑。小石头忍着，憋得脸通红。

白天，我们就出门找吃的，一般是去旅社。饭点时，我们就守在旅社餐厅门口，盯着那些吃饭的人，看着他们放下的碗里还剩下什么没有。如果有，我们就赶快冲过去，在服务员收拾碗筷之前，把东西倒到自己的碗里。有时我们也去城里的几个垃圾坑，那里面有时候也会找着一些吃的。说到这里，你可能以为我们这是乞讨。其实不是。我们从不向人伸手。这是小石头规定的。小石头还说，绝对不能偷人家东西。偷了东西，就会被人家赶走。

小石头、六指头、花脸三个，都对我很好。所以我说我命好。我总是碰到好人。我遇到的都是好人。

他们三个人，谁捡到了馒头，或者半根油条，都揣回来，等四个人都到齐了，拿出来，首先就是给我吃。我吃一口了，他们三个人才轮着吃，一人一口，直到吃完。夜晚，我们大部分时间就在城门洞子里睡觉，他们总是把我放在中间。小石头说，城门洞子风大，他们睡外面可以给我挡风。

有时候我们会在一起说说家里人。这时，我就很想养父，包括生了我的爸爸妈妈。我想知道生父生母是什么人，是不是也在想我。我想他们一定也在想我。

我想养父是不是和那个姑姑结婚了，现在过得好不好，特别是在过年的时候。那时，一座城里都飘着肉香，小孩子们都穿着花衣裳，在街上跳橡皮筋，或者和爸爸妈妈一起放二踢脚。因为每年过年时，养父也会煮肉给我吃，给我缝一件衣裳，还给我买红毛线扎头发。

好几个夜晚，我都想悄悄跑过去，躲在远处看看养父，看看那个姑姑和那两个没有见过面的弟弟妹妹。可是我又担心被人看见了，要是养父看见我了会为难的。

我就这样在县城里过了三年多。那年秋天，六指头在垃圾堆捡到一个信封，里面装着一些花花绿绿的票证。六指头把信封交给了小石头，小石头一眼就认出这是粮票和油票。他把那些粮票和油票拿去旅社，换了十个大馒头。我们从来没见过这么大、这么多、这么白的大馒头，都高兴得要死。小石头给了我们一人两个，我们一手举着一个大馒头，在大街上疯跑，就像捡到了金元宝。

我们都没舍得吃。到了城门洞子，小石头才把一个馒头掰开，给我们一个人一块。我们像吃糖一样把馒头喂到嘴里，让它慢慢地在嘴里化开，化得嘴里甜津津的。这时小石头望着六指头和花脸说，多的一个给香椿，你们有没有意见？六指头和花脸都说没有。小石头就又给了我一个。

我没有推辞。因为从拿到那两个大馒头时，我心里就冒出了一个想法，把两个馒头给养父送去。我想养父一定没吃过这么白、这么甜的大馒头。我想夜里悄悄地跑回去，悄悄地把馒头塞到养父家的门缝里。

可正在这时，一个戏班子走了过来。他们挑着担子，穿着红的黄的长衫子，还有一个拿一个纸喇叭朝人们喊话，说晚上要在城西的河滩上演戏。和他们走在一起的是一群背着书包的小学生。对，那正是放学的时候。

我们自然是不会漏掉这种热闹的。在县城的几年，凡是有演戏的，唱歌的，游街的，开大会的，游行的，等等，我们都会跟着看。这似乎成了我们的工作。所以，看着一群小学生簇拥着戏班子走过来时，我们都站了起来，跟着他们走。到了城西河滩，看着他们搭戏台，我们便开始抢位子。可等他们把戏台搭好，我们全都傻眼了。他们把戏台周围围了一圈红布。一个人从红布里面钻出来，对我们说，快回去找爸妈要钱吧，五分钱一张票。

那些小学生们一哄而散，跑回家要钱去了，只剩下我们几个人在那里，都像泄气的皮球。别说五分钱了，一分钱我们也没有。我也准备走。给小石头说，走吧。看不成戏还不如站远点。小石头说，你的馒头吃了没有？我说没有。小石头说，你拿一个馒头出来，我找他们换张票。我没和小石头说想把馒头送给养父的事，我怕小石头不同意。我说，我不想看了，谁知道他们演什么呢，再说戏看过就看过了，馒头还会饱会儿肚子。我当然是说的假话，其实我是很希望看戏的，还有电影。再说，你们都不看，我一个人看也没什么意思。小石头说，你不想把馒头拿出来，那我再想别的办法吧。他有什么办法想呢？我想他想不出别的办法来的。可到了戏要开演之前，他真的弄了一张票。他把我领到检票口，把我往里推，说他们会一直在外面等我。可我看完戏出来，我却没看见他们了。我跑到城门洞子，也没找到。我在城里到处找，找了一天都没看见他们的影子。第二天晚上，我只好去城西河滩。我想他们有可能去那里。可他们也不在那里。就在我要走时，一个戏班子的人走到我面前了。他说你想看戏？我说我找几个朋友。那个人又说，你会唱歌吗？唱两句我听听？我不唱，要走。我心里急得不行，可那人拉住了我，问我愿不愿意学演戏。他指着那些在练腿、耍枪的几个姐姐说，就像她们那样。

婆婆讲到这里时，喝了一口水。她眼睛里发出一种奇异的光彩。

我问道："后来呢？你去了戏班子没有？"

说过这话，我自己吃了一惊。离婚以来，我第一次听进了一个别人的故事。

我和张二凤那个婊子成为朋友是因为她痛经。那天，在课堂上，她痛得坐不住了，满头大汗。我就把她弄去了卫生间。然后跑回寝室拿来了卫生巾，然后又扶着她去校医院。在校医院里，医生打了止痛针，她疼痛缓解了。她抓住我的手说，她真是太感激我了，不然今天丑都丢大了。这以后，我和她好了起来，因为我觉得她诚实。

我没少关照她。周末出去，无论到哪儿，无论吃什么，我从未让她掏过腰包，因为我知道她是农村的，家里条件不太好。有一次，她去做兼职，被骗了，人被扣了下来，是我拿钱把她救了出来。见她用一部老的翻盖手机，我买了一部新苹果后，把旧苹果给了她。

毕业后她去了银行，我帮她拉存款。我们公司原来在她们行没有户头，为了让她有业绩，我不惜请我老爸出面去做我们公司领导的工作，同意我们公司在她们行开了户。要知道，我去我现在的公司，是考进去的，没让老爸给我打一个电话。可以说，她几年时间从一个一文不名的小职员升为部门经理，没有我，门儿都没有。

谈恋爱，我陪她相亲相了一个又一个，直到和褚云飞确定关系。结了婚，和褚云飞闹矛盾时，深更半夜把电话打来，我想都不想就往她那儿跑。

等等等等。我越想越气愤，越气愤越想。我觉得她就是一个彻头彻尾的骗子，从同学一直骗到现在，骗了上十年。我想不通我真诚待人，得到的不是回报，却是横刀夺爱，而且一点客气都不讲。

我想完了张二凤，又想易斌。我脑子里似乎再没有了别的东西。可想不到今天，婆婆的故事却一点一点挤进我脑子里去了。

是因为婆婆这个有点离奇、有点辛酸的童年吗？

我确实感到有点心酸了，甚至感到遥远。遥远得就像是与我隔着几个朝代。我真的想不到，就在二三十年前还有人过着这种生活。她可就是我的父母辈啊，难道仅仅因为生活乡下？

那个要我去戏班子的人是高班主。他跟我说，要是跟他们走，他马上给我缝新衣服，而且还教我唱戏。说实话，高班主的话是很诱惑人的。特别是唱戏。打扮得漂漂亮亮的，脸上化了妆，人特别标致，不管大人小孩子看了都喜欢。

高班主又说，去了戏班子，就不会饿肚子了。可是我不想去，我想找到小石头他们。高班主说，他们不要你了，都悄悄跑了，躲起来了，你怎么去找？我问，他们为什么要跑？高班主说，这我怎么知道呢，反正你看戏的时候，他们三个人就来找我，要我把你带走。

我不知是真是假。我想，小石头他们要我进戏班子有这个可能，因为他们都知道我喜欢看戏。而且，我跟着他们，他们总要照顾我。可我又不能肯定。他们即使要送我进戏班子，也应该给我说清楚啊，为什么要溜掉呢？我跑回城里，又一次在我们经常去的那些地方去找他们，可还是没有他们的影子。那时我突然感到城里一下子空空荡荡了，没有意思了。我找了一张报纸，把一直揣在怀里没舍得吃的两个大馒头包好，放在城门洞子的一块砖下面就走了。我想小石头他们如果回来了，一定会找到的，因为我们偶尔会在那里放几样我们暂时用不着的东西。

下午，戏班子收拾行李，挑着担子离开县城时，我便跟着他们走了。直到几天以后，我才听高班主说，小石头他们其实是被公安局抓走了，因为他们去扒了旅社的收钱箱。听高班主说到这里，我哇哇哭起来。我心里明白，他们是因为我，因为我要看戏才去扒那个钱箱子。如果不是这，小石头他们绝对不会做违法的事。高班主跟我说，要不是这事是因戏票而起，他还不想把我带到戏班子来呢。

我想跑回去了，我觉得我欠下了小石头他们的。有天晚上演戏，趁没人注意，就悄悄溜了。我走了一整夜，第二天中午到了一个镇子，我正打听路呢，高班主他们从一辆班车上下来了。高班主跟我说，我这样回去，小石头他们会很难受的。真要回去，就混个人模狗样儿了再回去。

我想想也是啊，小石头让我进戏班子是盼我好啊，我怎么能不听他的话呢。

高班主果真给我缝了一套新衣裳，我至今都记得那套衣裳的样子，衣服是绿底白花，好鲜亮，裤子是红色，家机布染的。还让兰儿姐用香皂给我洗头。我自己顿时感觉像变了个人似的。

我们那个戏班子，什么都演。所以，高班主给我安排了几个教我的师傅。唱花旦的兰儿姐教我吊嗓子，学唱功，小红姐就教我压腿，翻筋斗，耍枪。高班主教我打丑，打鼓。聂师傅叫我拉胡琴。

我不知道演个戏要会这么多，给高班主说要学做饭。因为我已经会做饭了，跟养父在一起时，我就能做饭了。而且还会找野菜。可高班主不答应。只有时候，我们没人看戏、粮食不多时，让我去找过几回野菜。

我要做饭，并不是因为练工苦，而是不愿吃闲饭。其实，我们这种戏班子，挣口饭吃并不容易。我们一般不在城里演戏，大部分时间是在乡下，走村串户，一个村子一个村子地往下走。走到哪里，就去找小队的队长，问他们要不要看戏。不看我们就继续走，直到找到一个要看戏的队。有时候我们一连走好几天都找不到一个要看戏的队，这时我们吃饭就成问题了。

一个人一张嘴。我天天在戏班子里吃饭，却只能压压腿，咿咿呀呀吊嗓子，什么戏也不能演，完全就是一个吃闲饭的人。我觉得自己对戏班子是个拖累。可做饭就不一样了。我会找野菜。我会多找一些野菜，混着粮食吃。

高班主不同意，我就只好还是吊嗓子，学翻筋斗。我吃得苦，所以，一年多工夫，我就能唱一些简单的曲子了，筋斗也会翻几个了。有时候，观众点了某出戏，兰姐嗓子唱塌了，高班主就叫我顶一顶。遇到了武戏，高班主也会让我跟着小红姐一起上台翻几个筋斗。到第三年，我会的戏就更多了，枪也会耍了，鼓和锣也能打了，胡琴也能拉几句了。有时候，谁生病了，我就顶上去。戏班子的人都夸我聪明，说我有这个扮相，有这副嗓子，一定能成个台柱子。

我心里对高班主，对戏班子所有的人都充满感激。越是这个时候，我就越想养父，想小石头他们。有时候，演完戏，卸了妆，别人睡觉时，我会一个人在外面待一阵，望着天上的月亮想一会儿养父和小石头他们。我真希望他们都在月亮上看着我。有几回，我问小红姐，我们在哪儿，哪个省哪个县，小红姐说不知道。我又问兰儿姐，兰儿姐也说不知道。

我们戏班子里识字的人不多。识字最多的是拉胡琴的聂师傅。他会写节目单子。每天晚上演什么，都是他安排的。他还会认地图。有时候，高班主问我们到哪儿了，聂师傅就拿出一张地图来看，然后就说我们在哪儿了，是哪个省哪个地区。聂师傅是个跛子，据他自己说，如果不是跛子，他就在小学校当老师了。因为腿跛了，书教不成了，就到高班主的戏班子里来了。聂师傅平常对我不错，除了教我拉胡琴，还主动教我识字，算算术，而且十分用心，只要看到我有空，就叫我，香椿，过来认字。我就跑到他跟前，让他在我手板里写个字。我现在能识几个字，能算算账，都是他教的。

一天我们去了一个很大的村子。演完戏，队长便给高班主说，他给我们找好睡觉的地方了。我们这个班子总有十一个人，六个男人，五个女人。平常，队上如果不能帮我们找睡觉的地方，就帮我们借两间大房子，我们只要把草席子往地上一铺就在地上睡起来，男人一班，女人一班。队长给我们找好了住处，我们就省事多了。

队上让人来领我们去各家住。我和小红姐跟着一位大婶走了。我们到大婶家里洗漱时，队长领着聂师傅来了。队长对大婶说，少算了一个，你家床铺多，这位师傅腿脚不太好，就让这位师傅在你家睡吧。这样聂师傅就跟我和小红住到了一起。

那天晚上，我们吃的是白面馒头，并且队长还让我们一个带两个馒头，明天在路上吃。我当时就想起了养父和小石头。所以，洗了脸以后，就没有上床睡觉，而是到了外面，坐在院坝边上一个石磙上看月亮。

我也不知道在外面坐了多久，聂师傅出来了。看见聂师傅，我便问他我们这是在哪儿．聂师傅说，大地方是江西。我问江西隔我们那个县城有多远，聂师傅说中间隔了几个省。过了一会儿，聂师傅便问我是不是想家了，我说是的，我想起养父和小石头了。聂师傅说，进屋去吧，外面露气重。我站起来，跟着聂师傅进屋了，一直跟进了聂师傅的卧室。

聂师傅一进门就坐到床上，看我进去，似乎突然想起什么了。香椿，你是不是还想走，想离开戏班子？我摇头。我确实没想过离开戏班子的问题。我觉得戏班子太好了。聂师傅又说，香椿，你可不能有走的想法，对你不好。你想想看，你现在回去能做什么呢？跟小石头他们一起混日子，你什么东西也学不到，以后靠什么过日子呢？对戏班子也不好，兰子年纪不小了，唱不了两年了，你就是台柱子了。我说我真不是想走，我只是想起养父，想起小石头他们来了。聂师傅说，我知道了，我相信你，你回去睡觉吧，免得小红等着。他把手往外挥着。

可我不想走，我还想和聂师傅说说话，想让聂师傅能抱我一会儿，就像小时候养父抱我那样。我说小红姐已经睡了，我出去的时候就在打鼾。说着就坐到床上，把聂师傅的一只胳臂抱在怀里，把头靠在他肩膀上。说实话，在那一刻，我有了那么一只可以抱着的臂膀，可以靠靠的肩头，感到很幸福。

靠了一会儿，我准备走了，把聂师傅的胳膊放了下来。就在这时，聂师傅一只胳膊搂住了我，并且鼻子伸到我颈上嗅了一下。说，香椿，你真的很香。我既兴奋又高兴。我说是吗？还从没有人说过我香呢。聂师傅又嗅了我一下，说确实很香，比香椿还要香。聂师傅这时就双手抱住了我。我的脸一下红了，心里怦怦跳。说实话，那时我对男女之事也知道一点点了，可我不知道聂师傅是不是要那样。我既害怕，又有点好奇。

聂师傅抱住了我，就开始亲我。然后，双手抱起我，把我丢到了床上。我想走，要从床上爬起来。聂师傅说，你就让我闻一闻吧，就开始解我的上衣扣子。我呆呆的，以为聂师傅解了扣子闻一闻就罢了，也就让他解了。聂师傅闻了一阵，就把自己的衣服脱了上床，抱着我。我感觉很舒服。可我到底有些害怕，我问聂师傅，这样会不会怀孕。小石头曾对我说过，男生和女生脱了衣服睡在一起就会生个小娃娃。聂师傅扑哧一笑，说不会，我们没脱裤子呢。接着用手摸我的胸前，说你还没发育呢，妈妈儿还只有一颗李子那么大。

聂师傅这样一说，我就放心了。可聂师傅脱我裤子时，我还是抓住了他的手。聂师傅喘着粗气，手上用了劲儿，我就把手松开了，我不想聂师傅难受，不想聂师傅生气。可我把手松开以后，聂师傅也把手拿开了。聂师傅说你走吧。我感觉聂师傅是生气了，就说，我把裤子脱了吧，动手把裤子往下脱。聂师傅抓着我的手，说算了。我说，你不是说不会怀娃儿吗？手一挥，把裤子脱了下来。

我不知道这件事有多大，我只是隐隐约约有些害怕。这之后，我和聂师傅又有了几次之后，我也就不当一回事了。我觉得那就是聂师傅喜欢我，对我好。

过了一段时间，我身上（生理期）来了。再和聂师傅在一起时，有些害怕，怕怀孕。聂师傅弄了一些药片给我吃，说吃了药片就没事了。

时间一长，就有人注意了。一天，负责伙食的崔师傅喊我跟他去挖野菜。到了河边，他从怀里摸出半个馒头递给我，要我赶快吃了。我把馒头接过来，三下五除二下了肚，就开始找野菜。不知不觉到了小河边。崔师傅站在河边望了望我们身边的一堵岩山，说，香椿，那儿像有个山洞呢，你钻过山洞没？我没钻过山洞，说那是山洞吗？崔师傅说，是呢。说着把我手一拉就往那儿爬。

果真就是一个山洞。那时是春天，天还很冷。我们站在山洞边上就能感觉到洞里有一股热气。我弯下腰往洞里望，里面黑咕隆咚的，有些害怕。崔师傅说他带着火柴，什么妖魔鬼怪就怕火柴。他这么说时，就拉着我钻进洞里了。

洞里很暖和，很宽敞，而且不像外面看着那么黑。我们慢慢地能看到洞壁的一些东西了。有的像竹笋，有的像羊，有的像桌子，有的像树，非常漂亮，还有水滴到水凼的声音，特别清脆。

我们在洞里看了一会儿，崔师傅就说，香椿，我想和你好。我不知道他这是什么意思。崔师傅年纪很大了，头发已经白了不少。我望着他时，他又说，你和聂麻子都好了。他这一说，我吃了一惊。我才知道我和聂师傅的事他知道了。我羞得厉害，往出跑。他抓住我胳膊，说我对你好不好？没有聂麻子对你好？

崔师傅平常对我也好。我到戏班子不久，有一天我正吊嗓子呢，他喊我去帮忙洗个菜。我跟着他进去，他就悄悄往我手里塞两颗糖。像这样的时候很多。有一次，他还给我塞过一段红头绳。好啊，我说。他说，那你为什么不对我好？我这时弄明白他的意思了，摇头。

对于男女这事，我懵懵懂懂的。但我明白，既然我和聂师傅好了，就不能再和别的男人好了。这时，崔师傅猛地抱紧了我，把嘴巴堵到我嘴上了。我想跑，却挣不脱。他亲了一会儿我，手就伸到我衣服里，解我的裤带。我就没有再跑了，我担心他会生气。

这之后，夏老师也找上我了。再就是搞剧务的老董，最后是高班主。他们都对我好，我不想得罪他们。

直到有一天，聂师傅和崔师傅打起架来，我才知道戏班子人都知道我和所有男人睡觉的事了。

我很羞愧。好好的戏班子，男人之间闹矛盾了，吵架了，高班主和他老婆也吵架了。我不知道如何是好。我去问聂师傅，聂师傅直叹气，说香椿，是我害了你。

一天早晨我起床后，就再没有见到戏班子的人。我一户一户地跑去打听，才知道他们昨晚上走了。半夜悄悄走的。唯独没有叫我。

我想追他们去。可这时，房东往旁边屋里喊了一声，一个跛脚男人从屋里出来了，一跛一跛走到我跟前，对我说，你跟我走吧。我问他是什么人，他说，我把你买了，你现在是我的了。

男人说花钱买了我，我不知道该怎么办了。去找戏班子，又不知道他们究竟去了哪儿。跑，我连我那时在什么地方都不知道。

我收拾包袱的时候，发觉包里有四十块钱。我平时包里是没有钱的，毫无疑问这四十块钱是他们塞在我包里的，是他们几个男人凑起来给我的，因为那时四十块钱对我们来说，是一大笔钱，我想他们当中的某一个人是一次拿不出这么多钱来的。那时我们演一场戏最多才十块，有时还只有七块八块。

所以我总觉得高班主、聂师傅他们几个男人，对我是有恩的。他们不得不把我丢下，他们想着帮我，想着我能过上好日子。你说是不是？

男人看着我犹豫，对我说，你长得漂亮，还会唱戏，我知道配不上你。可我会对你好。我这才打量了男人一眼。男人长得不丑，除了年纪大点，衣服破点，没什么看不顺眼。

我眼睛一酸，没来由地滚下泪来。男人说，你实在不愿意，我帮你找他们去。就是男人这句话，我拿定主意了，跟他过一辈子。我想这个男人不会为难我。就这样，我就跟着这个男人走。走在路上，我问他是什么地方，他说胜利大队。我问是哪个省，他想了想说，应该是河南。走了一段，他问我，他们说你十七岁了，我看没有，你到底多大？我想了想说，应该是十五吧，我也说不清楚。他说，按规定我们要打个结婚证的，打结婚证女方要二十岁，别人问你，你就说二十了。走了一段又说，你到了我们家，什么事都不要你做，你只要给我们家生个儿子。我们家是三代单传。

走了一阵，他又说，我姓李，大名李家俊，不过别人都喊我李瘸子。你呢？我说，我叫秦香椿。

他们家还算不错。有一栋两间房的土房子，就像我这栋一样。那几年，我们一直走村串户演戏，在农家里借宿，看了不少人家。我知道有那样两间房子的人家，要算得好人家了。特别是他们家有劳力。他爹和他妈都还能出工，所以家里也不怎么缺粮吃。我进他们家的那天，他们还办了几桌酒席。

他还真的不让我出工，说我细皮嫩肉的，不是搞劳动的料。那时候，凡是队的劳动力，都是要参加生产的，也不知道他想的什么法子。我的事就是在屋里给他们一家人做饭。

从我进他们家开始，他们家就开始准备我生孩子的事。譬如说布票，原来准备卖了猪，给一家人缝件新衣服的，可怕我生孩子后，没有布票给孩子做衣裳，就只给我一个人缝了一套新衣裳。我心里明白这个孩子很重要，所以，我早把聂先生给我弄的那些避孕药片都丢了。我当时想，只要丢了这些药片，我很快就会怀上孩子。可是一晃一年过去了，肚子里也没什么动静。

他爹妈着急了。一天他妈就问我，和他行房没有，身上是不是正常的，等等，我都如实说了。他妈要他带我去看医生，又要他带我去哪里求神。他说，是年龄问题吧，她才十六岁呢。他妈说，十六岁生伢的还少吗？我心里想，也许是吃了那些避孕药的缘故吧，吃了几年的避孕药，也许要停个几年后才会好吧。

又过了大半年，肚子还是瘪的。他妈就逼着我们去公社医院检查。公社医院没有检查出毛病。他妈不知道从哪里打听到一个地方有一棵大神树，神树下面的水，喝了治百病，能怀上孩子，就要他去弄神水。那个地方很远，坐两天车，还要走两天路，才能到。他一个跛子，走那么远的路，真的不容易，可他还是去了，走的时候挎了一大包我和他妈烙的烙饼。过了上十天，他回来了，带回了小半瓶神水。给我们说，弄神水的人实在是太多了，他在那儿守了一天一夜才弄了那么一点。我看那瓶中的神水，浑浑糊糊的，里面浮着没燃尽的香扦和纸钱。他妈让他把神水摆到堂屋大桌子上，忙打来水要一家人洗手，又找来香扦和纸钱来烧，一家人跪下来磕头。

我也很想有个孩子啊，他们一家人盼着，把我当神仙供着，这是其次，关键的问题是我想有个伴，想有个自己的孩子。所以，我跪在地上咕咚咕咚一口把神水喝了下去。

没多久我肚子疼起来了，轰隆轰隆地，他妈说这是神水生效了。我们听了都很高兴。一会儿我开始拉稀了。我拉稀的时候，他一直站在我身边守着我。

人拉稀的时候，身子就软沓沓的，连坐都没力气了，只好往床上躺。晚上，他端了一盆水过来，给我擦身子，洗脚。然后一直站在床边，看着我。我说，你睡呀。他结结巴巴说，妈……说了，今天……你喝了神水。我明白他的意思了，说那就怀啊。他说，你……这个样子。我笑起来，只要能怀上。

他很轻很轻。说，你不动啊。生怕累了我。可一会儿，我又要拉稀了。他就像抱孩子一样，抱着我一跛一跛地去茅房。到了茅房，仍抱着我拉。要知道他是一瘸腿啊。他抱着我拉，是一只腿蹲着的，另一只腿甩在一边。可他就那么蹲着，我现在想起来，都不知道他怎么那么能蹲。等拉完了，再回到床上。这样折腾了两三回，折腾了大半夜，他才说行了。

我虽然累，虽然软，可心里蛮高兴。我相信这回一定能怀上了。

可是几个月过去，还是没动静。一天晚上，我们上了床，他就眼瞪着天花板流泪。我从没看见过他流泪，问他怎么回事，他说，香椿，你给我说实话，在戏班子里，你是不是和别的男人睡了，你是不是还没发育就和男人睡了。我想不到他会问这个问题，说，你听到什么闲话了？他说队上有人说，你一定是被很多男人睡过了，女人睡男人睡多了，就没有生育了。你说，你真的跟很多男人睡过吗？

我不知道怎么回答。也许，怀不上孩子真与他们有关呢。

那时，我还没发育，而且还吃了避孕药。可是我不知道怎么回答他的话，承认还是不承认。我不想撒谎，他对我很好，我不忍心骗他。可我又不敢说出真相。我知道如果说出真相，他一定接受不了。

见我不说话，他又说，队上的人说，你这么漂亮，又正是演戏的时候，要是没毛病，戏班子怎么会二十块钱就卖了呢？

听他这样说，我感觉到他像什么都知道了的样子。我说，你别说了好不好？那都是过去的事了。他听我这样说，明白了，就狠狠抽自己的耳光。我提出要走，可他不让。他说你一个人往哪儿走呢？大不了我们老了去住养老院。第二天吃早饭，他给他妈解释说，队上那些人都是瞎说的。香椿怀不上，可能是练功练的。要么是现在人还小。他妈不说话，只往嘴里扒着饭。看那样子，是不相信他的话。他又说，有的人天生就没有生育能力的。

晚上，我和他商量抱养一个的事。他闷了半天，总算答应了。可给他妈说，他妈不同意，说他们家三代单传呢。

又过了一段时间，队上买媳妇的人家多起来。几个买进来的媳妇，进门不到一年，都生了个大胖孩子。这时他妈就坐不住了。一天晚上，他妈去找了人贩子，回来后，便扑通一声跪到我面前，一把鼻涕一把泪地说，为了给他们老李家留个后，他想给我换个人家。不然，她也好，我也好，有一天去了阴间，没法和老李家的祖宗交代。

我感到很突然。我怎么也想不到他们会让我去给李家换个媳妇。我一点思想准备都没有。我说李家俊同意吗？他妈说，他不同意，所以我才找你。你比他懂道理。

我一时不知道该怎么办了。家俊对我很好，虽然我并不爱他，可我对这样的生活很满足。我想就这样过下去很好。我想了想说，我是家俊买来的，家俊要我走就走，不要我走我就不走。

晚上家俊回来，我给家俊说了他妈要拿我给她换媳妇的事，问他究竟怎么打算，家俊哭了起来。

他哭得很伤心，把我的心哭软了。我当时只觉得他一定很为难。想起他对我的种种好，当时我也哭了。我不想再让他为难，劝起他来：我拿定主意走了，你对我太好了，我不能让你老李家绝后，也不想看到你们母子俩闹起来。家俊揩着眼泪，说你要是走了，会去一个什么人家？他会不会像我一样待你？我说，人到哪里都是一活，别人能活，我也能活。他好我过一辈子，不好我也要过一辈子，我早想穿了，一切都是命。也许这一切都是报应。

我那时真是这么想的。

过了几天，他妈领了一个男人到家里来了。那人个子比李家俊矮，可浑身上下没残疾，样子比李家俊好看。我以为是要嫁给他，直到那人走后，他妈才告诉我，他是媒人，来看人的。说他对我印象不错，会尽量帮我找个好人家。

我已经拿定主意走了，去给李家俊换一个能生娃儿的老婆。可听他妈这么说时，我还是大哭了一场，似乎这时才相信我真的要走了，要去一个我什么都不知道的地方，一个什么都不知道的家里，和一个什么都不知道的男人去生活。

过了个把月，人贩子领来了一个女人，云盘大脸，腰身很粗壮，人贩子把人交给他妈，问他妈满不满意，他妈像看牲口一样围着她转了几圈，叹了一口气说，还能说啥呢，只要她能给老李家生个儿子，让老李家莫断了香火。人贩子说，这个身坯骨架，只要你儿子行，保证几年给你生一串。

我走的时候，李家俊一直把我送到汽车站。他塞了六十块钱给我。车子走了好远，我回过头去看时，他站在那里，双手抹着泪……

我想不到婆婆会被一个跛脚男人抛弃。我忍不住打断婆婆："你为什么答应走？你们不是有结婚证吗？婚姻是一回事，生不生孩子又是另一回事。"

"我不能害人啊，他们对我那么好。"婆婆说。

"这就是你不断被人抛弃的原因？"我说。

婆婆说："我信命，我相信这些都是命。在戏班子的时候，小红姐有本秤命书，没事的时候就秤命玩，可我不知道我出生的时刻，不能秤，有一次在镇上演出，碰上一看相的，我请他看相，他说我命里有孤鸾星。"

我又一次感觉到，婆婆生活的时代好像距离我们很远。这不是买卖人口吗？

我想起了我和易斌的离婚。那是第二天上午，我们坐在沙发上。他给我倒了一杯水，然后坐回去，望着我说："我仔细想过了，我们还是离了好。"

"你就这么迫不及待？你究竟看上了她什么？她的蛇蝎心肠，厚颜无耻，还是她的风骚、大奶子？"我愤怒之极。说实话，我没有想到易斌会看上她。她没我漂亮，没我聪明，没我挣钱多，哪一点都不如我。这让我感到特别丢人。

"萝卜白菜，各有所爱吧。我觉得我和她在一起比和你一起更合适、更快乐。"

"你现在说跟我在一起不快乐，早干什么去了呢？你还记得当初追求我时说过的话吗？"

"时过境迁，没有谁能对过去说过的话负责。"

"如果没你当初的死缠烂打、软磨硬泡、信誓旦旦、山盟海誓，你现在在做什么你想没想过？"

如果没有我，我真的不敢想象他现在在做什么。说起来，他的第一桶金，还是我帮他挖的。那时他到我们单位推销润滑油，我告诉了他公司领导的电话和住址，帮他约了公司领导吃饭。我当初做这一切时，我和他还什么关系都没有。我仅仅是在电视相亲节目上见过他一面，还灭了他的灯。因为他的身高、长相、工作、收入、家庭等都距离我心目中的那个人相差甚远。当时，他来到我们公司，说起那场相亲会，我才有了一点印象。当他谈起要向我们公司销售润滑油时，我心里便有了疑问，也许一开始他选择我就是为了销售润滑油吧。可我当时还是为他牵了线，也许是对相亲现场灭了他的灯有点愧疚吧。没想到这件事情以后，我们的接触多了起来。他直言不讳地说，他选我的号，就是为了销润滑油。因为我对他来说，太完美了，是天上的月亮，他只能望一望。他甚至坦诚地说，他的公司才刚刚起步。他现在开出来的车都是租来的。我不知道怎么回事，我竟然对他有了好感。后来我想，我一定是被他的哀兵之计，被他诚实的外表迷惑了。我怎么也想不通那张诚实的面孔下，掩盖了那么多的阴谋。

他公司流动资金不够，我给父母做通工作，把父母给我攒下的嫁妆钱拿了出来。后来，流动资金又成问题了，我冒着风险，拆借了我们公司的一百多万资金。没有我，他的公司也许早就垮了。

而对于他的家人，我也尽到一个儿媳的责任。他出差在外，父亲病了，我连夜赶去他的农村老家，把他父亲接到武汉，找最好的医生给他看病，找关系给他安排病床，还请了假到医院去侍候他。

每年过年，我都要陪易斌一起回老家过年。易斌那个农村老家，说实话，我过不习惯。碗筷油腻腻的，洗脸是一家人供一塑料小盆，洗澡是一家人共用一个塑料大盆，厕所设在臭烘烘的猪栏边，还有什么菜都一顿一顿接着吃……说得不好听点，简直就是煎熬。可为了让他高兴，我总是乐呵呵地陪着他去，去之前还开着车在城里这儿跑那儿跑，去给他的七大姑八大姨买过年礼物……

难道这一切他都忘了吗？

我把张二凤那个婊子带到我们家来，不过就是几十天时间，他就毫不犹豫地蹬了我，她为他做了什么？难道男人真的都是无情无义的东西，难道几年的夫妻之情抵不过一个女人床上一夜风骚？

我觉得生活对我太不公平了。我就是天底下最最不幸的那个人。

"你觉得我们生活在一起，还有什么意思吗？你会忘掉昨天那一幕？"

说真的，这种事，我可能一辈子都不会忘。想起来我就觉得恶心，像吃了苍蝇，可是我还得想让自己忘掉。现在的男人，有哪个没有一点花花肠子呢？

"只要你和她一刀两断。"我真是这么想的。这种事，别的女人能忍，我也能忍。我不想把我辛辛苦苦培养成熟的老公，拱手送给别人，更不想让张二凤那个婊子的阴谋得逞。

我这几乎是哀求了。我想他一定会从中感觉出了我的宽容和隐忍，会幡然醒悟，向我说声对不起，或者来一句保证什么的。

可我错了。他十分坚定，甚至开出了我意想不到的条件："房子，车子，公司，都给你。我净身出户。法律上，我是过错方。"

我吼叫起来："你这是什么？你觉得这样就可以心安理得？你没觉得你这是把我一生都给毁了？"

无论我说什么，他都坚持要离。我也只好同意了。我并不想要那种名存实亡的婚姻，而且我也不想上法庭，把事情闹得满城风雨。

人贩子带着我坐了两天火车、两天汽车，把我带到一栋土房里，交给了一个驼背男人。他对驼背男人说，怎么样？还满意吧？男人嘴巴张得合不拢，一条长长的涎水从嘴角挂下来。人贩子又说，话都说好了的，不能生娃儿的。驼背男人点头。人贩子又说，不过，也不一定，生不生娃儿，有的是男人问题。也许他原来那个男人不行。那样你就赚大了。

人贩子说过，驼背男人就进里屋去取了一沓钱，交给了人贩子。人贩子拿了钱就走路了。驼背男人要我坐，我这才坐到了一把木椅子上。他用杯子给我倒了一杯水，说饿了吧，我这就去做饭。我望着他的背影问，你叫什么名字？他转过身来，说，商明贵，别人都叫我驼子，你也这么叫吧。

无论是人，还是家庭，都比李家俊差多了。他背驼得厉害，而且头顶的头发也掉了不少，差不多算个秃顶了。看样子至少也有四十岁了。家里也只有歪歪倒倒几把椅子，几条黑不溜秋的板凳。

我早知道，买媳妇的家庭，一般都是各方面条件比较差的家庭，所以我从没想过我要去的家是什么样的家，要在一起生活的人是什么样的人，因为我无所谓了。我还以为，这个世上没有我不能吃的苦。

可这个家，这个人，还是让我生出了一种奇怪的感觉。我也说不清楚这是种什么感觉，似乎是失望，可又不像，我什么时候想象过我要的家庭是一个什么家庭，要的人是一个什么人呢？说委屈，也似乎不是。我心里很明白啊，我是人家买来的啊，买来的有什么委屈可言呢？

可我心里就是疙疙瘩瘩，不舒服。我心里甚至生出逃走的想法。我想回老家去，回我养父家里，或者去找小石头。

我这时冒出回家找继父或小石头的想法，还有一个原因是现在土地下放了。土地一放，大家各种各的田，粮食有吃了，而且上头对人也没管那么紧了。

驼子去灶房做饭去了，我坐在堂屋里想着这些。不一会儿，他把饭做好，喊我吃饭，我去了灶房。灶房里有口灶，一张木桌子，木桌上放着一钵子米饭和一小烧箕煮红薯，还有一碗炒辣椒，一碗炒黄瓜。我坐到桌边时，他把那碗米饭推到我面前，要我吃那碗米饭。他自己拿个红薯吃起来。那钵米饭太多了，我吃不完，我说你找个碗分些出来，你吃。可他说他不吃米饭，他吃惯了红薯，又说，没多的碗了，你吃不完留下来下顿再吃吧。他一边吃红薯一边说，他这家就他一个人。父母死得早，有个姐姐早就嫁出去了。这些年，他舍不得吃舍不得穿，把每分钱都攒起来，就是想娶个媳妇。可没有姑娘嫁他。他只好托人去买。一点钱都给人贩子了。你这么漂亮，真是委屈了。

他不说这话还好，一说委屈，我眼里来了泪。他就安慰我，现在政策好，日子会越过越好。他再挣几年，就把这栋土泥巴房子掀了，建个砖房子，让我住在里面舒舒服服的。

听他这么说，我心里复杂起来。为什么呢？他是个好人，或者说是个可怜人。

我想回老家去的想法这时便动摇了，可我又有点不甘心。

我说，我虽然是你买来的，可我们还是要去打个结婚证，我不能不明不白跟了你。还有，你得办儿桌酒，接儿桌客，办个婚礼，让村上的人都知道我正经八百是你的堂客。他听了我的话，沉闷了好一阵，说，好吧，你这也是为我好。

晚上，洗了睡觉，我故意问他我睡哪儿，他愣了一会儿说，我只有一间铺，你睡铺上吧。我说你呢？他说，我哪里都可以睡。

他的卧房门不能拴，他把我领到卧房去后，又端了一把椅子进来，要我用这把椅子抵门。我瞪了他一眼，他赶忙说，你放心吧，你要先办手续，先办酒，我不会乱来的。他说过后就出了房门，我像心里有气一样，真的用椅子抵住了卧房门，我还故意弄出了一些响声。

睡下后，我一直听着外头的动静。半夜，我起来上茅厕，他听见动静，赶紧拉亮了灯，我这才看到他睡在地上的一床蓑衣上。我回卧房后，没再用椅子抵门。

第二天早里，我还在睡着，他就叫我了，说要我和他一起去村里办手续。

我们去村里办了手续，又去乡里。跑了几次，才总算把结婚证办了下来。

办到手续，他又张罗着办喜酒。吃喜酒那天，村里来了不少人。那些人都夸他有艳福，娶了一个标致媳妇。

那天晚上，我们才睡到一张床上。一整夜，他一直紧紧地抱着我。他说，村上某人某人出去打工了，田四六分种，没人种，他要接过来种。又说，养猪养羊赚钱，要养几头猪几只羊。我那时以为他只是说一说，并不当真。只说，你一个人种得出来吗？他说，我有的是力气，只要你在田头看着我，我就有使不完的力气。

在田头看着他？我还以为他说着好玩的。没想第二天早晨，他做好了饭，就叫我起床，说吃了饭好下地。我以为还在梦中。我说，我没下过地，人贩子没给你说？他说说了，可你昨天答应了，要在地头看着我的。

我就跟着他去了地里。他真的不让我拿锄头，要我就站在田边歇着。后来我问他为何要这样，他说是我太漂亮了，怕村里的那些坏男人打我的主意。

他真的接了人家一些田过来种。我也不知道他究竟种了多少田，只知道到了收粮的季节，我们家里里外外，到处都是粮食。粮食一卖，他就把钱交给我。

又养了几头猪，几只羊。所以，无论刮风下雨，也无论春夏秋冬，他都一直忙得不停。看他这么忙，我怎么好意思一直像个监工一样，站在田头守着他？也跟着他学起种地来。慢慢地，我就学会种地了。

一晃一年过去了。有一天上了床，我跟他说，看来我是不能生了。他说，我晓得。说实话，听了人贩子的话后，我心里还是对生孩子抱有一线希望的，在老李家生不出孩子，也许真是李家俊的问题呢。我甚至还想，如果我生了孩子，我一定要带着孩子去找李家俊，让他看看我是能怀子的。可现在已经一年了，肚子里没一点动静。我想不生孩子可能真是我的问题。我说，我们抱养个孩子吧。他说，你说抱就抱。我说，我们要像亲生一样待他，让他读书。他说，我都听你的。我说，有个孩子了，我就帮不上你什么了，花费也大了。他说，有个孩子，人活着就有盼头。

可真的想抱个孩子并不那么容易。我们到处托人帮忙，却一晃一年过去，也没有打听到哪里有遗弃孩子的。一天，我们又在一起说抱孩子的事，他说，现在生活好了，孩子金贵了，没人会丢孩子了，估计抱养孩子难了。我说那就算了。他说，可以买，我打听到可以买，少的一万，多的两万。一万块钱，那时是很多钱。我们全县只有几个万元户。我说这么多钱，我们哪有？他说，只要你要，我们去借嘛。一会儿又说，只不过，我说让你住砖房子的，要往后推了。

我知道他这一切都是为我考虑。只要我不提起，他就不会再提这事了。没想到他一天早晨抱回来了一个孩子。

我是真不理解。昨晚上，我们一起上床睡觉的。我没听他念叨一声。我也不知道他昨晚上是什么时候出去的。他说，昨晚上，我不是去经销店买肥料吗？周麻子说，浙江一班打洞子的，给他们做饭的姑娘生了个孩子，才两个月，生父放炮时塌在洞子里了，那姑娘没结婚，不敢把孩子带回家，想给人家养。我听周麻子这么一说，连忙就跑去看了。没给你说，是怕这事不可靠，想不到是真的。我把孩子接过来，这才看见孩子是个豁嘴儿。

我立即想起了小石头，想起他为了让我看戏班子演戏，偷了钱被警察抓去的事。眼泪一飙就出来了。他看我哭了起来，连忙问我是不是不喜欢，他感觉这个孩子蛮灵醒，这个败相不打紧。现在医院修得好。又说，他只给了人家一千块钱呢。

我说不是。我是想起别人来了，也是这样一个豁嘴儿。

孩子一看见我就笑。我很喜欢这个孩子。我们用奶粉、米面养着他。他给孩子取了个名字叫乐子。

有了乐子，他就更苦了。那么些田，他都要一个人种不说，而且又要了另外几户人家的田种，还多捉了几个猪崽，他跟我说，要早点把乐子送到医院去修嘴儿，他听人说了，越早越好。

想不到这一年，春上就遇见大旱，正播种的季节，滴雨未下。他整夜整夜地从河沟里挑水浇地，好歹把苞谷种了下去，把麦苗保了下来。可正收麦时，天又下个不歇，下得麦秆儿都塌到地上，麦粒生了秧儿，冒着雨背回家，晾干了把麦粒打下来，堆在屋里，等太阳出来，晒干了，却卖不出去。发过芽的麦子，发馒头、擀面皮都不行，只有打面汤，打面汤也是一煮一股水。春季没了，指望秋季。可七月间，苞谷正扬花时，一场风灾，把苞谷杆子都刮断了，救过来的不到一半。

这样的年景，种田别说赚钱了，劳力搭进去不说，还要倒贴种子钱、肥料钱、农药钱。哪里还能给分种的那几户人家粮食？我劝他不要种了。可他说，年景总是这样的，好一年坏一年，今年年成差，明年一定不错。可第二年更惨。从苞谷扬花时，开始天旱，旱了几个月，别说苞谷，就是山林也黄成了一片，人和猪都吃不上了。

就这两年，我们亏大了，原来存下来的几百块钱都贴了出去。相反，那些出门打工的，却赚大发了。一个两个回来，大包小包的，穿上了皮鞋，别着手机，像个国家干部。有几户还建起了砖房子，在村子里办起了经销店子。他跟我说也要出门打工，种田没出路了。

我也觉得打工比种田好些，至少不会像他种田那么苦。可他就是下不了决心。一时说去，一时又说不去。我问他为什么拿不定主意，他说怕我和乐子在家里吃苦。我说你就放心吧，我保证把自己照顾好，把乐子照顾好。他抓了一阵脑袋，瞪着我看，然后说，还是算了吧。现在村上风气坏，你又这么好看，我怕那些男人为难你。他把话说到这里时，我心里明白了。我说，那就不去吧。他又说，我想早点给乐子修嘴，那样你看起来也舒服些。还有房子，我一定要让你住上砖房子，说完就叹气。我说，那我们一起出去，我和乐子跟着你。他说，那哪行呢？那些打工的，都是住在一起。我说，可以租房子呀。他摇头，说那太贵了。城里房子太贵了，也许我做一天，还不够租一天房子的，什么时候可以给乐子修嘴啊。

我能够感觉到，究竟出不出门打工的问题，搅得他很痛苦，也明白他痛苦的原因。可是我却一点办法都没有。

一天晚上，他要了我之后，便一遍又一遍地抚摩我的脸，摸了一阵，叹道，你怎么长得这么好看呢，你要是个丑八怪就好了。我说，我变成个丑八怪你不嫌弃？他说，怎么会呢？你越丑我越放心。

我以为他说的是疯话。哪个男人不喜欢自己的老婆漂亮，喜欢一个丑八怪老婆呢？

又一天晚上，他弄了个摇窝，在里面垫了棉絮，把乐子放到里面睡了，然后上床，一次又一次要我，就像发了疯一样。到天亮时，他说，和你商量个事。我太累了，眼皮都睁不起来了。我说你说吧。他叹了一阵气就咕哝了一句：我要把你变丑，变个丑八怪。我太困了，已睡得迷迷糊糊了，嘟囔着，你说啊。他说，我决定出去打工了。我说嗯。他说，我不出去打工，乐子的嘴就没钱修，我答应让你住砖房子的也一时兑不了现。我说我知道，睡吧，天要亮了。他说，可是我不放心你，我怕别的男人纠缠你。我说，我知道，你就放心吧。他说，我想了个办法，把你变成个丑八怪。

这时我才知道他并不是开玩笑了，坐了起来，瞪着他。他望我一眼，把头低下，说，我想了用除草剂，只要把除草剂涂到你脸上，你脸就会烧坏。

我想不到他竟然想到这个办法。你早想好了？

他突然捏着拳头狠狠地砸自己的脑袋来，一边砸一边说，我没别的办法了，这些天我就想到这个办法。

我心中很气愤，可看他一下一下砸着自己的脸袋，心又难过起来。我把他手抓住，别砸了，别把乐子弄醒了。

我理解他内心的苦，可是接受不了他要毁我脸的想法。我对他说，乐子现在还小呢，长大了再修也不是不行。砖房子不修也不要紧，哪里住着都是住着。

我以为他想通了，把出去打工的念头放下了。因为他又计划买种子肥料了。可他拿了钱却一直不去买，也不去田里。每次吃饭时回来，他都和我说，某某去年在哪儿打工，挣了多少钱，某某给他捎信了，说那儿还差人等。

那天他又出去了。我在家打扫房间时，看到了墙角的几瓶除草剂。我有点好奇，把瓶子拧开后，闻了闻，闻到了一股淡淡的清香。

这一阵他五心不定，坐卧不宁，饭吃不好，觉睡不好，我就知道他还在为出不出去打工的事伤脑筋，我顿时心里冒出一个主意：把脸毁了，让他安心去打工。

这个想法一冒出来，我自己都吓了一跳，可是却无法遏制。我脑子里迅速为这个想法寻找理由：他是为乐子，更是为我高兴啊；他想建砖房子也是为我啊；他想毁我的脸也是为我啊……想到这里时，我便从内心里觉得这是一件我应该做、必须做的事，我浑身有了一种奇怪的感觉。

我找了一条破毛巾，将除草剂倒在毛巾上，然后按在脸上。一会儿，脸上火烧一样疼，似乎有人拿刀子在剥着脸皮，我松开手，摸了一下脸，可脸上并没有变化，就又把毛巾按了上去，直到自己疼晕了倒在地上。

就在这时候，他回来了。看见地上的药瓶，他明白了。他把我手中的毛巾夺走了，立即找来一条新毛巾擦我的脸，这一擦把我半边脸的脸皮都揭下来了，他立刻抱起我往外跑，找车把我送到乡的医院里。

婆婆讲到这里时，停了下来。

我沉浸在婆婆的故事里。我感到有些窒息，出不过气来。

好半天我都说不出话，我只感到有一个巨大的东西哽在喉中。

婆婆叹了口气，又接着讲起来。

过了年，他就出门打工去了。每个月给我打一次电话，问我们母子过得好不好，说他挣了多少多少钱等。半年以后，他从邮局里汇了三千块钱给我，要我把乐子送去县的医院修嘴儿。

过年时回来，带回来了几千块钱。又去乡里预制板厂拉回来几车预制板。说预制板以后会涨价，先把预制板买了，明年挣了钱就可以买砖和水泥。再有两年，就可以给我建砖房子了。哪里知道，第二年到工地不久，他就死了呢。他喂搅拌机，一头栽到搅拌机肚子里去了，连骨头都搅烂了。

他就这样丢下我和乐子走了。

我也不知道怎么了，我遇到的人都好，可是都不到头。

工地上赔了我们几万块钱。那时钱值钱。我就用这几万块钱建起了砖房子。我之所以要建砖子，并不是我想住那种房子，而是这是他的心愿。

"那房子呢？为什么你现在还住在这种土房子呢？"

"乐子住着。乐子谈上朋友了。乐子的女朋友说，怕看见我这张脸。"

"什么？"我情不自禁叫起来，"你这不是……被儿子抛弃了吗？"

"其实乐子对我很好。乐子的女朋友也好。年轻的姑娘嘛，胆子小，还爱个面子。再说，这种土房子，我住着蛮舒服。冬暖夏凉。田也在跟前，管起来方便。你看到屋前屋后的橙子树了吗？这都是这几年发展起来的。前年就开始卖果子了。收橙子的车可以开到院坝里来。多好啊，开花的季节，又漂亮，空气都是香的。"

婆婆脸上现出一种迷人的色彩。我相信她这话是真的。

我感到不理解。婆婆这辈子真不容易，一出生就被遗弃，一生都在被遗弃，任谁都觉得她可怜。可她，却一点儿也不觉得自己悲苦。她讲出来的都是美好——即使她被遗弃，她被剥夺了一个女人珍视的贞洁、漂亮等，我不知道是岁月把她生活中的那些残忍过滤掉了，还是她宽宥了生活的冷酷。

婆婆见我不说话，笑了笑，说："时间不早了，我领你去睡吧。我今天很高兴，你能听我讲这些高兴事。"

我收拾挎包，把除草剂往包里放时，婆婆又说："姑娘，人心要宽泛些，心一宽，什么日子都是好日子。世界上总归是好人多。"

我这时才意识到，婆婆一定是看见了这瓶除草剂才要跟我唠叨，她可能是有意开导我。

"世上的事，转个身就是另外一个样子。不相信你可以试一试。"婆婆说。

我望了一眼婆婆。婆婆又说："你现在可以听到外面的虫儿蚂蚁叫，可以闻到风里的香了吗？"

我用力吸了吸气，真的闻到了一种花香。我已经有好一阵子没闻到花香了。我说："是橙子花？"婆婆说："是的。"

客铺在楼上，婆婆把我领上楼，问我愿不愿意明天就在她家里吃早饭。我答应吃了早饭走。她说："你们城市里一般都是七点钟吃饭，乐子都给我说过了，就七点钟吃吧。我给你煮面条。"

熄了灯睡觉，却睡不着，动不动想起婆婆来。眼前一时是一个脸上爬满了蚂蚁的新生婴儿，一个流浪在街上的小姑娘，一时又是一个被几个男人糟蹋的小演员，一个被除草剂夺去了美丽脸庞的少妇……

又想这真是命吗？是又好像不是，可前前后后又存在某些因果。譬如说她的不能生育，原因也许真的就是戏班子那几个男人作孽。如果没有那几个男人作孽，也许她的生活会是另一种样子。再譬如，她生在一个正常的家庭，她知道一些保护自己的常识，也就不会轻易被那几个男人玩弄，结局也许是另一种……

早晨，鸟叫声把我叫醒了。睁开眼，阳光从瓦缝间射进来。我顿时有一种一缕阳光照进了生活的感觉。下了楼，婆婆立刻打了洗脸水端到堂屋。

出门漱口，看见满眼的橙子树开得花蓬蓬的，花香袭人，蜜蜂在花间飞舞。我顿时相信了婆婆说住在这里很舒服的话。

走的时候，婆婆把我昨天给她的两百块钱递给我，任我怎么说，她都不收下。

回到武汉已是傍晚。到家，洗了澡，好好地睡了一觉。

起床后，我突然觉得应该先收拾收拾屋里。自从易斌拎着包出去后，我再没有认真打理过这个家。客厅和厨房里，到处都是方便面盒、酸奶瓶、饮料瓶。洗衣机里、沙发上堆着脏衣服。

收拾完房子，我又去美发店。我觉得不能以一个弃妇的形象出现在人前。我想起了婆婆"转身"的话。

第二天早晨过完早（吃过早饭），我突然觉得自己应该去一趟公司。我已经一个多月没去公司了。

我把一些应该处理的事都处理清楚了，才开始思考如何用除草剂报复张二凤和易斌的事。我终于想到一个法子：将除草剂装进护肤水小瓶里，悄悄放到卫生间。我知道张二凤和易斌使用什么样的护肤水。

我知道这个方案很不可靠。除草剂和护肤水颜色不一样，而且有气味，也许他们一拧开瓶盖就会发觉不对；也许他们往手上一倒就会有感觉；也许那么一点根本就坏不了他们的脸……

可是，我还是准备实施这个方案，一是因为我没想出更好的方案，二是因为——我不想再为这事挖空心思、绞尽脑汁，我想把结果交给他们的命运。

是呀，早晨他们那么匆忙，也许根本就不会注意护肤水的颜色气味等，他们拍到脸上就出门了，等到脸上发烧，他们意识到护肤水有问题时，一切都已经晚了。我这样说服自己。

可真正行动我又拖了好几天。到最后，我已经有点为行动而行动的意思的。我已经不关注结果，只在意是否行动了，似乎不行动，就对不住自己似的。

我给张二凤打电话，说水电费过户要易斌的身份证，然后去了张二凤那儿。

张二凤在家等着我。见我进屋，忙给我倒水，问我过得怎么样，谈了男朋友没有。我说："一个弃妇，生活会怎么样呢，你想象不到吗？"张二凤说："你原谅我好吗？我们还是好姐妹。"我瞪了她一眼。真说得出口，抢了人家的老公，还要当姐妹。"你觉得我们还是姐妹？还好？"张二凤没接我的话，问我："要不要一杯咖啡？"

张二凤去煮咖啡时，我拉开手包，把两瓶"护肤水"拿出来揣进兜里进了卫生间，把他们的护肤水换了下来。

张二凤煮好咖啡放到我面前，我啜了一口，便问她能不能把易斌的身份证交给我，她说她拿不到易斌的身份证，但她跟易斌打过电话了，易斌说他会陪我去。

我知道她或他是什么心事。我现在成了一个陌生人，或者说敌人，他怎么能随便把身份证交给我呢？"好吧，那我就不等了，他回来了你给他说，让他打我电话。"

水电费过户本来就是我找的一个借口。我拎了手包站起来。

可张二凤挽留我，说有一件事告诉我。我不想听她说什么："你觉得我还会听你说什么吗？"张二凤说："是关于易斌的。"我说："易斌和我有关系吗？"张二凤说："他病了。"

"呵呵。"我心想，世上真的有报应？

"白血病，前几天确诊了。"张二凤说时眼睛里滚下两颗泪来，"他不让我给你说，不想让任何人知道。"

我坐下来。张二凤这时便向我忏悔起来，说当时她太不冷静了，被人甩了，心里难受，恨全世界的人，才做出那种不仁不义的事……

她找原因了，她是受害者，她被人遗弃了，她就有理由让别人被遗弃。别人害了她，她就可以害别人，这是什么逻辑？我也可以去撬别人的老公？我想这样质问她，可我没有。

我揶揄道："你可以和他离了，另觅高枝不是？"

张二凤瞪了我一眼："你把我看成了什么人？"

我不想再和她说下去，连挖苦她、骂她的兴趣都没有。正要走时，易斌进门了。他剃了个光头。我瞪着他看时，他嘻嘻一笑，手在光头上抠了几下，问我："我这个发型怎么样？我想变个形象，现在光头很酷的。"

说着，又以手握拳，举起来，向下拉，摆一个健美POSE："说实话吧，我是准备去少林寺学功夫的。我早就迷上少林功夫了。"

易斌明显瘦了很多，脸寡白寡白。听到他这样的"实话"，我心里涌起一股难以名状的难受。虽然我和他现在什么关系都没有了，但现在，这种结果还是让我心痛。我有了一种要哭的感觉。

我去了卫生间里，把"护肤水"倒掉了。

对着镜子看自己，发觉眼角搁着一滴泪。我抬起手抹了，浇水洗了一把脸。我突然想到，易斌是不是早知道自己身体有问题才要离婚？

从卫生间出来时，易斌已坐到沙发上了。他望着我说："我知道你已经知道了，其实这病没那么可怕，现在医学发达，也就跟一次重感冒差不了多少。找到配型的骨髓，一移植，就没事了。"

回到家后，我打电话问易斌是不是早知道身体病了，易斌说："我有那么崇高，或者阴暗？张二凤我是真喜欢她的。"

我终究不能确定易斌究竟是知道自己病了才离婚，还是离了才知道自己病了。可是我分明感到我已经不恨他和张二凤了。我把几张银行卡的钱集中起来，总共有四十几万打到了易斌的账户上。我想这对他骨髓移植有用。

周末，我从柜子里找出那瓶除草剂，到了楼下。然后去买了一个小喷雾器，将除草剂灌进喷雾器里，朝小区绿化带的杂草喷去……

（原载《小说月报》原创版 2018 年第 3 期）

我们唱歌

老管来找我的时候，我正在看一个养狗的电视节目，漂亮的女主持人正拿着一块巧克力说，有些人能吃的东西，狗不能吃。老管说："想养狗？"我说："不没事儿嘛。"老管说："你真想后半辈子就被狗牵着走？"我说："什么哩？"老管说："不是吗？养了狗那就等于把后半生都交给狗了。"

老管说着坐下来。我把电视声音摁小了："你怎么一定要来？不是给你说过了，我不想往人堆里面扎？"老管把手机举起来，一根手指在上面划去划来，然后人往我这边靠："不来怎么行？你又不上微信。"

手机上的字太小了，看不清，他把身子往后倾，拿手机的手往前伸，然后又划手机，划了一阵找到了："看看，最新公布科学长寿法：唱歌！唱歌是长寿第一法。"

　　长寿的方法，硬要排个第一第二，靠谱吗？我说："排第一的应该是吃饭，不吃饭三天翘辫子了。"老管说："你就喜欢抬杠。这是科学，你相不相信科学？"

　　我和老管一个单位，住一个小区。他退了后，我们遇到过几次。一次是他去学太极剑。早晨，我去食堂过早，听有人叫老陆，回头一看，见是他。穿一套白绸练功服，身背一把长剑，我差点没认出来。他走到我跟前时，我说，不错啊，仙风道骨了呢。他说，你赶紧退吧，赶紧的，退了我带你好好玩。第二次是他去钓鱼，背着炮筒似的钓鱼竿，提着水桶、舀子，全副武装从小区门口出来，我说又钓鱼了？他说，剑不能一天到晚练啊，练剑和钓鱼，一动一静，动静结合，最利于养生。"书法还练不练？"我问。他说："当然练啊。安身立命的东西怎么能丢？""安身立命"这词是他自己这么看。书法，他是前两年才开始练上的，连"半路"学艺也说不上，也从没人把他当书法家看，作品仅有一次赈灾义卖拍出了一幅，八千块钱，以后逢人便说那是他的润格。我说："你学的东西也太多了吧！"他说："这就你不懂。你上班的时候，哪怕无所事事，心里是满满的，一退，心里便空了。空了怎么办？拼命往里面塞东西呀。"

　　我转身离开时，他又说："过去几十年，那都是瞎忙。一点情趣都不懂。到退了，才知道世界上原来有好多有情趣的事我们过去压根儿不知道，你说可悲不可悲。"

　　我想不到老管进入状态这么快。尤其唱歌，很出我预料。

因为他有点先天不足，嗓子嘶哑、说话像颇费力的样子，而且形象不佳，一个秃顶，样子也有些猥琐。可他十分自信十分兴奋："我已经跟着唱了七天了，你知道我现在什么感觉？身体像变了一个人，只说呼吸吧，原来我练剑的时候，动不动气喘，现在一点儿也不喘了。原来，一句话，我说一半，就没气了，要换一口气了再说，现在一句话说完了，还有好多气没用完。这都是唱歌唱的。"他说着站起来，双臂提起，一只臂伸出去，身子前倾，一只腿向后跷起，似乎要来个哪吒探海。

我感觉他真像变了一些："你做过传销？"老管愣了下才会过意来："你才退几天，还不懂。过段时间你就明白了。"

我不得不承认这几天跟刚退的那几天已有些不同了。刚退那阵儿，我没怎么感觉到别人所说的那种空虚、孤寂等。我喜欢睡早床，喜欢上网。现在正好，上班时我就梦想着日子是睡到自然醒，醒了就看看网。可只过了儿天，就感觉不对了。瞌睡像游勇散兵一样，一天一天脱离队伍而去，每天天不亮就醒，对上网也没了兴趣，并莫名其妙地焦虑，盼望有谁给我打个电话，说两句话。

可谁也不给我打电话，就像我已经不存在了。所以我这才开电视，想找点什么爱好来打发日子。

我站起来给老管泡茶。"人就是贱。"我把茶放到老管面前。我也想过钓鱼、打拳，甚至书法等，可犹豫不定，我总感觉有点装腔作势。

"我为什么要约你唱歌？你歌唱得还是那个事。当然，最主要的不是唱得好不好，而是健身，是长寿，我们现在还有什么可在乎的？不就是多活几天吗？"

老管第二天下午来约我。我刚午睡起来。他穿着黑西服、白衬衣，皮鞋擦得锃亮，而且脖子上还打着一个红色的领结。

上班的时候，我和老管的关系处得不算好。他这人特别爱"作"，让人不舒服。譬如说，只要领导出现在他的视线里，无论何时何地，他就把腰哈下了，笑堆了起来。这让我时常想起清宫剧里那些太监。有一回，我和他一起等电梯，他突然把腰哈下了，我拍了他背一下，说小心驼了，他把腰直了一下，可一下又弯下去了，像装了弹簧。局长出电梯后，我问他："你今年有五十了吧？"他说："过了，我比你大五个月你忘了？"我一根指头指楼下："他比你儿子大不了多少吧？"他嘿嘿一笑，说："我是姑娘我是姑娘。"

我在心里想，也许他的脊骨早变形了。

这当然不是我和老管处不好的最主要原因。最主要原因是他让我失去了谭三秀。谭三秀是我的第二个老婆。第一个老婆是印刷厂的工人，患肝癌死了。经人介绍，和离异的幼儿园老师谭三秀结了婚。婚后不久，谭三秀怀了孕。我没想到谭三秀会怀孕，因为谭三秀与她前夫离婚的原因就是因为她不能生育。那时我和前妻已经有一个孩子亮亮，按政策谭三秀不能生下这个孩子了。我要她把孩子做掉，可任我怎么说，她都不同意，一定要生下这个孩子。我能理解她的心情，于是想了一个法子，让她请假，把她送到乡下的亲戚家去，生完孩子再回来。可没等到那天，单位领导找我谈话了，不能让谭三秀生下这个孩子，不然要处分我。我给领导求情，这个孩子，对谭三秀来说，不仅仅是个孩子，因为她不能生孩子被丈夫抛弃了。可领导最终也没同意。我回家给谭三秀做工作，要她把孩子流掉算了。可谭三秀坚决不肯，宁愿离婚也要要这个孩子。为这事，谭三秀和我真的离了婚。

谭三秀和我离了后，就离了职去外地了。我打听了几年，也没打听到她下落，就像她从人间蒸发了。

后来，我一直在想谭三秀怀孕的事单位是怎么知道的，慢慢地想起来我带着谭三秀在医院做检查时，碰到过老管。后来我问老管，谭三秀有孕的事是不是他给领导打了小报告，他没否认，还说这都是为我好，因为他不愿看到我到手的副科级跑了。

这事让我对老管一直耿耿于怀。

看他穿着西装，我说："干脆燕尾服啊！"他摸一下领结："唱歌，高雅艺术，要正式一点。"

又说："在那儿唱歌的蛮多都是有档次的人，过去是处长，还有极个别副厅。有蛮多女士，而且个个都还蛮是那个事。"

我瞪了他一眼，这和唱歌有什么关系吗？

"陆兄你想不到吧。你去了什么都明白了。这么给你说吧，反正我是蛮有感觉的。"老管并要我穿上那件枣红色、肘子上垫了块麂皮的休闲西装，说那件衣服蛮显年轻蛮有文艺范儿的。

我想了想，进卧室找了一件绛色灯芯绒休闲西服穿上。这时，他递给我一个硬壳文件夹，又叫我带一只口杯，说唱歌最容易口渴，而唱歌的地方不容易搞水。

唱歌的地方在东湖景区观澜亭。离我们小区不远，步行半个小时就到了。

观澜亭在湖边，一片水杉林中，飞檐翘角，上圆下方，木质亭柱、格栏，都涂成赭红色，古意盎然。最下面一层有很大一个空间，四周设有固定的可供游人休憩的木质长凳。上班时，周末游园，我曾躺在长凳上睡过觉。

我们到的时候，还没几个人。老管把我领到一个满头银发、西装革履的男士面前，给我介绍说这就是教我们唱歌的兰老师，又给兰老师介绍我。

兰老师很和蔼。我们离开时，兰老师问我有没微信，说合唱团有个群"夕阳合唱"，加一下，方便交流。

加微信的事，老管昨天就给我讲过，可我用的还是一款老手机。老管劝我买部智能的，别像个老古董。我没同意。我说人一退，连诈骗电话都没有了。老管说骗子的情报有那准？我说还真没有。现在感觉有个诈骗电话，还蛮亲切的。老管哈哈笑起来，说我一直搞不懂那些骗子为何那么有耐心，今天懂了。我说，当然啊，这回再逮住一个骗子，我会和他聊半天。

兰老师给了我几张歌单后，我和老管就坐到靠湖那方的长凳上。老管便给我讲兰老师，70多岁了，看起来还很年轻，腰直直地，从背后看像个小伙子，都是唱歌唱的。

人越来越多了。兰老师这时开始放唱机了。我听出是刘秉义唱的《最美不过夕阳红》，赶紧打开文件夹，找歌单，跟着唱机哼起来。

人到得差不多了，兰老师就停了唱机，拍手，要大家都站到教室中间去。人这时都往中间走。兰老师说："今天又来了几位新同志，队形要微调一下。女士还是站前三排，男士站后三排，个子高的站中间。"

老管立刻站到兰老师身边，面向大家站着，瞧瞧这个，瞧瞧那个，然后拿手指我，喊："老陆，站三排中间。"把手指向中间，又冲站在二排边上的一个女士喊："黄姐，黄姐，昨天你不是站二排中间吗？你还是站昨天那个位置。"

老管显得像个什么人物似的，我想起他说的蛮有感觉的话，心想难道是这？

老管调好了队形，入列，站在第三排边上。兰老师这时提高声音说，今天先练音阶，唱起来：

1—2—3—4—5—6—7—i—

我们跟着兰老师唱，一遍又一遍。然后兰老师开始唱三度：

1—3—5—i—i—5—3—1—
1—3—2—4—3—5—4—6—

我们也跟着兰老师唱起来。

练了一阵音阶，兰老师便开始教唱新歌《明天会更好》。

兰老师的耳朵还真是厉害。这么多人一起唱，他却能听出来是谁没唱准。老管第一轮就被兰老师拎出来了。兰老师要老管唱一遍三度音阶，老管一唱，大家便哄堂大笑起来。因为老管"哆"了之后就直奔"嗦"去了，虽然他嘴里念的是"咪"，可音高唱到"嗦"了。兰老师专门给他示范"咪"的音高，老管唱了好几次都不行，唱着唱着就翘上去。

回家时我就笑他跑调的事，他说是因为激动了，一激动腔调就会变。又说兰老师真是长了一双音乐的耳朵，那么多人呢，他就硬是听得出来哪个跑调了。

我说："看来，'滥竽充数'那个故事是假的。齐宣王那么喜欢听竽，难道听不出来有吹走调的？"

老管说："我绝对不当南郭先生。我会把歌唱好的。我就不相信别人唱得好，我老管就唱不好。我就不信那个邪。"

正说时，老管手机"叮当"一响。他看了会儿手机，神神秘秘地对我说："陆兄，我给你透露个信息。"我停下脚步："什么？"他说："我有个秘密武器，必杀器。有了那个必杀器，不愁我这歌唱不好。"我问他是个什么必杀器，他卖关子："到时候你就自然就知道了。"

又走了一段，老管把声音压低了说："陆兄，我都打听清楚了，唱歌的五十几个女士中，有十好几个是单身，那个穿落地长裙的副厅级，还有好几个也是从机关退下来的，都是副调、副处什么的，另外还有些老师、医生、护士什么的。听说还有个工程师，人长得像电影明星，一辈子都没结婚，还是个老姑娘。"

我瞪一眼老管："厉害呀老管，才这几天，就把这些情况弄得门儿清。看来，没让你在单位搞人事，真是浪费了。"

老管说："你今天才知道我有多厉害？"又说："你知道我为何费这个苦心吗，为陆兄你呀。"

"为我？"

"上班的时候吧，一个人过，也许还能将就，可退了，就不同了。没屌事了，人就空虚得要死。要几寂寞有几寂寞。我，就当是赎罪吧。"

老管说到这里时，嗓子噎住了。我不知道他是不是真动了情。

这时我倒不知说什么好了。我从没想过他会有这个心思，也从没想过他会给我道歉。我想，这是不是他要拉我去唱歌的真正原因？

我对老管的好意多多少少有点感动，但我对在合唱团找老伴并不抱多大希望。谭三秀离了不久，亮亮也离我而去了。那是夏天，亮亮下河洗澡。亮亮走后，我成了孤家寡人，别人介绍，我也接触了几个女士，可完全不是那个事。一见面，谈的就是钱，今后谁当家，家务事谁做，能不能给她孩子找个好学校、找到好工作这一套，现实得要命。一个又一个，全一个样，没有一点点情意的影子。这和年轻那时完全不能比。所以我就厌了，怕了。我想还是一个人过着好。

所以，老管说找个老伴儿的事，我并不上心。但我却对唱歌有点上心了。

第二天上午，我就去电信营业厅买了新手机。然后给老管打电话，想告诉他我换手机的事，请他教教我，可拨了几次，他都拒接了。我回了家再打，他说了一句："我有非常非常重要的事，完了后我给你打。"就又把电话挂了。

不就是钓鱼吗，有什么非常非常重要的事？

下午去唱歌之前，老管才打电话过来，约我下楼。见了面，我问他究竟是什么非常非常重要的事。他喜形于色："我今天见了老余。"

我有点蒙："老余？"老管说："市钓鱼协会的会长，会长啊！"我笑了一声："见个钓鱼协会的会长高兴成这样？"老管说："你以为他是什么人都能见的？在我市钓鱼界，他就是一尊神了。"我说："他能在没有鱼的地方钓到鱼？"老管声音不觉地粗了："陆兄你就是太实用主义了，我们会长的本领，别说在无鱼的地方钓到鱼，在没水的地方也能钓到。你信吗？"我说："他会玩魔术？"老管痛心疾首地说："陆兄啊，你真的不懂，你真的要学。"

我被自己弄得嘿嘿笑起来。

老管扯一下我衣袖，声音放低了说："我给你透露个信息吧。我入会的事基本已搞定了！余会长答应做我的介绍人，他说凭我的实力不成问题。"我说:"难怪余会长这么高大上。"老管说:"你看我还行吧,才钓三个月,就入会了。我写书法,写了好多年?"我说:"省书协你入了?"老管说:"我这叫什么?遍地开花是不是?"

老管没回答他到底入了书协没有,像入了,又像没入,有点含糊。

我说:"入了钓鱼协会,鱼儿是不是就格外喜欢咬你的钩了?或者说,你想在哪儿钓就可以在哪儿钓?"

老管笑了:"陆兄你这个人啊,真的就是太务实了。"于是拍拍我后腰,"生活,难道就只有物质重要?远远不止那些的。怎么说呢,你真的是大半辈子没悟过来。老陆啊,以你的悟性,要是早悟过来了,那你混得绝对不是现在这个样儿,至少退的时候是个副厅。而且也绝对不会到现在还形单影只。我替你仔细想过,你的问题说真的就是太实在,太认死理了。不懂得闹。你想想看,你要是知道怎么闹那么一两下,你是个名人了,何愁没有好女人跟你?跟你讲价钱?你有了好女人,有了孩子,人有奔头有压力了,整个精神状态就不一样,生活就是另外一种生活,你说是吗?"

我对老管这一套很不以为然,因为他总是会为自己的荒唐找到冠冕堂皇的理由:"不说这些了好不好?太迟了啊。"

老管说也是,这才问我上午打电话有什么事,我把手机拿出来,说想让他教我上微信。

他把我手机拿过去,边划了看,突然飙了一句:"他妈的,官当得再好，总还是要退的吧。我倒要看看，谁笑到最后。"

听得出来，老管心里有点不平之气，他那些什么长寿的话并不由衷。

老管教我上了微信，然后把我拉到夕阳合唱圈里了。他把手机递给我，说这回我就不需要找骗子聊天了，在这里头，想聊多久就多久，对哪个女士有感觉，就互加了私聊。

到观澜亭坐下不久，一起进来六七位女士，嘴巴里都在咀嚼着什么，其中一位穿绿色落地长裙系红丝巾的女士手里拎着两个袋子，一进来就叫兰老师，叫大伙都来吃糖。

这时有女士与她拥抱，喊她郑工。老管跟我嘀咕："你看她漂亮吗？这就是我曾跟你提到的那个老姑娘郑工。"

郑工发如雪，鬓如霜，但发型很有范儿，短鬈发，烫得蓬松，像一朵花，肤色更好，光滑红润，还有几分饱满，一看就是平常很注意养生、注意保养的那种人。

也是合唱团女士中，最优雅、最漂亮的一个。

听人说，郑工刚从比利时旅游回来。出去旅游后带点小礼品，是合唱团惯例。

老管嚼着糖，低声对我说："还养眼吧？"

我嚼着糖，不置可否。

"这可是正宗的比利时巧克力。不来唱歌，这一辈子就吃不上。"老管说。

又说："人比人，气死人。老子们搞了一辈子，连国门朝哪个方向开都他妈不晓得。她们，和走亲戚一样。"

我瞪一眼老管："你以为国门也和你家大门一样？"

大家吃了一阵糖之后，兰老师便拍手，让我们站队。放眼望去，一屋子咀嚼着比利时巧克力的嘴巴。

我们站好队，兰老师便让我们先跟唱机复习旧歌。兰老师打开唱机，放着《众人划桨开大船》《阳光总在风雨后》等，让我们跟着唱了两遍，然后继续教唱昨天新学的《明天会更好》。

兰老师着重讲了几个句子的处理问题，譬如，"让昨日脸上的泪痕随记忆风干了"中的"泪痕"和"随"之间的停顿是一个节拍，这个节拍要停足，不能抢，"了"字是四拍，要唱足等。还强调了几个小节的重音问题。

兰老师讲了一阵，就放唱机，让大家细细听，然后跟着唱机唱。

观澜亭东边有好几棵金桂，已开花了。唱歌的时候，时不时有馨香透过来，一阵一阵地，时浓时淡。中场休息时，老管把我臂一拍，要看桂花去。

走到一棵大树前，我仰起头深吸气，老管也夸张地吸了几口，然后问我有什么感觉。我说香啊，真香。老管说："有没有女人的味道？"我瞪了老管一眼："八辈子没见过女人了？"老管嘻嘻笑："我是问你老兄呢。都说女人是花呀。"

桂花还真有几分女人的味道，闻起来温润，像女人的体香。老管大吸了几口，扭头看了一下说："合唱团里的女士，最有范儿的是今天这个郑工。可我想，这不是你的菜。你的菜是那两个。你回头看下，一个穿酡色裙子的，邬姐，原是中心医院做放射的医生。她旁边那个黑裙子，李姐，就是我们旁边小区的，是个小富婆。"我没回头看，我觉得我们这种行为，多多少少有点偷窥的意味，这和我们的年龄太不相符了。"这几天，我一直在细细观察那十几个独身的，看去看来，我觉得这两个和你最相配。她们都无挂无牵，特别是李姐，性格活泼，和你的性格可以互补。"

老管喋喋不休地说，我却一直没有转头。

听兰老师拍手，我们便去亭里了。兰老师这时开始教我们练声。

晚上，老管突然打电话给我，要我去他家。我以为是有关邬姐或者李姐的，到他家坐下，才知道他是要我帮他看看这几天创作的几件书法作品。

老管家房里，墙上到处挂着他的书法作品，客厅、餐厅、走道的地板上、饭桌上、沙发扶手上，也都铺着他的作品，屋里几乎没有下脚的地方。他满脸堆笑，说这些都是这几天新创作的，想请个高手帮他看看，因为他准备参展。

老管上班那时就特别喜欢请人家"指点"他的书法。有时候，是拉同事去他办公室，有时候是把一沓作品夹在自己腋下送上门让人看。老管练篆书，很高深，高深到一般人都不认识老管究竟写的是什么，所以"指点"他的人不得不问他这究竟是几个什么字。这时老管便很有状态，滔滔不绝，说这几个字是什么，有什么来历等。

老管没有请过我。因为我曾激烈地抨击过他的字不是写的，而是画的。书法，一笔一画，显现出来的是文化、学养，没文化那只是一堆线条。这话没当他面说过，可我想应该传到他耳朵里去了。

老管给我泡了茶，我喝了两口，对他说："参展这么重大的事，你请个真正懂的人啊。"

老管神秘地说："也不是那么不得了的赛事，不是'重阳节'吗？市里要搞一次离退休老干部书画作品展。"

"这不是牛刀杀鸡嘛，你这么大的书法家还在乎市的一个退休老干部的作品展？"

"陆兄，这你就不懂了。不能小看的，怎么说也是市展吧。进市展其实没那么容易的。全市搞书法的老干部有多少，你难道不会想象？我保守估计，两三千人总有吧，可能进市展的有多少？一百件到顶了。告诉你吧，进入市展，就是全市书法界一腕了。"

老管就是这么个人，总对这些事上心。

老管这时开始给我介绍他的作品，什么"松鹤延年""德如膏雨都润泽，寿比松柏是长春""室有芝兰春自韵，人如松柏岁长新"等。实话说，因是篆书，我几乎都不认识，是老管说了一通之后我才认识的。看了一通之后，老管问我感觉怎么样，哪幅最好。

我哪知道哪幅好？可我不得不再看一遍。我再看了一遍后，走到"适者长寿"那幅跟前，仔细端详，然后说，就这幅怎么样？他也点头，望着我问："为什么？"我说："这幅吧，一是内容好，老年书法展嘛，内容以长寿为上，怎么才能长寿，'适'啊，我感觉这词儿蛮好的。二是题款写得好。"老管愣愣地瞪着我："题款？"我说："篆书，真正懂的人有多少？但题款你是用行书写的，但懂行书的人多啊。"

老管拍了一下光溜溜的脑门："陆兄，醍醐灌顶啊。你眼毒，真毒！我的行书确实不怎么好。以往参展，老选不上，问题也许就出在题款上，你说呢？"

"我瞎说，供你参考。"

"我相信你的眼光。"老管嘿嘿笑起来，"为了报答你，我今天要让你看个东西。还记得我给你说过唱歌的必杀器吗？我今天让你见识一下。"

说着就把我带进了一间卧室。

卧室里摆着一张单人床，床单和被子都是大红色，干干净净，一床薄被叠得整整齐齐，上面搭着用白纱线勾织的网巾。蚊帐也是水红色的。我感觉这应该不是他的卧室。

一面墙上挂着一个玻璃框，里面有一个少女头像，黑白的。那照片不错，人看起来很漂亮、很清纯，有点像早年电影画报上的某个明星。我问老管："你女儿？"老管说是的，我说："长得真漂亮。"老管说是的。我说："你女儿卧室？"老管说："是啊。"

房间里有一张栗色桌子，桌子上摆着一台电脑，电脑旁边有一个方形的银灰色盒子，上面有一些高高低低的按钮，老管在几个地方动了动，屋里立刻响起了刘欢的《从头再来》：

昨天所有的荣誉已变成遥远的回忆

勤勤苦苦已度过半生，今夜重又走进风雨

我不能随波浮沉，为了我挚爱的亲人

再苦再难也要坚强，只为那些期待的眼神……

声音很逼真，立体感很强，就像是刘欢站这房里唱的。老管问我："怎么样？"我说："好！真好！"老管指着桌上一个方形盒子说："这是外置声卡，控制音效的。"接着拿起一只像飞行帽一样的东西说："这是监听耳麦，可以听见你自己的声音。"并戴到我头上。然后取下麦克风支架上的麦克风递给我，要我唱两声试试。

我唱了《从头再来》两句，果真感觉很奇妙。我就像睡在一张软绵绵的床上，在空中飘浮。

"你知道我是怎么想起装这个东西的吧？我打听了好几个人，后来，我请专业人士来专门配置的。一全套全是新的，一万多块。我不是唱不准音阶吗？有了这个必杀器，母猪都唱得准。"老管絮絮叨叨说着，很兴奋。

我把监听耳麦取下来，放到桌上："你喜欢刘欢？"

"我喜欢《从头再来》，我喜欢这感觉，非常豪迈，非常深情。你看，'我不能随波逐流，为了我挚爱的亲人，再苦再累也要坚强，只为那期待的眼神'，多好！"老管说时便"吧嗒吧嗒"点鼠标，点了一阵，电脑显示屏上便出现一些曲子。"这是我在网上下载的，专门练声的，C调的，F调的，A调的，还有什么降b，等等，三度的，五度的，应有尽有。"

老管说时点了一个三度音阶，让我戴上耳麦听听他唱。他唱了几遍，我感觉他真比过去强多了。接着，老管又拿出手机，说他都录在手机里面了，早晨去公园练声，带个手机就行了。现在，谁要他唱音阶，不管是个C调还是F调，他张口就来，保证唱得跟定音器一样准。

我想不到老管对唱歌这么喜欢，下这大功夫，我有些刮目相看了："你这是要当歌唱家的节奏呢。"

老管的情绪一下子上来了："既然唱歌嘛，就要唱得像那个事嘛。"

我问老管为何把"必杀器"摆在姑娘房里，要是姑娘回来了，不就唱不成了？老管说："她……回来少，回来少。"

走的时候，老管嘱咐我不要跟人说起他参加市老干部书法比赛的事，最好也不要说"必杀器"，许多事情他不想把锅盖揭早了。

有了微信，时间还真是容易打发多了。大家在群里发笑话，发图，发歌，发新闻，提问，热热闹闹的。在里面泡着，几个小时一晃过去了。

兰老师有时也会进来参加我们的讨论。这时，有人会搜肠刮肚向兰老师提问题。

"兰老师好。您曾讲过唱歌要气沉丹田，气都沉丹田了，喉咙靠什么发声？"

兰老师还没回答，有人便抢着说话了："气沉丹田，指的是意念吧，就像练气功一样，练气功，也要气沉丹田，强调的就是意念。"

有人回答："那叫意守丹田。"

又有人说："这个说法是不科学的，气只能吸到肺部，怎么能吸到丹田里呢？丹田究竟在哪里呢？"

有人抢答："脐下三寸，也就是脐下四指的地方。"

又有人说，"我怎么感觉不到气到丹田呢？"

手机上一行行文字滚动着，滚动一阵后，兰老师才说话了：

"气沉丹田是形象的说法，就是要深吸气，将气息沉下去，感觉就像把气息沉到腹部了。你们可以想象是在嗅花。"

这时便有许多人发点头、鼓掌的表情。

又有人问："练声究竟什么时候好，早晨还是下午？"

兰老师说："对中老年人而言，我倾向下午。因为现在比较权威的说法是下午空气质量比上午好。"

问题是杂七杂八的。俗话说，人上一百，形形色色。上百人的群，消闲的时候不多。所以，我感觉这才是孤独寂寞的"必杀器"。

我没有设置免打扰。我喜欢听手机那种"嘀"的声音。我听到那种声音时，会感到世界很火热、很亲切，我沉溺于这个热闹的世界，我是这个热闹世界里的一个分子。

我会立刻打开手机阅读起来，哪怕有时候是凌晨两三点。

我也会装模作样地提几个问题，如，rap 的节奏怎么掌控，有没有像乐谱一样的规定，摇滚乐和爵士乐的区别是什么等。一般情况下，大家会很快回应。我感觉许多人好像一直把手机拿在手上，好多人一直在毫无目的地等待。

我看到好些从四面八方涌进来的文字，有种许多人聚集在一起遥望星空，或者是在茫茫旷野上呼喊的感觉。

可渐渐地，我感觉不满足了。我觉得还是空虚、寂寞和孤独。

我有时甚至感觉更空虚、更孤独、更寂寞了。我甚至埋怨起了唱歌和微信。我想，如果一个人不能做到彻底的孤独，一些排遣孤独的方式会把你带进更深的孤独吧？

我想干脆不唱歌不上微信了。

可并不是我想怎么样就会怎么样的。人的想法常常被情绪糟蹋得一塌糊涂。

一天晚上，我点了邹姐，就是那个放射科医生，想把她添加到通讯录。这样也好跟她私聊几句什么，可点开后，程序提示我要验证，我输入了我的名字，可要点发送时，犹豫起来了。她会接受吗？会怎么看我？如果她接受了我跟她聊什么？

我立刻感觉到这不妥。都这个年纪了，什么事都看穿了，看透了，一个眼神，她们也知道我是什么意思。尤其是她，我总感觉她的眼神也像 X 光，能看到我的骨头、关节和五脏六腑。她看透我的企图后，一定会在心里鄙视我。

我回想着和她的几次见面。她没有刻意注视过我，眼神遇上时，她就跳开了。我点头时，她也微微地点一下。有一次，我说她裙子好看。她说是吗，然后说我的嗓子其实很好的。我断定她没有与我交往的想法。

我又点了李姐，我们小区旁边的那个小富婆。她有点胖，有点黑，可是人看起来很健壮、年轻，快人快语。而且，样子有那么一点像谭三秀。

但她身上，明显带有一种城市新富的特征。譬如说她会戴很大很圆珠子的珍珠项链，戴很昂贵的手镯子，穿金光闪闪的裙子……看起来有点俗气。

发验证时，我又犹豫了。我想起有一次唱歌中场休息时，她给几个女士讲的有人给她介绍对象的话，说她不考虑那些上班的，又没钱又没趣味。那时我就坐在她们不远处，我真有点怀疑她是不是故意的。

想到这里，我没有自信和勇气了。

这天去唱歌，路上，老管问我有没有进展，我问老管指什么，老管说邬姐，李姐呀，她们两个，你究竟对哪个感觉好一些？

我叹了一声："人老了，不做什么春秋大梦了。"

"陆兄，你的症结就在这里。人未老心先死。你歌算是白唱了，人活的就是个心态。你一定要把自己当作青春热血的青年。"

"那别人都会把你当成疯子。"

说实话，上班那时几次再婚相亲失败后，我对再婚充满了恐惧。我确实就想一个人过下去算了。想不到生活并没有我想象的那么容易。寂寞像一条冰冷的蛇，动不动就钻到我脊背里咬我几口，咬得我鲜血淋漓。

老管说："你这个人总是顾虑重重。好了好了，我知道你想法了。哪天我给你们创造个机会，让你们坐在一起面对面做个交流。"

我以为老管就这么随口一说，就像现在流行的那句"改天请你吃饭"一样，没想到练完歌后，他约我去语林咖啡，说是约了邬姐和李姐。

我瞪着他："你这么迫不及待，不会有什么自己的小算盘吧。"

老管说："有啊。男人对女人有点想法不正常吗？"

语林咖啡跟观澜亭两百米不到。和老管往那儿走时，老管便对我说："待会儿她们来了，你就主动要求加微信，微信这个东西，当面加，没人会拒绝的。只要加了微信，你们就海阔天空了。成不成就看你们的造化了。"

到了语林，我们挑了靠湖那方的一张卡座坐下，老管点好咖啡，又继续给我上课。

"你一定要自信。其实女人比男人更怕孤独，更渴望与人交往，渴望有个家，有个依靠。但女人毕竟是女人，比男人要矜持一点点的，怎么说呢？硬撑吧。有什么办法呢？社会就这么个样儿，不撑说不过去啊。所以，这种情况下，你只要低个姿态搭把手，人家也就不会那么趾高气扬了。"

老管有点苦口婆心，还有点乐观。我不知道说什么好，时不时瞄瞄窗外，可没见到邬姐和李姐的影子。

服务生把咖啡、爆米花、瓜子都上上了，可客人还是没到。我望窗外，只见到一片通红的湖面，有几根柳条在窗前漫不经心地飘。

老管开始拨电话，和电话讲了一通，然后告诉我，她们不来了，说家里来了客人。

老管像喝凉开水一样一口气干了一杯咖啡，然后说："怎么能这样呢？不厚道。陆兄你放心，有她们后悔的时候，哭的时候。合唱团里，比她们条件好，比她们年轻漂亮的多的是。她们还以为自己是黄花闺女，有大把大把的时间抓在手里呢。都凉黄花菜了，还这么端。"

我感到有点臊，问老管是怎么跟她们说的，老管说："说你请她们喝咖啡呀，这有问题吗？"

我恨不得踢老管一脚。

再见到邬姐和李姐时，我浑身都不自在。邬姐望着我笑了一下，解释说昨天下午确实是突然间来了客人。李姐并主动要求加我微信。

我知道她们这只是一种礼节，所以，我和李姐并没有过私聊。

十一长假，合唱团的不少人要出去旅游，兰老师也给合唱团放了假。我不愿去凑热闹，看人头，就宅在家里。

节前，兰老师发了几张歌单：《从头再来》《真心英雄》《明天会更好》，说是节后要重点练这几首歌，市里今年极大可能还要举办新年音乐会，夕阳合唱有可能上节目。

《真心英雄》和《明天会更好》我平常听得多一点，不太熟悉的是《从头再来》，所以，我想在假期里学学《从头再来》。

我把电脑打开，下载了刘欢的《从头再来》，跟着唱了几遍，唱着唱着突然想起老管的"必杀器"，便想去他那里练练，于是就打电话给老管。

打了几次他都没接听。直到晚上，他才回了信息过来，说他在埃及。

我想不到他会不声不响去埃及。问他："好几天了，微信圈子里也不冒个泡，我还以为你玩失踪呢。"老管发一个笑脸给我。

这真的不是老管的性格。我感觉老管真的变了。出个国，不是小事，放过去，满世界都知道老管出国了。

我以为这个假期就这么安安静静过去了。可没想到假期后两天，我病了。喉咙疼，话都说不出了。去小区卫生室看，医生要我去医院检查。

打完点滴出来，见大门外有个人像老管。我愣了一下，不是去埃及了吗，怎么会在这儿？我仔细盯了盯，确认是他，便大叫了一声。

他注意力在街上，样子像等出租，我声音又小，街上又闹，我估计他没听见，便拿出手机拨他电话。他把手机掏出来看了一眼，又装进衣袋了。这时一辆出租到他面前，他钻了进去。

我上出租时，收到老管给我的短信，说他就要登机了。

难道我看错人了？我想。

晚上老管在微信里晒了一组照片，有胡夫金字塔、尼罗河游船上的肚皮舞等，其中一张是在狮身人面像前面的合影，可是人很小，又戴了帽子和墨镜，我差点没认出来。

看了老管的照片，我才相信上午真是看花了眼。

假期结束，唱歌又开始了。可第二天，老管没来约我，观澜亭也没有他。

郑工、邬姐和李姐她们几个正围在一起，各人手里拎着一个袋子，让人在里面取东西。我走过去时，郑工就要我吃牦牛肉干。我拿了两颗后，邬姐也把袋子伸到我面前，说是日本的糖，有一个好听的名字，"白色恋人"。李姐也把一个袋子亮在我面前，说是腰果，补肾的。我在她们袋子里拿了东西后，正要离开，又有两人拎着袋子走过来，说是从西安带回来的小红枣和新疆的葡萄干。我照样也拿了几颗。"好啊，要是每个月有个长假多好啊。那样不到一年，天下的好东西都可吃遍了。"

亭里那一圈长凳上，也放了不少塑料袋子和纸盒，都是装的小食品。有人觉着好吃就再去拿一点，也不问是谁的。我捡了个空坐下，正慢慢品尝牦牛肉干，李姐过来了。"老管呢？"她问我。我说："可能没到家吧？"李姐说："你们没有联系？"我想起他说正登机的事，感觉有点不太对："他应该回来了。我去医院打针时，打他电话，他发信息说正在登机的。那是前天，算时间他应该到家了呀。"

老管一直没来唱歌，打电话给他，他还是像过去一样拒接后再发短信或微信我，说要参加钓鱼协会组织的一次野钓活动，至少要上十天以后才能过来。

过了上十天，他还是没来，发信息给我说太极剑那边有活动。

想不到成了大忙人。

大约过了半个月，他打我电话，让我下楼。

他戴了一个很有型的发套，而且穿了大红绸唐装，戴了一条黑色围巾，我是看到他脸上的笑才认了他来的。我说，老管，这个把月，你改头换面了，变得我差点没认出来。他哈哈一笑说，怎不说脱胎换骨？

他一手拎一个大塑料袋子，我走到他跟前时，他费力地把袋子往上提了提，亮给我看："一点椰干，从埃及带回来的。"我说："这么多？"他说："难得出去一次。再说这东西又不值钱，所以就一个人准备了一小袋。不然，老吃别人的，多不好意思。"

我从他手中接过一只袋子，帮他拎着，笑道："这么说，我也得出去逛逛了？"

"是要逛逛，不然，就让人看不起了，好歹我们也是个副处级吧，在合唱团里不在人前也不在人后吧。"他说。

我说："你有点疯呢，闷声不响去了埃及。"

老管说："在单位时，有点路子的，今天美国，明天俄罗斯，满天飞。我们他妈的，连个香港都没去过。这也算了，上着班嘛。可现在退了。退了不出去一下，面子就过不过去了。你说呢？"

"老管你真的变了！"

老管说："你觉得我哪里变了？"

我瞪他一眼："哪里都变了。"

"你说具体点。"

"发套？精气神儿？"我拍了他脊背一下，"还有这儿，是不是？"

　　我以为老管会生气，可他嘿嘿笑着："还有呢？"

　　我上上下下扫了他一眼，没看出他还有哪里与过去不同。他说："你没听出来我声音变了？"

　　经他这么一说，我听出来了。他的声音像没那么嘶了。我说："嗓子？"他说："你听出来了？"我说："很明显啊，你嗓子原来有点嘶的。现在像很干净了，脆了。"

　　他这时站住了，收腹挺胸："老陆，你认认真真看着我。"我瞪着他，不知他要干什么："看什么？"他不回答我，深吸了一口气唱起来：

　　　　在我心中，曾经有一个梦

　　　　要用歌声让你忘了所有的痛

　　　　灿烂星空，谁是真的英雄

　　　　平凡的人们给我最多感动

　　　　再没有恨，也没有了痛

　　　　但愿人间处处都有爱的影踪

　　这是《真心英雄》的开头。原唱是李宗盛。说真的，老管这段还真有几分李宗盛的味道。

　　小区里有人遛狗，一只金毛望着我们"汪汪"了两声。

　　这时他才说："陆兄你说，你实事求是地说，我这个样子，我现在这个嗓子，还凑合吧。"

"凑合什么？"

"参加市里的新年音乐会啊。陆兄，我给你透露一下。"老管转动着脑袋，四下望了望，神神秘秘地说，"可靠消息，夕阳合唱团今年会上市里的新年音乐会，而且是大合唱。大合唱这种节目一般五六十个人吧。现在，我们合唱团的人将近百人。我的意思你懂吗？"

我当然懂，只是没想到他这么有心。

我突然想一个问题：他的嗓子怎么突然变好了，未必去了一趟埃及，嘶哑了一辈子的嗓子就变好了？

"陆兄，你知道我嗓子怎么变好的吗？喝胖大海。自从参加合唱团以后，我每天就喝胖大海。我建议你也试试。你那嗓子，要是坚持喝，完全有可能变成戴玉强。"

我不知道老管这话是不是真的。

进公园大门后，他看到前面游园的人中有几个像合唱团成员，便问我前面是不是某某，要跟上去，可走了几步，又站住了，又问起我感情生活没有进展，我说："能这么容易'进展'？"

"老陆你叫我怎么说你呢，我们现在是什么年龄了啊？时不我待啊，争分夺秒啊。六十岁以后，生命是用年计算的，过一年赚一年，七十以后，是用月计算的，过一月赚一月，八十以后呢，是用天计算的，过一天赚一天，九十以后用时计算，过一时多一时，百岁以后是用秒，过一秒赚一秒，你难道不知道？"

"可这不是一厢情愿的事啊。"

老管叹了一声："我给你想了个办法，保管能成。"

我瞪他一眼："抢亲？"

"抢什么亲啊？封建社会的事。我的办法是：搭伙。搭伙你知道吧？就是两个人不去登记，在一起生活。你情我愿，抱团取暖。"

这样的事，我早听说过，可我从来没想过要这样生活。我觉得没有感情基础，也没有婚姻约束的"共同生活"，太脆弱了。事实上我也常常听过这种生活带来的问题，譬如，女方见男方病了，包袱一收走人了；男方对女方不满意了，把女人赶走了，等等。

老管见我不吱声，说："你是不是还觉得这样不道德？没退休的时候吧，那是不行。与我们身份不符。可我们现在退了啊，退了也就算不上么事了。你说呢？"

"我们不讨论这个问题好不好？"我说。

"你还记得老宋吧？"

老宋是我们单位管人事档案的，丧偶后，别人介绍认识了一个开服装店的老板，叫杨梅，蛮是那个事。认识一段时间后，杨梅主动要求和老宋在一起生活，可老宋坚持要办了证才能在一起。一天晚上，杨梅到老宋家里，要在老宋家过夜。老宋不好拒绝，同意了。杨梅洗了澡，穿着睡衣上了床，等着老宋。可等了好久也没等到老宋，起床看，才知老宋去另一个房间睡了。杨梅不声不响地走到老宋床边，被窝一掀，钻进去了。没想老宋像触了电一样从床上溜下来了。杨梅说，你不喜欢我？老宋一边穿衣服一边说，没办证啊，不办证不行的。杨梅说，她就是要办了事再办证。她不想再找个无用的男人，她原来嫁的那个男人就是个无用的东西，所以才离了。她怕再遇到一个无用的男人。老宋听杨梅这么说，犹犹豫豫把衣服脱了。可怎么都不行。老宋不知道怎么突然就不行了，给杨梅解释说，可能是没办证的原因，没办证他就心虚，就害怕。他保证只要一办证就行了。杨梅说那你就等着办证吧，下了床，穿好衣服走人了。

老宋以后再没娶上，一直一个人生活着，前年夏天死了，人在卫生间发现他的时候，尸体只有骨头和头发了。

"老宋怎么了？"我问。

"说到底怪他自己啊，胆子太小，太守规矩，是不是？"老管说，"就拿你说吧。李姐是个富婆对吧？我认为，她不同意和你交往，担心的是你要跟她结婚。我仔细揣测了一下她的心思。她这种富婆，结婚不一定愿意，为什么呢？她担心她的财富啊。可要是搭伙，她就没那个顾虑了。我仔细地观察过她看你的眼神，我觉得她对你是有那个意思的。"

我哈哈笑起来："老管你真的返老还童了。"

老管瞪着我："你这是什么意思？"

"既是这样，她为何不养个小白脸？"

"她不是那种人。陆兄我就要你一句话，愿意搭伙，我保证一周之内，她睡到你床上来。"

我和老管到观澜亭时，合唱团的人已到了不少。老管打开袋子，一个一个送椰干。大家都说老管做事大手笔。也有的说老管跑去埃及旅游的事，别人都去欧美，老管却去非洲看古文明。欢天喜地的。

老管给大伙分发完了，才到兰老师身边。他拿了两包椰干放在兰老师的皮包旁边，然后请兰老师听听他唱音阶。他感觉现在音阶唱得很是那个事了。

老管打电话给我，说钓鱼协会有活动，不能来唱歌了，要我给兰老师说一声。

练歌结束，我正往语林咖啡方向走，后面有人拍我肩膀，我一回头，见是白处。他说："老陆，今儿天气好，又正是落日时，我们从东北门走，看看夕阳。"

白处这人有点清高，平素我们交流并不多。他主动约我一起走，我猜想他是有什么事情要跟我说。

太阳西沉，通红通红的，一小半已没入远山苍茫的树影中。阳光投射在湖面上，像油彩，又像火焰，湖面变得十分绚丽妖艳。

"夕阳还真美，这也许是一天之中太阳最漂亮的时刻，难怪古人要说夕阳无限好。"我说。

可白处不接我话茬，说有件事要向我求证一下。我问什么事，白处说："老管。"

"老管？"我问。

"有人说，为唱歌，他去做了声带手术。你知道吗？"

"不知道啊。"

"我也是听别人说的，说是给他做手术的医生说的，因为这么大年纪了，做声带手术比较少见。"

我突然想起那段时间，他一直不接我电话，而我在医院门口见他招出租车的事。

"你要求证的是这事？"我问。

"不是。我只是感觉他这个人有意思。退休了打发时间嘛，还看得这么重。"

"怎么说呢？老管这人，做事是挺认真的。"我说。

我想，如果真是那样，他去埃及的事，是不是假的？那他在圈子里发的那些照片、那些椰干呢？

又走了一段，老白突然问我："老管的家庭情况你清楚吗？"

"我知道一点点。她老婆是个教师，女儿大学念的音乐，毕业后搞家教，好像是带学生钢琴。听说收入不错的。"

我知道的也仅仅就这一点点，听他自己说的。那时他还在上班，好像是初冬的早上，地上铺了一层薄雪，他站在门口看宣传橱窗，穿一件灰色夹克，却把前襟敞开着，露出里面的白衬衣。我经过时，他正把前襟翻起来，给人看夹克里面的一层黑绒，说这是貂皮懂不懂，不把衣服敞着就流汗，不知是谁夸他有钱，他说他哪里买得起，是姑娘给买的。有人问她姑娘在做什么，她说大学毕业了，自己带学生钢琴，比进单位强那么一点点，一个月有个万把两万。这话把人吓一跳，那时我们工资才四千不到。

白处说："我听说他姑娘——早殁了。读大三时支教，病了，在当地医院治疗，没什么效果。同学发电报回来，要家里去人，老管的爱人要他立刻赶过去，把人弄回来治疗，可老管要参加单位的大合唱，没去，结果——"

"有这种事？"我感到很吃惊，"你没搞错吗？前不久我到他家去了。他姑娘的房间，蚊帐、被子干干净净，整整齐齐，镜子、梳子、手包什么的一样不少，好像是有人住着的。"

"我听我姑娘说的。我姑娘跟他的老婆娄金萍上下楼住着。姑娘看她一个人孤孤单单，便常常去她家聊聊天。"

"他老婆跟他离了？"

"是啊。离婚的原因就是女儿的死。他老婆接受不了，说他简直就是禽兽。实事求是地说，他女儿的死，也许不能全怪他。他即使过去了，把女儿弄回来了，也许还是救不了女儿，问题是他的态度，他老婆接受不了的也是他的态度，不就是一个副处实职吗，难道比女儿的命重要？"

我想起我们单位那次大合唱来。那是参加市直机关工委组织的一次大合唱。平常，我们很少参加市里组织的文体活动，因为我们单位人少。开始，听说我们单位要参赛，我们都有些不太相信。直到局长把我们都喊到会议室开会，宣布白亚楠负责这次大合唱，并说要争取拿名次，我们才相信是真的了。

那次大合唱老管非同寻常地投入。为调动大家积极性，局长特批准给参与大合唱的人每人发一套阿迪达斯运动装，老管找人登记衣服号码，跑上跑下，一个一个登记造册。衣服到了又风风火火分发，几个人喊不合体，他又找车把衣服和人带到店里去换。每次练歌之前，老管去食堂提水把会议室的开水桶灌满，帮忙吆喝人，忙得屁颠屁颠的。

我们对老管的"积极"心知肚明。因为老管这个处的处长调走后，单位一直没配处长进来。白亚楠，虽然也是副调，和老管一个级别，但毕竟是刚刚才从外单位调进来的。

我记得那次大合唱，我们单位的成绩不错，全市第二名。而且，白亚楠转任副处实职，牵头了他们处里工作。

可我已经想不起来，大合唱完了后，老管是否请了假。

我们都知道，局长那年弄那个大合唱，不过是想让新进来的白亚楠过好民主测评这一关，想不到老管做出了这等牺牲。

现在回想起来，好像蛮惨烈的："老管这人……确实把职务啊级别啊那些东西看得蛮重。这也是我们瞧不起他的地方。"

"你们一点也不知道？"

"不知道。"

"他是刻意隐瞒的。这事我侧面问过你们单位的人事处长白亚楠。哦，她是我堂妹。她都说不知道。我问她，这几年，干部每年都要填表，家庭成员是一定要如实填报的，你难道没注意过？白亚楠为此专门查阅了老管的表，说老管的表上，填得清楚，老婆教师，何时退休，女儿家庭教师。"

我突然觉得心里很堵。

白处说着站住了，望着天际残留的一片通亮的红色说："想一想老管其实挺不容易的。"

我说："是有点悲哀。"

白处说："他是不是在故意折磨自己，或者说是忏悔、赎罪什么的？"

重阳节前，老管接到通知，他的书法作品《适者长寿》入选市离退休干部书画展了。打电话约我聚聚，喝两杯，并说《适者长寿》入选有我一份功劳。我想了想答应了。于是两人一起往我们小区旁边的鱼头泡面走。

在小区门口一见面，他擂了我胸脯一拳："真是好事连连哪，我还有好消息。余会长刚才电话告诉我，钓鱼协会主席团已开了会，我入会的事批了，我现在是正儿八经钓鱼协会会员了。"

我祝贺老管双喜临门，老管得意扬扬地说，他现在感到，退休后做事，事事都要顺一些，有那么一点点心想事成的味道。

老管很兴奋，一路走一路说，要我一定去看书法展，帮他拍两张照片，在微信圈子里晒一下。这回，他要在微信圈子里冒几个泡了，钓鱼协会的会员证等，也要晒一晒，人太低调了不行。

到了鱼头泡面，服务生给我们找了过道里的一张小台。坐下来后，老管便忙着点菜。

我突然间有些感动。我和他在一个单位同事几十年，几十年间，没有同过桌子吃饭，想不到退了后，两个人一笑泯恩仇，坐在一张桌上吃饭喝酒了，称兄道弟了。

老管点好菜，给我烫着碗筷："说来你可能不相信吧。这次作品入选，我只请他们吃了两次饭。一次是在这儿，一次在湘鄂情，点的都是大众菜，他们都非常高兴。陆兄你可是不知道啊。他们都非常肯定我的创作，说我的作品古朴苍劲，是我省写得好的几个篆书体书家之一。"

自从听老白说他女儿、老婆的事后，我对他有了一些同情。我似乎在某种程度上理解了他为何要进书展，进钓协。

"陆兄，今天邀你喝酒，其实还有一件事跟你说，和李姐搭伙的事。"

"什么？"我正夹着一粒花生米往嘴里送，手一抖，花生米掉了。

"我侧面问了李姐。她不愿意。这是我意想不到的。"

我想不到他会这样。他现在跟我一样，也是孤家寡人一个，却念念不忘我的事，这倒令人感动的。可我又很烦他做这种事，他竟然自作主张："这不是丢人现眼吗？"

菜都上来了，是鱼头泡面的当家菜手工豆筋、粉蒸土猪肉、剁椒鱼头。老管要了两小瓶小毛香，拧了瓶盖递给我一瓶。

"这丢人吗？一点也不丢。"老管把自己那瓶拧开了，递过瓶子和我碰了一下，"我仔细想了想，她不干没关系，我觉得你这种素质，搭她还亏了呢。她有什么，穷得只剩下钱的那种人。我反复想，搭伙嘛，你要找个更好的搭，譬如说郑工。"

"你消停点儿好不好？那也是我们想的吗？老管你自我感觉太好了。"

"合唱团里，我最欣赏她了。工程师，知识女性，漂亮，风度好，也不扭捏，尤其是不爱钱。她学工程设计的，现在这手艺俏，不少人从单位办了退休手续后，立即就被返聘，或者被外单位请过去了，钱比上班时拿得还多，可她不去上班，要享受生活。和你很合脾气。"

郑工在我们合唱团里，像个高傲的公主。虽然人很和蔼，可我们之间并没有什么交流："你别瞎给我琢磨了好不好？我脸上挂不住你知道吗？"

"你是不是还在想着谭三秀？电视台有一个寻亲节目，你如果还想着谭三秀的话，试试呢？"

说实话，我没忘记谭三秀。我常常做梦，我有两个比我还高大的孩子，可他们却被人夺走了。还有一次，我梦见谭三秀回来了。她穿着一套大红衣裳，怀里抱着一个孩子，说是孙子。

我也曾想过去找她，看一眼我那个没见过面的孩子。可担心这会影响她的生活，也只好作罢了。想想几十年了，我们的那个孩子，也该成了家有了孩子了。她也许从来就没有告诉他（她）我是谁。她享受着天伦之乐。我何必再去打搅她平静的生活呢。

"别瞎扯了好不好？喝酒！"我端起酒杯喝了一口。

老管却不罢休："陆兄，我觉得你真正的原因是心里还放着谭三秀，或者是在把谭三秀当成了标准。换句话说，你并没有真正从过去走出来，几十年没走出来。现在摆在你面前的是两条路，一条，把谭三秀彻底忘了，开始新的生活。二条，去找谭三秀，开始新的生活。"

我把小酒瓶举起来，碰一下他："老管，我拜托你别在我的个人生活上掺和了。这话你记着啊。"

我想说句让他好好管管自己的事，可到底没说出口。

天渐冷了，太阳好时，中场休息，大家都到亭外的坝子里晒太阳。三五成群，拢在一起说逸闻趣事，谈养生，谈儿孙，说笑话，等等。老管在微信圈子里晒了钓鱼协会会员证和入展的书法作品《适者长寿》，因此这天中场，大家晒太阳时都围着老管，夸老管有内涵，多才多艺，也有的问些钓鱼和书法的具体问题。

"老管你那个书法到底是几个什么字啊？"有人问。

老管红光满面，侃侃而谈："'适者长寿'啊，孔子曰，仁者不忧，智者不惑，勇者不惧，这个大家都知道吧。所以，我就自己的人生经验，总结了这四个字，适者长寿。什么是适者？'适'就是适应，身体的适应和心理的适应。我们现在退休了啵，追求什么？长寿啊，怎么才能长寿？适应啊。"

老管一解释，大家都觉得好。退了休的人，适应确实很重要。

有人说："我们合唱团真是卧虎藏龙啊，有老管这样的高人。"

又有人说："老管你太低调了，要是你不贴到微信圈里，我们还不知道你是个书法家呢。"

"是呀，是呀，这么好的书法埋没了，真是太可惜了。"

"不只书法家呢？还是钓鱼协会会员。"

"那我们可不可以称你为'钓鱼家'呢？"

大家哄地笑起来，老管也笑："吴大姐你可真幽默。钓鱼嘛，不能称家的，搞艺术的才称家的吧。譬如说，兰老师唱歌，可以叫歌唱家，搞书法的，叫书法家。"

"你还练太极剑，有没有太极剑家？"

"有武术家啊，老管还可以称作武术家。"

老管嘻嘻笑着，双手抱拳："惭愧惭愧，玩玩儿，隔'家'还差得远呢，包涵包涵。"

合唱团的人，什么人都有。像李姐这样的人也不少。因此有些话是真的，有些话是调侃。谁也不当真。说说笑笑，图的就是一"乐"字。

可就在这时，不知是谁，突然问老管重阳节孩子回来没有。

我倚在石栏杆上刷手机，离他们不远。这声问清清楚楚飘进耳朵里。我抬起头来，见我身边的白处也把头抬起来了，白处望了我一眼。

"没，打电话说忙。"老管说，"我也不想她回来，我们那个破小区不好停车。"

"也是。现在停车真是个问题。"

"有一回，她打电话说要回来，我放下电话就冲到楼下给她找车位。费了蛮大的劲找了一个，我就一直守在那儿，守了几个小时。那时，好多人把车开过去，又开过来，我担心他们和我争车位，提心吊胆的，不过我也有思想准备，万一他们要停进去，我就往地上一倒，让他们从我身上碾过去。"

大家都哈哈大笑起来。有的说现在车是太多了，也有的说老管真是个细心人，这么爱女儿。我看白处，见白处也在看我。

我眼睛突然有点发酸。

我想，给女儿抢停车位的事，老管讲得这么流利、生动，让人如临其境，是不是他常常这么想呢？或者说，他一直以为姑娘还活着，他设想过姑娘活着时的千万种情形呢？

我也不知道今天问他姑娘回没回来的人是不是有意的，不知道究竟有多少人知道他姑娘其实已经离开他了。

今天还是继续练《从头再来》《真心英雄》和《明天会更好》，兰老师果真说这三首歌前半部分不适合合唱，需要独唱，所以，今天他想请几个男士和一位女士分别唱前面部分。

兰老师点了三个男士，我、王处和老何，女士是郑工。兰老师点完名后，老管这时走到兰老师身边去，和兰老师说着什么。

老管和兰老师说了好一会儿，兰老师才点头了。老管正要归队，兰老师让他就站在前面唱几句，《真心英雄》的前几句，从开头到"祝福你的人生从此与众不同"。

老管整了整衣装，抬起手捋了捋飞到眼前的头发，清了清嗓子，唱起来。

开头两句，老管唱得还是那个事，可唱到"用我们的歌换你真心笑容，祝福你的人生从此与众不同"时，问题就出来了：跑调。大家哄笑起来。老管唱完后，给大家弯腰鞠躬，弯成了九十度。这一来，他辛辛苦苦盘在头顶妆点秃顶的几绺头发掉下来了。大家又哄地笑起来。他脸有些红，望一眼兰老师，然后抱拳给大家说："我太激动了，太激动了。"

老管归队后，兰老师让我唱《从头再来》开头部分，王处唱《真心英雄》开头部分，郑工和老何对唱《明天会更好》开头部分。

唱完之后，兰老师对我们几个领唱的提出一些要求，又对合唱部分提了一些要求。

老管有点气馁。回家路上，老管问我："我真的跑调了？"我说："后面两句有点。"老管说："我今天一直在注意吐词，学李宗盛，才走调了。我觉得我的音色最像李宗盛了。"我说："这不是模仿秀啊，兰老师没说要模仿谁啊，你按自己的理解唱啊。"老管说："理解？我们这些人中，有谁比我理解更深？我可以毫不谦虚地说，我对这首歌有别人没有的理解。"

我知道老管为参加这次新年音乐会合唱当领唱做了许多努力。我给兰老师说老管天天去公园练声，做了声带手术的事，以及他特地在雅尔戈公司订制了一套白西装的事，可兰老师不同意。兰老师说，那样会影响大家的积极性。

我只好安慰老管："当不当领唱有什么关系呢，你想象看啊，音乐会那天，我们都化了妆，站在高高的合唱台上，别说陌生的观众不认识谁是谁了，就是我们自己也不认识自己了是不是？有谁知道谁是领唱呢？"

老管说："陆兄啊，这你就不懂了。你说观众不认识，这是事实，可只是现场啊，这种节目电视是要转播的，电视转播的时候，领唱的一般都会给个特写，那全世界都可以看到啊。节目单也要印上啊，领唱谁谁谁，可合唱，就什么都没有了，你听懂了吗？什么都没有。那就不是个人，是个道具，是个有血有肉、能张嘴能发声的机器。你还记得我们单位那次大合唱，张老师说的话吗，合唱时，没有我，只有我们，是不是？"

我本想说这种场合下我们不就是机器嘛，可没有："不就是为健身吗，想这多？"

老管沉默半晌："陆兄，有些事，你真的不懂！"

老管蔫巴了几天，像霜打的茄叶。我突然感觉他像有点可怜，可是我也找不到很好的方式帮他解脱。

这天下午唱歌中场，我们正在亭子外晒太阳，他接了一通电话突然过来拽我，要我和他一起回家。我问什么事，他说，回去就知道了。

走到他家单元门前，看到有电视台的人等在门口，他这才给我说，电视台的记者和主持人是他请过来的。我问他请电视台的人过来干嘛，他说，上寻亲节目啊，找谭三秀啊。

我想不到他来这一出，瞪着他说："你尊重一下我好不好？"

老管嘻嘻笑着："陆兄，你听主持人说说好不好？"

我转身要走，老管一把抓住我。美女主持这时站到我面前："陆老师，我们知道您的顾虑，是担心这样会打搅谭老师平静的生活，这说明您是爱着谭老师和您孩子的。可仔细一想，您这只是站在谭老师改嫁别人，什么都没有告诉孩子的角度在思考问题。可谭老师离开您之后，有许许多多的可能。譬如说，她告诉了孩子真相，她现在也是一个人生活着，等等。如果是这样，您内心能平静吗？再说，如果谭老师离开您以后，真像您想象的那样生活，我们可以在节目中做一些技术处理，譬如说，不把谭老师的名字发布出来，只表达一下您寻找亲人的意愿。这样您可以考虑吗？"

"谢谢你们了。"我说，"我真的不想再影响别人的生活，也希望别人不要影响我的生活。"

我说过便一转身就走了。

第二天唱歌，他没有约我，我也没约他。在观澜亭遇见，我们都把头一扭走开。练完歌回家，我也躲着他，不跟他一起走。

老管走在我前面。到公园门口时，老管站住了，似乎在等我。我脚步慢下来。这时，有人拽了一下我衣袖，我扭过头，见是郑工。

"你会洗洗衣机吗？"郑工问我。

我想不到郑工会跟我说话："会一点。我自己洗过。不过，那是我家的洗衣机。都是国产的。"

"都一样。你能帮我洗一下吗，你哪天有时间？"

我瞥了眼老管，老管仍站在那里："今天就有啊。"

我想躲开老管。

我跟着郑工往她家走。原来和郑工走在一起的几个女士都故意落在后头了。

"听说你想找人搭伙？"郑工说。

我的脸一定红了。我感到发烧："你怎么知道？"

"看不出来你这人这么苟且。听说，还被人家拒绝了？"郑工说。

"都是老管，瞒着我跳上跳下的。"我扭过头寻老管，见老管已走远了。我心里很清楚，我要和李姐搭伙的事，合唱团的人应该都知道了。

郑工家里收拾得非常整齐，窗明几净，纤尘不染。茶几上、餐桌上摆着鲜花，墙上挂着一些异国风情的工艺品。我感觉房间和她人一样清清爽爽，温情高雅。

我洗洗衣机时，郑工在厨房忙着。我把洗衣机洗好时，郑工的牛排就煎好了。用餐时，郑工说："我煎的牛排还可以吧？"我叉一小块牛排送时嘴里，大嚼起来："好。"郑工说："我做你老婆怎么样？"

我一下怔住了。她在我们眼里，一直是在天空飞翔的白天鹅。

"你就一心想傍富婆？苟且？"

我把口中的牛肉咽下去："没这样伤害人的啊！"

郑工一笑，连忙拿餐巾掩住了口，好一会儿才说："看来真的没人给我送葬了。"

"你说什么？"我问。

"送葬啊。我一直在找一个人为我送葬。这一生，我没别的什么顾虑了。这是唯一的，也是最后的顾虑。我不想孤独地走，也不想没人收尸。我一直在找一个身体比我好，能活得比我久的人。你明白了？"郑工仍微笑着。

"我答应你，只要我比你活得久。我一定抓着你的手，让你走。我会把你打扮得漂漂亮亮，让许多人来送你最后一程。"我开着玩笑。

"那我们明天去登记？不然，你怎么抓着我的手呢？"郑工说着笑起来。

吃完饭，郑工不厌其烦地搬出茶具，给我泡工夫茶。喝了茶，郑工说："我真不是开玩笑的。明天去登记你去吗？"

"去啊，你知道我想找个人一起生活想得要发疯了。我要是拒绝，那不是太傻了？"

"我没开玩笑。"她瞪着我，脸上有了几分严肃。

"我……不是做梦吧？"我真的有点蒙。

"是个噩梦。"她喝了一口茶说，"我真的不久于人世了。我患癌症已经两年了。可我没做手术，也没做治疗。我剩下的时间可能是两个月，也可能是半年，也可以说，今天以后的每一天，我都可能说走就走了。你还愿意吗？"

郑工说到这里时，我相信她不是开玩笑了。我心里泛起一股悲凉："你确定不是开玩笑？我一点也看不出你像个病人。"

郑工一笑："我把话说完吧。我不怕死，一点也不怕。可我怕被弄得遍体鳞伤后死，怕走的时候蓬头垢面，衣衫不整；怕走了后，没人知道，我成了垃圾，弄脏了床单或者浴室。当然最怕的还是我孤零零地走，没有一只手抓着我。"

我也曾有过类似担心：生命的最后时刻，我怎么度过，我去另一个世界时，会不会太难看。

"你听我说两句好不好？我觉得情况未必有你想的那么严重。癌症是可以治疗的。你现在最急切的问题是如何治疗。我愿意陪你去治疗。我对你充满信心。"

"你别安慰我了。你只说，现在，你还愿意去登记吗？"她瞪着我。

我想了想说："如果你答应我去治疗。"

郑工一笑，摇了摇头："你走吧。我想我是太自私了。我这样做，会影响你的。你要是送我走了，你呢？你可能连苟且的机会就没了。"

"那又怎么样呢？"我说，"最多，我趁着还走得动的时候，去坐邮轮旅游。我看到一个消息，有人晚年就去坐邮轮，到了那一天，纵身一跃到大海里去，干干净净。"

"可我绝不会答应你去治疗。"郑工说。

新年音乐会组委会通知，夕阳合唱团新年音乐会只能上两个节目。因此，兰老师决定《明天会更好》暂时不练了。因为这首歌是年轻人的歌，我们老人唱起来有难度，也唱不出那个味道。

十二月上旬，新年音乐会组委会派出指导老师来指导我们排练。老师姓尹，她听了我们的演唱后，提了很多意见。其中一条就是有几个人唱得不准，嗓子太跳了，影响了整体表现，像米饭里面掺了几粒沙子。她建议这几个人不上台了。

兰老师让大家再唱。一边唱，一边和尹老师一起把嗓子太跳了的那几个人往外揪。

老管被尹老师揪出来了。

老管很委屈。他一直对自己很有信心。他走到尹老师跟前，拍着自己的胸说："我没唱准？要不要我单独唱给您听一遍？"

尹老师看了看老管："好吧。"

老管就唱，可只唱到"曾经有一个梦"，尹老师就说好了好了，不唱了。她没听错。

老管不服气："我就唱一句，一句您就听出来了？"

尹老师说："不要一句，你开口我就听出来了。"

老管说："你是看我不顺眼吧。"

尹老师说："也有吧，我怎么看你都有点滑稽。在里面不协调。"

老管说："你这哪是唱歌，是选秀啊。这大合唱不参加也罢。"

老管说过，扬起头出门了，身子直直的。我觉得他真的变了。

自这以后，老管就不来观澜亭唱歌了。一天下午练歌结束，回家时我叫住了郑工。郑工问我是不是又要劝她去治疗的事，我说不是，是想去登记。

自从那天从郑工家里出来后，我一直在想着怎么劝她去治疗。我上网查询了一些资料，又去肿瘤医院找了两位医生咨询，都说她这种病只要积极治疗，三年存活率大于百分之八十。我把这些都告诉了她。可她丝毫不为所动。她说不想追求生命的长度。

"你想清楚了？不劝我去治疗了？"郑工说。

"我尊重你的选择。"我说。

"可我改变主意了。我觉得我还是一个人悄悄地走好。那样我才对起得他。"郑工说完后，扬起头走了。

我像挨了一闷棍。晚上，我去了老管家里，和老管说郑工的事。老管听了，半天没吱声，只不住地叹气。我问他我该怎么办，老管半天才说："还能怎么办？世界上有卖后悔药的吗？"

又说："那就是金子。在哪里都闪光的金子。你知道吗？"

说了一阵郑工，我问老管没去唱歌了，在干什么，他说："钓鱼啊。"我问他还唱不唱歌，他说："歌怎么不唱？天天唱啊。唱歌，不一定要到观澜亭才是唱歌吧，只要开口唱，哪里都可以唱是不是？"

新年音乐会从彩排到正式演出，一共搞了三天。正式演出结束后，我回家吃了饭去散步。到楼下，看到到处张灯结彩，便随意在街道上溜达起来。

没到梨园广场，就听到有人在广场上唱歌。

天已经黑了，广场上的旋转灯球亮了。五颜六色的光晕中，有欢度新年插上的旌旗，像是给新年打了一点点口红。

那人唱的是《新年好》：

新年好啊，新年好，祝福大家新年好

我们唱歌，我们跳舞，祝福大家新年好……

一开始，我还以为是商家做广告，或是有人冒城管追赶之险来此摆卡拉 OK，直到听到《真心英雄》，我才听出是老管。他学李宗盛，吐词一顿一顿地，嗓子有点哑，还有点跑调，不是他是谁？

果然是老管。他身边站着稀稀拉拉几个听歌的人。

我走过去时，他正在唱着后面部分：

把握生命里的每一分钟

和心爱的朋友热情相拥

让真心的话和开心的泪

在你我的心里流动

老管穿着那套白西服，扎着红色的领结，胸前还别了一朵红花。身边摆着几个大箱子还有一台点歌的触摸屏。看样子是一套广场卡拉 OK 标配。

他唱得很投入，脸有点红，我不知道他是不是也化了妆。

老管唱完《真心英雄》，又开始唱《新年好》。我这时突然感到眼睛发酸，像有泪要流出来。

湖边风大，观澜亭四面又没遮挡，格外冷，兰老师没找到可容这么多人练歌的大屋子，于是元旦过后，合唱团就解散了，等明年春暖花开再集中。这样我下午就没事可干了。

这天下午，我睡了午觉起床正看微信朋友圈，有微信消息进来，我打开看，是郑工。

"老陆，我要走了。拜托你一件事，把我的房子卖了，扣除丧葬费用后，把其余的部分都捐给抗癌基金会。"

我立刻打电话给老管。我和老管跑去她房间时，她已经气息全无。她躺在床上，脸上化了妆，衣服穿得整整齐齐。她眼闭着。身边的手机还在放着音乐。好像是莎娜布莱蔓。

我握住了她的手，她的手已冰凉。我眼泪哗地一下涌出来。

老管联系了郑工的单位，又在微信圈里发了讣告。郑工单位和合唱团一起给郑工安排了一个隆重的遗体告别仪式。

郑工像一颗流星从我的生命里划过了。我很后悔没能在她走的时候，给她那么一只手；又无比哀伤，觉得生命很脆弱。

我有好长时间没有从这种情绪中跳出来。

一天傍晚，我正准备去食堂吃饭，老管给我打电话，要我去他家里，我问有什么事情，他说吃鱼，今天他钓到了一条大青鱼，六斤七两，炖了一锅。

我到老管家里时，鱼已经炖好了，一屋的鱼香味。他的厨师帽、袖筒和围腰都没取下来。我进门后，他给我泡了茶，然后说还要炒点青菜，就去厨房了。我跟他进了厨房，他便跟我说他钓鱼的经过，说那个家伙劲真大，他和它缠斗了个把小时，才把它拖上来。"我这个钓鱼协会会员不是假冒吧。你知道别人怎么说？都说我是个高手，这么大的鱼，要是换了别人，是拖不上来的。"老管说。

他厨房里拾掇得干干净净，炊具摆得井井有条。怎么看都像一个有贤内助操持的家庭，我突然想起他也是一个人过着的事。

"今天还有没有别人？"我问。

"没有没有。就我们老哥俩。"他边刷锅边说。

吃饭时，他给我说："陆兄，我知道你还伤心着，可伤心归伤心，可不能一直走不出来啊。你得走出来。仔细想想，你没做错什么啊。"

我不想听老管再说这个了："说点别的好不好？你还让不让我吃鱼呀。"

老管这才住了声。

我想起老管目前也是孤家寡人的事："老管你跟我说实话，你老婆孩子呢？我到你家这多回了，从没见过她们。"

老管瞪着我："你问这个干什么？各人有各人的事。孩子大了，远走高飞，哪里能天天在眼皮底下晃？老婆……都是孩子重要是不是？姑娘走到哪儿她就跟到哪，我早不在乎这些事了。"

老管一边说一边往我碗里搛鱼，说些钓鱼的故事，说得乐呵呵的。

吃过饭，老管给我换了茶，然后去厨房收拾。然后坐到我身边，对我说，他有个想法，出去唱歌。

"什么什么？"

老管说："到街上唱歌啊。我现在特别想上街唱歌。商场、广场、公园门口、市场边上、小区门口，哪里都可以。"

我想，老管这个点子，很大程度上也许是为我，想让我从悲伤的情绪中走出来。可我觉得这太滑稽了，甚至可以说是荒唐："合适吗？别人还以为是乞讨，或者卖老鼠药的呢。"

"怎么会？你看我们这装备，对，我新置了一套广场卡拉OK装备，不说一流的吧，可至少在我们这儿算是好的。还有我们这身行头，"老管拍了拍胸脯，"任何人一看，也像个歌唱家啊。我这样说你能想象得到吧。那是什么效果？小区门口，公园门口，人川流不息，什么人都有。也许还有我们单位的同事。他们都会听我们唱歌不是？那是一种什么感觉？"

"上街唱歌这事，我没有心理准备。我觉得这太会让人想到卖唱了。而且，说不定别人会投诉你噪声扰民。"

"陆兄，你真的需要唱歌。心里不愉快，吼几句就愉快了。你不唱我就一个人去唱。我打定主意了。"

老管真的拖着他那一套设备上街唱歌了。我知道这事，是他发给我的一个视频。

我觉得老管上街唱歌可能有寻找他老婆娄金萍的意思，于是找白处要来了娄金萍的电话号码和家庭住址。我想去见一见她，探探她与老管和好还有没有可能。

一天下午，我把电话打过去了，说是老管的同事，想去拜访拜访她，她立刻就把电话挂了。我想了想，打电话找老白，说想到他姑娘那里去转转。老白明白了我意思，连声让我过去，并答应陪我过去见娄金萍。

由老白的姑娘领着，我们去娄金萍家里时，她很热情。可当我们提起老管，她脸色一下子变了。

"你们是他请来的说客吧？如果是，我不欢迎你们。你们早点走。"她说。

"我们不是来当说客的。我们天天一起唱歌，是歌友。我们只是向你转达他的悔意。他一直没再婚，而且到现在还隐瞒着离婚的事……"

没等我说完，娄金萍便说："他再后悔我也不会原谅他。我再活十辈子也不愿见到他。我不管您是同情他也好，还是同情我也好，您在我面前提他，就是不尊重我。我不会领情。我只会痛苦。"

娄金萍态度决绝，我和老白不好再说什么。

我想把娄金萍的电话和住址告诉老管。可我一直没想好怎么告诉老管才好。

一天晚上，老管打电话给我，告诉我他今天在中山公园门口演唱，非常成功，当时有几十近百人听他演唱，而其中特别令他感到意外的是退休的老鄢局长、卢副局长也挤在人群里听他演唱。

"老鄢局长你还记得吗？那时是多么高高在上的人物，现在怎么样？也在公园里练拳啊。老陆，我早说过了，台上台下，退了休都一样。媳妇美与丑，熄了灯都一样，是不是这个理？你想象不到吧，老鄢今天还跟我谈了一阵话，说我歌唱得好。"老管很兴奋，"我感觉我上街唱歌是唱对了。"

等老管兴奋了一阵，我说我今天看到娄金萍了。

"什么?!"老管的声音发嘶，而且发颤，"你怎么会看见她？"

"我是在墨水湖的菜市场上碰到你老婆的。我有个远方亲戚住那儿。"我这样说。

"你……没搞错？她……给你说了什么？"

"没说什么，我们互相要了个电话号码。"

我这样说，只是想让他知道我有娄金萍的电话，我想他会问我。可老管却没问，他说了一句莫名其妙的话："谭三秀认识我吗？"

天阴了几天，终于下了一场雪。我躲在暖和的被窝里，快中午了才起床。起床一看外面皑皑白雪，心中突然有一种莫名的激动。

我突然想起刀郎的《2002年的第一场雪》：

> 2002年的第一场雪，
> 比以往时候来的更晚一些，
> 停靠在八楼的二路汽车，
> 带走了最后一片飘落的黄叶

我哼起来。哼着哼着，我突然感觉心里有许多东西往外涌动。我想找个地方唱歌，把心中的东西吼出来。

我决定去东湖，抓了大衣就下楼。往东湖走时，我想起了老管，老管是不是也想唱歌呢？我拨老管电话，说我现在特别想唱歌。他哈哈大笑起来，说他正在观澜亭那儿唱歌呢。

天晴了，天空中有了稀薄的阳光。路边草坪上、树叶上的积雪中，时不时射出一束束幽光，像有人在积雪上撒了珍珠粉。

没到观澜亭，我就听到了老管的歌声，正是《2002年的第一场雪》。他那略带嘶哑的嗓音像一群鸽子一样在空旷的雪地上翻飞。

老管仍穿着那套白西服，系着红领结，身体和那只没拿麦克风的手随着节奏的变化和旋律起伏抖动，样子十分洒脱，和那个满脸堆笑、点头哈腰的人判若两人。我真的听出了他歌声里有不一样的内容。

老管唱完《2002年的第一场雪》，又唱王力宏的《雪人》，阎维文《我像雪花天上来》、张信哲《下雪边界》。

他唱得很投入，完全进入了一种境界，没看到站在他身边的我。

等他唱完《下雪边界》，在点歌屏上点歌时，我给他鼓掌，他才扭头看见我。并拿起麦克风说，现在他要给大家隆重推出一位歌坛实力派人物老陆，希望大家能够喜欢。

老管的样子很严肃，很正式，就像空旷的雪地是熙熙攘攘的听众。

我拿起话筒，唱了《从头再来》。我唱到后面部分时，老管拿起另一支话筒与我合唱起来。

天气更好了。太阳红彤彤的，又大又圆。红色的光芒落在积雪和湖面上，在白雪上和水面映出迷人的色彩。

湖边格外安静，天地间只有我们的歌声。

我们一直唱到太阳落入远山，天色暗下来时才算了。我帮着老管收拾音响。老管问我今天高不高兴，我说高兴啊，我今天才感觉是心在歌唱。

回家时，老管跟我说，他现在才明白唱歌可以长寿的道理，那就是心情愉快。他真没想到这辈子的归宿是唱歌，他剩下的生命便是唱歌。

我想知道他去没去墨水湖，便问他这阵子去哪些地方唱过。老管说了一大堆地方，就是没有墨水湖。我不知道他是真没去，还是碰了壁。

走到小区，临分手时，老管问我是不是愿意和他一起上街唱歌了，我想了想答应了。

老管激动得抱住了我："我的陆兄哟，我就知道你会同意的。陆兄我给你保证，你只要加入，我们不仅会唱红武汉三镇，而且还有可能上电视，让全世界人民都知道，你信不信？"

（原载《芳草》2018 年第 4 期）

骄傲的父亲

父亲打来电话时，我正举着喷枪给几口柜子喷油漆。漆雾像一群发疯的蚂蚁吞噬着白生生的木板。父亲从没有过在我上班时打电话，我以为是家里出了什么大事，忙摘了口罩，跑到工头面前说要拉肚子，到了工棚外。

"修武，你回来一趟吧。香云回来了，我去问过，她同意跟你见见面。"

又是找媳妇的事，我有点哭笑不得。从我十八岁开始，他和母亲就开始为我找媳妇，上蹿下跳、东奔西走。每次回家过年，他都会带着我走村串户，捡有姑娘的人家走，走了一户又一户，也不知道他是怎么知道那些人家中有待字闺中的姑娘的。我二十七岁那年，邻村的牛子在贵州挖煤，人塌到炭洞子里去了，他听说后就打电话把我叫回去见牛子的遗孀。他信心满满，说这回应该有戏。我只好回家去见了。可牛子媳妇一口回绝了，说她不想在农村找，因为她在城里买了房子，孩子能上幼儿园时她们就要进城去了。这让我们很难堪。回来的路上，他就骂娘："一个寡妇，还带个拖油瓶，嘚瑟个什么呀，不在农村找，难道城里人还有蛮多在等你一个寡妇？城里有房子有什么了不起？还不是牛子拿命换来的？想在城里找男人，也不怕死鬼牛子找她？"他声音很大，轰隆隆的像放炮，惊得栖在树上的鸟扑棱扑棱乱飞。

这之后，他又带着我走过不少人家，可都没成。我对找对象的事已经有些麻木了，也可以说死心了。我已经有了打一辈子光棍的心理准备。

父亲的话简直有点低声下气的意思了，可是我却有些无动于衷："你帮我见见吧，你说行就行。"

"是人家要见你啊，要看有没有感觉。"

我不想折腾："一请假，这个月的奖金就泡汤了，加上跑一趟的路费，这个月算是白做了。"

"你不要再说了，你的机会不多了，过了这个村就再没这个店了。我不想你放走这个机会。不成，你掉的这点钱，老子补给你。"他口气突然间变强硬起来。

我回家的当天晚上，他就要带我去香云家里。因为他已经打听到好几个人都在往回赶了。要是迟了一步，别人抢了先，那真就白跑了。一路走，他便给我说香云，说他偷偷跑过去看了人，人长得清清爽爽的，还念过高中，可就是身体有点小败相，斜眼儿，颈脖子时不时不由自主摆动那么一下，说是她妈生她时难产，医生使用了产钳，有点轻度脑瘫。我问多大了，他说二十七，和我正相当。我说她不是在外面打工吗，怎么现在回来了？他说，她妈在坡上赶羊，把腿摔断了，在家里养伤，没人伺候。

我们到香云家时，天还没黑。香云和她父亲都在家里。香云父亲很热情，提了一壶酒出来，给父亲和我各倒了满满一大杯酒，又喊香云给我们泡茶。

香云瓜子脸，长发披肩，脸上干干净净的，人长得纤秀，确实如父亲所说，清清爽爽的。她送茶过来时，我偷偷瞟了她的眼睛，斜得并不那么厉害，如果不仔细看，看不出什么异样。而且我也没看到她脖子摆得有多厉害。我感觉她是我相亲以来最好看的一个。而且人很大方。她给我和父亲泡了茶后，便搬了把椅子坐到我身边，主动和我攀谈，问我在温州打的什么工，说油漆很伤身体，要我换个工种，又主动要求加我微信。

父亲见我们聊得火热，说想看看香云父亲种的香菇，就和香云父亲去一边了。这时我就直奔主题，直截了当问她愿不愿意和我处朋友，她也很爽快："你能在县城买房子吗？如果能在县城买套房子，我就嫁给你。"

我一下子就泄气了。因为我没钱，虽说这些年一直在外打工，可没存下钱。我想父亲也拿不出这么多钱。

我瞪了香云一眼。这是漫天要价，还是故意给我设门槛，好让我望而却步？我恨不能问她这是嫁人还是嫁房子。

"那我……可能令你失望了。"我说。

没想到回来的路上，我把香云的话跟父亲一说，父亲便来了一句："要买就买吧。"

父亲说得这么轻巧，这让我吃惊了："你……能拿出这么多钱？她说的是县城，不是雨村。"

"我听清楚了是县城。办法总是人想出来的。知道我们现在住的这栋房子是怎么建起来的吗？那时我什么都没有，就两只手。"

他这时便得意起来，跟我说起他当时是如何建起我家现在这栋土瓦房的。他说也是为了娶我妈。我妈当时是雨村最漂亮的姑娘，比从城里下来教书的一个女老师都漂亮。可他当时什么都没有，穷得叮当响，因为爷爷在他十三岁时就死了。幸亏爷爷教了他烧瓦的手艺，他和婆婆才能在队上挣点工分过生活。那时他住着的房子是两间木板房，土改时分给爷爷的，一个天井屋一侧的厢房，因年久失修，木板柱子都沤烂了。婆婆念叨着建房，可哪怕是建栋土瓦房也要不少木料，要有供建房人吃的粮食，我们劳力少山林也少，拿不出粮食和木料来。这一拖就拖到了他找媳妇的年龄。他请了媒人去外公家提亲，外公让他建起三间大瓦房再去。

那时，外公是很有底气的。因为他三个女儿都长得如花似玉。来请人提亲的可以排成长队，想跟我妈谈朋友的还有公社供销社的干部。可父亲铁定了心要娶我妈。他不管别人怎么样，只想着怎么把三间大瓦房建起来。恰巧这时土地下放了。土地下放后，人有饭吃了，村上一窝蜂建新房了。这时瓦的需求量激增，价格也越来越好。他于是就在自家门口打了一口窑，日夜不停烧瓦，让想建房子的人用粮食和木料换瓦，不到一年，他建房的瓦有了，木料有了，粮食也有了。第二年就建起了三间大瓦房，而且里里外外都挂了石灰，还用水泥做了一米高的墙裙，屋顶也是调檐座脊，窗户还用了玻璃，灶上用了瓷砖。这在当时，相当洋气了，只有小学校才建成这样。村上的人都夸这房子气派、洋气、牢实，几辈人都不要再操心房子的事了。他就凭这把母亲娶到了家。

他从来没给我讲过这一折。我觉得他有点像吹牛："你还想靠烧瓦在县城买套房子？"

"烧瓦？早就不烧了。我把房子建起不久，就没人用土瓦了，都用机瓦了，又大又便宜，土瓦就没人要了。现在都建砖房子，连机瓦也不需要了。"

"那你有这个实力？"

"这个你就莫管了。你现在就痛痛快快答应香云。只要她同意嫁给你，你就在县城买套房子。"

一会儿又说："你也不去温州了。老老实实待在家里，一切等到结了婚成了家再说。"

母亲听说了香云要在县城买房子的事，似乎也不吃惊，只一个劲儿摇头："这姑娘我看靠不住，见面就要男方在县城买房子，狮子大开口，说明她没诚意。"父亲这时又提起他当年。我母亲却说不一样，当年外公是看上了父亲这个人，想逼一下父亲，而香云却更像是给我们家设门槛。

父亲说："你想多了吧。现在的年轻人，谁还想在农村生活？"

母亲说："现在的年轻人真叫人搞不懂。一开口就是在城里买房子。人光有个房子就能活吗？没事干，喝西北风？"

父亲说："你懂什么，城里到处都是事情，在城里有了房，还愁找不到事做？"

母亲说："城里没事做的人还少吗？"

父亲有些不耐烦了："现在，不是谈有没有事做的时候。现在要谈的是修武的媳妇。他今年都三十了，过了这村，就没这个店了。再说，香云要在县城买房，不是为她一个人考虑，也是为修武和他们的将来考虑。他们要在县城有了房子，那就是城里人了，我们老陈家就算在县城扎下根了。以后他们有了孩子，孩子生下来就是城里人。子子孙孙都是。"

母亲说："怪不得你一直不同意翻修房子呢，难不成你还记着十几年前的话？"

我们现在住的土瓦房，因年久失修出现了一些问题。首先是瓦破了不少，瓦破之后，父亲买了一些机瓦搭上去，可接缝处常常出现问题，下雨天就漏雨，更严重的问题是父亲煮酒时，在东边山墙下建了作坊，而作坊里的蒸汽和煤烟熏烤，把那面墙都熏酥了，墙体也变了形。如果遇上暴雨，说不定就会垮掉。

这几年，我们村翻修房子的多，村子里的土瓦房已经不多了。母亲曾念叨过多次要翻修房子，或者把现在的土瓦房修缮一下，可父亲总不答应。

父亲瞅了母亲一眼："我就是不服气。"我问母亲十几年前什么事，母亲说那是外公六十大寿，他们和几个姨父给外公祝寿，刚好我的二姨父和三姨父都在县城买了房，一起说话，二姨父和三姨父说的都是在县城买房的事，父亲连话都插不上，偏偏坐席的时候，二姨父和三姨父又坐到了他上首。这让他心里梗梗的，像搁了块石头。回到家，便和母亲说也要去县城买房。母亲心里也有些烦，没好气地说："你拿什么买？青祝他们开了二十几年经销店，小松他们办了十几年茶厂，你呢？"父亲发起火来："你以为不开店子不办茶场就不能在县城买房子吗？我偏要买给你看。"家里的钱一直是母亲掌着，她知道父亲这是痴心妄想："你陈新根要是能在县城买套房子，我天天给你洗脚，还把洗脚水都喝了。"父亲说："我不跟你说这些。我只要你相信一件事，青祝能在县城买房，小松能在县城买房，我陈新根也能在县城买房。我说到做到。"

我这才知道父亲对在县城买房其实早有准备，只是一直下不了决心，或者说没有找到合适的借口，而香云给了他足够的理由。

父亲对二姨父和三姨父其实是不太服气的，总说他们笨，说二姨父卖条毛巾也要用计算器，三姨父办了这么多年茶厂，几样破机械自己动不了手，一出毛病就要来请他。他们能赚钱纯属瞎猫碰到了死耗子。

父亲的聪明我是知道一些的。小时候他跟爷爷跑山烧窑，见过水磨水碾子，回家后，就自己在家用竹子篾片木头做了水碾子水磨水碓模型，安在小河边上，用竹筒把水引过去，让水碾子水磨咕噜咕噜转，水碓舂个不停，看呆了好多人。我读书的时候，他常常教训我要好好读书，他这一辈子，就吃了没读书的亏，要是他读点书，他是不会一辈子搬土块的。

父亲没上过学，可他心算能力特别强。他烧瓦时，人家背着木料和粮食来换瓦，多少粮食多少木料换多少瓦，无论几百几千块瓦，他都不用算盘，也不用纸笔，就用心算。换一整天瓦，一笔一笔，他记得清清楚楚，账分文不错。而且观察力也很好。队上第一次请机械给黄豆脱粒，没想到柴油机着不了火，请来的师傅修不好。他围在跟前看了一阵便说他可以修好，一试，果然修好了。

可他偏偏没有二姨父和三姨父会挣钱，这让他感到很憋屈。我想他要在城里买房，可能也与他不想输给两个连襟有些关系。

母亲见说不过父亲，也不再遮遮掩掩了："你要去县城买套房，就是想在村里嘚瑟。"

父亲说："你觉得我现在还想嘚瑟？过去，我嘚瑟过。可这些年，你看我什么时候嘚瑟过？我灰头土脸的，挣脸面的事，我一样都没沾，村上的人都不知道世界上有陈新根这个人了。"

父亲这话我是相信的。机瓦出现后，村里人建房开始用机瓦。再以后，有人开始建砖房子，连机瓦也不需要了。父亲做瓦烧瓦的手艺没一点用场了。可父亲又一次抓住了商机。村里通电了，他立刻买了打米机、榨面机、磨面机，给村上人打米、磨面、榨面，赚加工费。可好景不长，村上外出打工的人多起来，没人种稻子、麦子了，吃米吃面粉面条都到店里买，生意没了，他就又开始磨豆腐卖，挖树蔸子卖，又去学煮酒、养猪、养蜂子，等等，反正什么赚钱他就干什么。过得也俭朴，一年四季都穿一件面前印了"大桥鸡精"几个字的蓝色长褂子，那还是我在武汉打工时厂家发的。电视机还是娶母亲那会儿买的一台黑白电视机。他最奢侈的事是抽烟，抽两块钱一包的黄金龙。

他一年到头忙忙碌碌的，生活不讲究，我只觉得他活得不值，哪里知道原来他是心里藏着一个大目标呢。

母亲说："活该！"

父亲说："实话给你说吧，我打定主意在县城买房了。你说我是想嘚瑟我就是想嘚瑟吧。我辛辛苦苦劳碌了一辈子，我嘚瑟一回又怎么样了？"

我有些理解父亲了。他需要有一件事证明他的存在。

母亲只好让步了："既然香云给我们提要求，要在城里买房，我们也要给她提要求，买了房她就必须和修武结婚，立刻结。"

父亲听懂了母亲话里的意思，连忙说："那是当然。而且，这房子，只能填修武一个人的名字。那是婚前财产。"父亲说过，就要求我立刻去县城看房、选房，我说房子是香云要买，以后也是我和她住，去看房应该和她一起。父亲想了想说："她只说要买套房子，可城里房子，三六九等，什么样的都有。她去看房子，要是尽挑好的，我买还是不买？更重要的是时间，她妈腿骨头摔坏了，不是三两天能好的事，等她，要等到什么时候？"

我觉得父亲过于心急了："我还没告诉她我们可以在县城买房呢。"父亲说："那你现在就去说。"

母亲也不同意这么急着买房，而应该先谈婚事，婚事谈定了再买房。父亲说："房子是早晚都要买的。现在的房子一天一个价，拖一天就要多付一天的钱。你说婚事谈定是什么意思？是结婚？结了婚再买，那房子就不是我陈新根买的了，就是他们夫妻共同财产了。这个你懂不懂？"

母亲在大道理上讲不过父亲。这也是父亲能够永远当着我们这个家的家长的原因。

母亲只好自己找楼梯下台："即使你急着要买，也要叫香云。她不满意，你买了白搭。"

父亲犹豫了一会儿，才同意我叫香云。他望着我说："她一定要叫，那就叫吧。如果她走不开，我们请个人去侍候她妈。"

我想不到父亲会这么急。

香云听说我们要去县城买房子，"哇塞"了一声，我问她有没有时间随我们一起去县城挑房子，她爽快地答应了。她说，她会哄她老爸这几天在家当当保姆。

晚上，香云就到我们家来了。这是父亲的意思，因为她住得太高了，公路都没得，毛子的小巴车不会去接。二天早晨吃过早饭，我、香云和父亲便一起去赶车。

天气很好，太阳明晃晃的，到处都放着光，父亲脸上也一片灿烂，脸变成了一个用油漆精心漆过的根雕。他穿了件条纹T恤，挎了一个黑包，突然间像年轻了。我感到他的腰挺得比往常直，头也扬起来了，走路时腿还有点一甩一甩的。

毛子的小巴车一般会停在二姨父店前的坝子里候客。我们浩浩荡荡走到二姨父店子门口，几个候车的人眼都瞪得大大的。

"老陈你们这是要到哪里去？"有人问他。

"去城里看看。"他没说要去县城买房的话。

二姨从店子里提了两把椅子出来，父亲接过椅子，先放好一把，叫香云坐，香云望着二姨笑了一下，父亲让她叫二姨，香云叫了一声，然后坐下，刷起了手机。

二姨人这时呆住了："叫我什么？二姨，是修武女朋友？"

父亲并不坐下，一手撑在椅子靠背上："刚谈上的，还没来得及认亲，他二姨莫见怪啊。"二姨笑眯眯的："哪能见怪呢。我是高兴。我们修武总算谈上朋友了。而且还忒漂亮。"二姨说时，还用手指抹了下眼角，似乎是激动得流泪了。

赶车的人夸我有福气，不声不响地谈了这么好一个女朋友。看样子都羡慕得要死。

父亲抓了抓头，似乎有点羞涩："婚姻，都是命定的吧。"

这时才坐下来。二姨便望着屋里叫："东林他爹，你快出来看修武的朋友，修武谈了个漂亮女朋友！"

二姨父正吃早饭，听到二姨叫他，端着饭碗出来了。他把筷子塞到端碗的手上，从裤兜里摸出一盒烟，抖了几下，递到父亲面前，等父亲取了一支，又递给其他人。父亲这时给二姨夫介绍香云。二姨父说："修武有福气。你们今天是——到县城买衣服，是修武他们要办事了？"

父亲轻声说，"去看看房子。"

二姨父惊叫起来："看房子？你要在县城买房子？"

人的眼光齐刷刷地射到父亲身上。周癞子惊得下巴就要掉了："你老陈行啊，听说在县城买套房子，要几十万呢。"刘疤眼说："怪不得你不翻修房子呢，原来是要去城里住了。"父亲瞥了一眼香云："香云要买。"顾大婶感叹着："这些年我就一直纳闷啊，你陈新根这么会赚钱的人，怎么就不见你翻修砖房子哩，原来是要去县城住啊！你可真能忍。"

父亲又说："香云要买。"

顾大婶说："还是城里好。现在的年轻人，都喜欢城里。你陈新根真厉害，对孩子好。"二姨这时问父亲准备买好大的房子，父亲说："百十个平方应该要吧。"二姨也惊叫起来："百十来个平方，比我们东林的房子大了几十呢，他姨爹你是准备一家人都住到城里去？"

父亲说："我住到城里干什么？现在准生两个了。"

二姨父把瘪了的烟盒装进裤兜："我早就说他大姨爹殷实吧，你们还不相信？怎么样？"

"殷实什么？你不是早在城里买了房子。"父亲转头望了望来乘车的人，"你们，一个二个，哪个不是早住上了砖房子，就我，到现在还住个泥巴屋。不是香云，我就懒得去凑这个热闹。"

父亲话虽这么说，可我能感觉到他心里是喜滋滋的。他脸上神采奕奕，显露出无法掩饰的兴奋。

到了车上，香云一直低着头刷手机。父亲给她布置任务，让她先在网上找找，多找几套，我们到县城后，就直接打车去看。

香云共找了三套房子，两套新房，一套二手房。两套新房，我们都觉得很好，可因为银行不能贷款，我们只好算了，去看二手房。那套二手房比新房要差许多，没有电梯，楼层又是顶层，房屋的结构也不好，可因为房主是银行的，答应可以帮我们办贷款，而且房子地段好，离幼儿园、小学都近。于是父亲做通香云工作，买下了这套二手房。

回到家里，母亲听说买房子总共花了四十多万，而且还贷了二十万块钱，便不断地叹气。父亲便不断给她解释那个小区如何如何好，住在那个小区的人都是干部、老师，有素质的人，同时还节省了好多装修的钱，等等。

母亲最关注的问题是香云究竟何时能跟我去领结婚证的事，吃完饭，人都还在饭桌上，她便问香云准备什么时候跟我去乡里领证。

父亲和我都觉得母亲这也太心急了些，刚刚买了房子呢。父亲瞪了母亲一眼："你也太急了吧，等香云回家问问她爸妈吧。"母亲说："我怎么能不急？我们就修武一个孩子，他们领了证，我们要热热闹闹办一场婚宴。"父亲似乎这时才想起要办婚宴的事："你这话对。我们在县城买了房子，孩子成婚，这是双喜临门，真要办得风风光光。"母亲说："所以我要香云现在能给我一个时间。"

香云说："可以啊。什么时候领证都行。"

母亲仍有些不放心："不需要问一下你父母？"

香云说："他们恨不得我明天就出门。"

父亲这时便要我和他一起明天送香云回家，一便和她父母谈谈去领证的事，商量商量婚礼什么时候办好。

十月份，父亲真的办了一场很气派的婚礼，杀了两头猪，请戏班子唱了两天戏，来吃喜宴的坐了一百多桌。滴酒不沾的父亲喝醉了酒，滑到桌子下面去了，众人把他扯出来，扶着他回房间休息，他却不去。他举着一只塑料杯子，歪歪倒倒地从这一桌走到那一桌，给大伙敬酒，嘴里说着车轱辘话："我陈新根，儿子，娶上媳妇了，我陈新根，在城里买上房子了，我子子孙孙是城里人了……"

婚礼收了七八万块礼金，父亲都给了我。他是这样说的，一是可以还一部分贷款，二是作为过渡时期的生活费。城里工作很多，不要慌里慌张的，看见什么就做什么，要先稳一下。有笔钱，心里不慌，工作就可以慢慢找，争取找到既体面又轻松还赚钱的工作。

可我们没有去找工作，因为香云要开网店，自己当老板。于是我们买了几台电脑，开起了网店，卖我们县盛产的脐橙。可我们的生意一直不好。加上我们有几次售出去的脐橙质量出了问题，遭到别人投诉，香云就不想再办下去了。她突发奇想要当"网红"，要回老家去，因为她在网上看到，有的农村网红粉丝几百万上千万，每年的收入上千万。她说她仔细研究过那些农村网红，视频的内容都很一般，无非是插秧、打谷、采茶、抓鳝鱼、做做农家菜之类的玩意儿，而我们那儿，比这些精彩的内容多的是，譬如蜜蜂是怎么做蜂蜜的，酒是怎么酿出来的，猪是怎么杀的，肉是怎么薰的，还有过去那些石磨、石碓等等。每一条出来，都可以吸引人的眼球，都可以圈到几百万粉丝，到那时，就靠流量，每月收入就不少，然后，再带上网店，想卖什么就卖什么。我觉得香云的想法不靠谱。于是我们争吵起来。我想起了当初她要买房的事，给她说："当初要买房子的是你，现在要回老家的是你。你脑壳一摆一个主意，你叫我怎么跟父母交代？"这句话彻底激怒了她，她说我侮辱她，侮辱她是个残疾人。我解释说没有。她却说我越解释她越看不起我，并说要离婚。

　　我没想到第二天一早，她真的拎着包去搭车了。我随后也回去了。我给父亲说了香云想当网红的事，父亲便问网红是个什么东西，我说，就是拍些视频，放到网上让人家看。父亲说，我们这儿有什么好看的？我说种田的、采茶的、养猪的、做饭的、打牌的、猪栏羊圈、路上的狗、树上的麻雀，等等，这些东西城里人没见过，喜欢看。父亲说，那怎么能赚钱？我说，别人看视频，要花流量啊，还可以插广告啊，推销产品啊，等等。父亲想了想说，你这样说，我就不担心了。她这个网红当不成。她就是弄个新鲜，等新鲜劲儿过去就没事了。父亲让我就依她，让我陪着她当网红，目前最重要的事是不能离婚。母亲问我她怀了孕没有，这也好几个月了。我说没有。她知道我在外面做漆工，怕这时怀上的孩子不健康。母亲说，要是她怀上了孩子，就不会动不动要离婚了。父亲要我明天去她家，给她赔礼道歉，答应让她回来当网红。

我没有去赔礼道歉，父亲去了。父亲回来时，脸黑得能刮下来一层，说这事可能有些悬了，她坚持要离。母亲问："就因为那么一句话？"父亲说："她还说和修武不在一个节奏上。"母亲问："她父母呢？"父亲说："你看她是那种听父母话的人吗？"母亲这时念叨起来："现在的姑娘怎么这样？结婚、离婚，这么大的事，就像儿戏。她也这么大了，一定要离，难道也不怕以后嫁不出去？"父亲一个劲儿地抽着烟，就像没听见母亲说什么。

"要是真离了，我们在县城的房子呢，卖了？"母亲又念。

父亲把烟头丢到地上，用脚踩住，狠劲儿揉："房子怎么能卖？不是还没离的嘛。"

父亲和母亲都想我能保住这段婚姻。过去，我没觉得他们怎么关心我，疼我，我觉得天下的父母都那样。我在外打工，挣了钱自己花，晚上去吃夜宵，喝啤酒，只管自己过得快活。我从来不会想以后，我甚至觉得他们这样的生活太可怜了。可这次，从在县城买房，到办婚事，我有点被他们感动了。所以，在父母催了我几次去给香云赔礼道歉后，我真的过去了。

可是香云坚决要离。她说她看错了人，原以为我是个有抱负的人，想不到我是个窝囊废，而她不想一辈子给别人打工，她要活就活出个样子来。她并且要我和她立刻去办离婚。

父亲听我说了这个情况，问我是否真诚地给她道歉了，我说是的，我并且表示愿意回来帮她。

母亲说："没这么便宜的事。她要我们在县城买房，我们买了。要我们赔礼道歉，我们赔了。要我们陪她当什么网红，我们也答应了。她还要怎样？她要离，我们偏不离，拖死她。她也要三十岁了。看谁拖得起。"

母亲这话当然是气话。父亲有些不耐烦地瞪了她一眼，然后问我怎么想。我说我想还是出去打工，到温州去。那儿每月挣得多一点。县城的房子，可以租出去，租金可以拿来还贷。父亲想了一阵，让我还是先不要去温州，毕竟我和香云还没离婚。我说："在县城打工，每个月挣两千就算好的了，吃喝用度少说要一千，拿什么还贷呢？"父亲说："不是还有我吗？贷款我帮你还。你现在首要问题还是婚姻。如果香云那儿实在不行了，那就离。离了好再找。"我坚持要去温州。我说我对香云不抱希望了，也不想再和她过下去了。而要解决个人问题，县城还不如温州，县城我两眼一抹黑，不认识什么人，倒是温州，打工的人多，男男女女都有一些熟人。

父亲想了两天后，答应了我。第二天我便去找香云，一起去乡里办了离婚。

我走的时候，要把县城的房子挂到中介去，让中介帮忙出租。可父亲却不同意，他的理由是不想让中介赚这个钱，出租房子的事，他完全可以搞定。大不了，他去电线杆上贴"牛皮癣"。我见他说得坚决，就把出租房子的事交了给他。

我根本想不到，他是想住进县城。

这是母亲打电话告诉我的。那时我到温州还不到半个月。

母亲说，父亲要住到县城的理由还是为了我找媳妇，因为我说不上媳妇，归根结底还是因为他是乡下人。如果他住到城里去了，我说媳妇的事就会容易得多。

听母亲这样说，我顿时想起了煞费苦心这个词，既有点感动，又有点好笑。不过，转念我就感觉这不好笑了。想起他早就想在县城买房子的事，我感觉他是早就想住到县城来的。而什么香云，什么方便给我找媳妇，差不多就是一个冠冕堂皇的借口。

"就为这？"我问。

母亲说，还有一个原因是我的两个姨父，二姨父说，既然在城里买了房子，那就干脆住到城里去。在城里买的洋房子空着，自己却住着乡下的土房子，那不是笑话吗？二姨父还说他也准备住进城里去的，因为现在村上店子越开越多，生意不好做了，而更重要的是他和二姨不想再和孩子分开住了，现在他们这个年纪，觉得挣不挣钱不重要了，重要的是一家人在一起。三姨父也劝父亲住到城里去，想吃油条就有油条，什么都方便，要找点事做也容易，随随便便找个活，都比种田强，甚至比他养蜂煮酒都来钱。

母亲说到这里时，我感觉这似乎才是父亲要住进城里的真实原因。

两个姨父一直是父亲心中的两根刺。他行事时总是不自觉地会把他们的话看得很重，或者把他们当作一个参照。

"他想住到城里去，就去住啊。"我说。

母亲说："你说得那么容易。我看你两个姨父就是想看你爹的笑话。他们有钱，住在城里当然好。我们呢？不做的话，吃什么？何况还有那么多贷款背着？再说，那房子放那儿出租，光租金还贷就差不多了。我们住了，拿什么还贷款？"

母亲说的有道理，我内心里是不同意父亲住进城里的，可是我却不想表明我的态度。母亲这个人虽然一向顺从父亲，但一旦使起性子来，也不容易转变。如果我支持她，她有可能和父亲闹僵。那时，我更加难办。

我问母亲怎么想，母亲说："他要到城里住，他住去，反正我不去。要是他给你说这事，你就告诉他，你不同意。"

我含含糊糊地说："他会听我的？"

母亲气呼呼地说："听不听你都要说！"

我估计父亲会给我打电话，毕竟房产证上写的是我的名字，而且，房贷也是我还。可父亲却没给我打电话。我以为父亲只是念叨念叨罢了，没想到一周之后，母亲又给我打电话了，说她改主意了，同意和父亲一起进城去住了。我问她怎么又改主意了。她说，"现在村里闲话漫天飞，他抬不起头来。"我问母亲什么闲话，母亲说："其实也不是什么闲话，就是眼色。我们买房子那时，我们办婚礼那时，村上的人见到我们都笑呵呵的，看我们的眼光是羡慕、佩服，现在呢，见媳妇跑了，儿子又和别人一样到远处打工去了，城里的房子空着，就看不起我们了，路上遇见话都不说，脸一扭看别处去了。你爹觉得这样在村里过着很没脸面。"

我问她："你呢？"

"你没看到你爹这一阵是什么样子。人黑了瘦了。饭量也减了，一有空便坐在椅子上抽闷烟，坐一阵腿脚边便一堆烟头，半夜睡不着，爬起来也是抽烟，看着叫人有些心疼。"

"你就是因为这改主意了？"

"'人捧有，狗咬丑'，自古就是这样。我也觉得在这里过着，还不如进城去。我觉得凭你爹的脑子，到了城里，是可以找到事做的。再说，现在田里的重活，他干不了了，煮酒也很吃力了，熬不了夜了。他还说，如果我们现在不住进城去，你就永远不会把那儿当家。只有我们住进去了，把那儿当家了，你才会觉得那是家。你把那儿当家了，你才会想法子在那儿生活下去。"

父亲这话很有点破釜沉舟、置之死地而后生的意思，我不好再说什么了："既然你们都想住进城里，那就搬到城里去住啊。"

搬家那天父亲才给我打了电话。他很兴奋，"小子，我和你妈就要进城了。"父亲从来没喊过我小子，如果喊过，一定是在我还没记事儿的时候。我说："好啊。"他说："有你的功劳。不是你，我下不了决心。"我说："是香云吧。"他说："香云也是因为你呀。你下次回来，就不要再往雨村跑了。到了县城，就到家了。对了，你不是谈朋友吗？人家问你是哪里人，这回你就可以理直气壮地说你是县城的人了。""你打算就住在县城了？""那还用说？酒厂、十几桶蜂，我都转给人家了。土地、山林也转了。那里就剩下一个泥巴屋了。"

父亲说完就把电话挂了。我在电话这头似乎都能看到他脸上堆着厚厚的笑。

我这次找的工作是组装游标卡尺。虽然是个小厂，厂里没有食宿，也不给工人买保险什么的，可活没有喷漆那么累，对身体也没什么危害，而且是计件工资，你还可以把材料带回宿舍做，如果你手够快，能吃苦，每个月能拿到五六千块。

我开始进厂，手没别人快，但每个月四千不是问题。除去房租、生活费，每个月可以赚个小两千。这笔钱完全可以满足我周末出去耍耍，晚上喝喝啤酒的需要。

进厂不久，我就发现一个秘密，厂里的人大多是成双成对的，一起在外面租房，自己生火做饭。开始我以为他们是夫妻，久了才知道他们蛮多是临时搭伙的。

我对那些搭伙的人有些羡慕，我也想过上他们那样的打工生活。可厂里没人搭的女人太少了，我留心观察，只有两到三个。我对其中一个看上去大约四十岁的瘦女人有兴趣，于是在仓库领货的时候，便主动跟她交谈起来，并互加了微信。

不久我们也住到一起了。我劝说她和我住在一起的理由就是可以节约房租。

她叫林姣娥，四十岁了，贵州人，吃穿特别节俭，每天晚上都加班到两三点钟。我问她为何要这么苦自己。她说，儿子十八岁了，要找媳妇了，现在媳妇不好找，开口都要在县城买房子，她们得给儿子买套房子。

见她这么勤俭，我承担了房租和生活费，她做饭。只是我们还是各做各的卡尺。我还买了一辆踏板车，上下班就用踏板车载着她。

这让我忘记了父亲，也忘记了香云。一次，林姣娥问我是不是城里人，我问她怎么知道，她说，城里人和农村人是不一样的。农村出来打工的，都惜钱，生怕乱花了一分钱，城里人就不同了，挣一个花两个，不往家里寄钱。我哈哈笑起来，说算是吧。

我这才想起住进城里的父母。晚上，林姣娥组装游标卡尺时，我便给父亲打了个电话。我问他住在城里习不习惯，他哈哈笑着："这有什么不习惯？每天早晨，上街过早，想吃什么都有。中午和晚上，要是不想做饭，就买个盒饭。我就喜欢这种生活。"我问他找到事做没有，他说："不挑不拣，城里到处都是事情。我还有找不到事的？"我问他做什么事，他说他在医院里推车，把那些要做 CT 的，要去重症监护室的推过去，每个月能挣到两三千，并说妈也找到了事情，在一个小区做保洁。钱虽然少点，可人轻松。他并且告诉我，他们算了一下账，吃了花了，每个月还能存个两三千，抵房租没问题。他过去还一直担心进城了，找不到事做，坐吃山空，过不下去，现在看这顾虑是多余的了。他现在可以肯定，进城是进对了，比待在村里好，他相信他会在城里过得很好。又说我找媳妇的事要加快步伐，要我现在把主要精力用在谈女朋友上，现在条件好些了，要找个像模像样的。

和他通过这次电话后，我们有很长时间没通电话。一天，他突然给我打电话来，问我还想不想和香云和好。如果想和好，现在有个机会。我问什么机会，他说："她想租我们老家的房子。"我很不理解："她这又是要唱哪一出？"他哈哈笑起来："两个原因。一是她爹赶她出门，不想看着她天天拿个手机这里照那里照，天天在家吃闲饭，不做正经事。二是她看上了我老家那房子。你别说，这一点她还真看准了。要说老房子，我们那片山上，也就我那房子有个看相了。""这就是你说的机会？""是啊。如果你还想和她过下去，我就和她谈。然后你们重归于好。""你觉得有这个可能？""怎么没有？她现在没地方住了，而且她要用我的房子拍视频。她说了，她看去看来，全村的土房子，就数我的房子最周正。屋里的灶、桌凳有那个味。她要拍用柴火灶烧饭的，拍酒是怎么酿成的，蜜蜂是怎么酿蜜的，等等，离了我那房子她就干不成了。"

我想不到他仍在为我的婚事绞尽脑汁。我觉得他把事情想得太简单了。"那你……就……和她谈吧。"我随随便便地说。

"要你认可啊。"

"只要她同意，我这儿……好说。"

过了几天，他又打来电话，说香云不答应和好，她要买他的房子，而且出价也相当好，两万。

"不是租吗？"

"她又变卦了，要买。"

香云不答应和好，这是我预想中的，出乎预料的是她要买房子，而且还出了这么高的价格。

我问他："那你准备怎么办？"

"我纠结着呢。我想卖，两万块钱，不少了，我们村的土房子，一般一万就没人要。她却能出两万。更重要的是土房子，没人住，坏得特别快，不要几年就垮了。不卖，那不就是到手的大钱不要吗？可要卖了，我们那儿就没个根了。我们回去给你爷爷婆婆烧个纸，就没地儿落脚了。"

父亲的这种纠结，我是可以理解的。他是一个非常爱钱的人，两万块钱摆在他面前，要他不动心很难。可要把那房子卖了，把他的根儿拨了，也是他不愿意的。

我问他究竟想怎么办，他说："我不是问你吗？"我说："你想怎么办就怎么办。"

过了几天，他又打电话过来，说他觉得还是卖划算。他现在唯一的顾虑就是我。他把房子卖了，就再也不能回去住了，就一直要住在城里了，现在我在外打工，他和母亲住在那里没问题，可我总要回去，总要结婚啊。他现在唯一的顾虑我回去后，结婚了，生孩子了，他住在那里会不会嫌挤。

我没有想到这一层，我甚至根本没想过什么时候回去。

但他的话我是听懂了。他是在看我的态度，或者说是要我的态度。他在等我说一句话，可是我没有说。我故意问他："那你的根儿呢？那你回去烧纸呢？"

他说："这事我想明白了。没有根儿才好。我就是要孤注一掷。这对你也好，免得别人还说我们是乡下人。烧纸的事就更不是个事了，你几个姨都在那边，还怕没地儿落脚？"

父亲卖掉房子后给我打过一次电话，说卖了，怕香云反悔，还到村里办了手续，反正这回他是彻底跟雨村没半毛钱关系了。他要一心一意好好在城里过下去。

这之后，父亲再没有给我打过电话。直到过年前，母亲给我打电话，问我什么时候回家过年。

我没准备回家过年，我很害怕他们逼我去相亲。我分析这回他们会比往年逼得更甚，因为他自以为是彻头彻尾的城里人了。更主要的原因是我现在和林姣娥在一起过得还可以。

我跟母亲说没准备回家过年。我说了一大堆原因，譬如厂里不放假，三倍工资，火车票不好买，等等，母亲说："这是我们在城里过第一个年呢。你爹……他还想把你几个姨接过来过年。"我说："他想接谁接啊。"母亲说："还有个事，我得告诉你，香云，她现在还是没找婆家，仍一个人过着。"我说："这跟我有关系吗？"母亲说，"怎么没关系？说不定她后悔跟你离了呢。我听说她想做的那事，没什么起色。我看她是做不下去了。她做不下去了会怎么办？不是还要去外面打工吗？打工的话，她还不想住到城里去？如果你过年回来，再给她说些好话，也许你们又能复婚了。"我说："她那个人，想起一出是一出的，即使她同意复我也不想复了。"

林姣娥就在我旁边，我们刚吃完饭，她洗好碗后，就坐在床前加班，我和母亲的通话她听进去不少。我挂了电话后，林姣娥便问我是否要回家过年，过年后还来不来。我说没考虑过年的事，林姣娥便笑起来："还要相亲呢，复婚呢。"我说："谁要复婚啊，都是他们一厢情愿。"林姣娥说："你不回去，我也不回去。我就在这儿陪你吧。"

我知道林姣娥这是在哄我。她就是这样，看起来冷冰冰的，其实回了家，还是有说有笑的，冷不防还幽默一下。"你有孩子呢。"

"过了年再回去啊。"她说。

"我没这么自私啊。过年，也让你们母子不得团圆。"

我真的没有回家，哪怕这是我们家搬到县城后过第一个年。过年之前，我打了个电话给父亲，说我看上了一个女孩子，她要我陪她回家过年。这一招很灵，父亲立刻不再说要我回家过年的话，只问我过年后是不是回去，能不能把女朋友带回去。我回答说："没假啊。"

林姣娥回去了。她说她太想孩子了，想起孩子来就心疼。

过年那天，我一个人上街找了一家小餐馆，要了几个菜、几瓶啤酒，吃了一顿。要上床睡觉之前，给父亲打了个电话，祝他们新年快乐，问他们在县城的这个年过得怎么样，姨父们都来了没。父亲说，本来事先都说好了的，可临了他们又都说有事情，有的是儿媳妇要来，有的是城里的什么老板要来，害得他和妈辛辛苦苦准备的一些年货都没怎么动，他们要吃小半年了。又说，城里什么都好，就是不能放鞭炮，过年不像过年。我问他给爷爷烧了纸没有，他说准备明天一早就找车走，也顺便去给几个姨爹拜年。

年就这么过去了。我的年和父亲的年。我从父亲的话里听出来，他的年过得并不怎么开心。

正月十五一过，林姣娥就来了。我们仍住在一起。她特地带了些腊肉和猪头肉过来，不厌其烦地给我做了一顿年饭。

以后几个月，我和父亲、母亲再没通过电话。父母，我太知道了，生存能力和适应能力特别强，有点像岩石上的一苑草，只要有点泥土、阳光，就能生长得葱葱郁郁、蓬蓬勃勃。而我，天天都是组装游标卡尺，按部就班，没什么好说的。

五月初，我刚下班，母亲打我电话了，让我回去一趟。

"有事吗？"我说。

"你爹……"母亲欲言又止，吞吞吐吐地。

"是不是又帮我物色到什么人了？"我说。

"哪呀？我觉得……你爹……像有点不大对劲儿了。"

我问究竟是怎么不对，母亲要等我回去再说，并要我不给爹打电话。我说："你不说清楚是什么事，我怎么回去？"母亲这才说父亲与人发生矛盾了。

按照母亲的说法，父亲推送一个病人去 CT 室，因为要躲避一辆迎面开过来的轿车，推车撞到花坛上，病人差点从推车上滑下来了。病人家属扇了他耳光，而且医院领导也训斥了他。

又说，小区的住户不待见他们。在医院推送病人嘛，时间没个准，有时白天，有时夜晚。夜晚出出进进，关门开门，就有一些响声，那楼的人就说他吵了他们睡觉。还有的说他是在医院推死人去太平间的，身上有一股死人子味。在楼道里碰上人了，他们都远远地躲着，生怕挨着了他，说晦气。

还有那栋楼常常有人从窗口向下丢垃圾，住一楼的一个"鸡窝头"就硬说是他丢的，动不动就把垃圾拎到我们家里，抖落在我们家的客厅里……

母亲噼里啪啦说了一阵，说得我头都晕了。

我说："这些事，我回来起什么作用？"母亲说："找人啊。找几个熟人，有面子的人，和他们讲讲理。让他们知道我们也不是好欺负的。"我说："在县城我两眼一抹黑啊。"母亲说："你总比我们容易吧。"我想了想说："东林不是在县城里吗？可以请他啊。"母亲说："你爹的脾气你不知道？这种事怎么能让东林知道呢？东林知道了，不是你几个姨都知道了？"

母亲的态度很坚决，我含含糊糊地说："我明天去请假吧，看看老板准不准。"母亲说："修武，我给你说，你打工打到现在，我们从没找你要过一分钱。买房子，也没要过你一分钱。房贷，也是我们帮你还的。现在要你回来，你还这里那里，你还把我们当父母吗？"

母亲从来没有这么近乎蛮横地要求过我，这让我不得不考虑回不回去的事。我和林姣娥说这事，林姣娥说："这事其实很简单，投诉，不就是别人冤枉他们高空抛物吗？向物业投诉啊！物业不理，打官司啊。"

林姣娥说到打官司时，我大笑起来。林姣娥问我笑什么，我说："你可能是在外面打工打久了吧，农村人最怕什么你知道吗？就是打官司。觉得打官司是丑事。"林姣娥说："也是。我们那儿也一样，不到万不得已是不会打官司的。"

第二天我刚刚吃过晚饭，母亲又把电话打来了，问我车票买好没有，哪天可以到家。母亲催得这么紧，我想不回去不行了。

我买好车票后，给母亲打了电话。母亲却要我回去时一定要带个皮箱，我问买个皮箱做什么，母亲说："我们说你在一家合资公司当经理呢，你得像那个样。"

看来父亲是真不知道我要回去。他打开门见是我，大感吃惊，问我不年不节的怎么回去了。我说，厂里放假了。他这时望着厨房那边吼了一声："修武回来了，你多煮碗米！"又望着我说："回来也不打个电话。"

母亲也从厨房出来了，装作不知道我要回去的样子："厂里怎么这时候放假了？"

"没原材料了。"

父亲的眼光落到我的拉杆箱上，说这箱子漂亮。又从上到下认真看了我一眼，说我这回比往常精神。我没告诉他身上的T恤衫和脚上的皮鞋、腰间的皮带都是新买的。

母亲跟我打了个照面就又去了厨房。父亲这时才坐到沙发上，点了一支烟吸起来，问我："你看看，这个家和你们住这儿时是不是不一样了？像不像那么回事了？"

我夸张地扭头环视了客厅里一眼，确实干净整洁。尤其扎眼的是木茶几上铺了镂花白线巾，压了玻璃，墙上还挂了一幅装裱了的书法。

我怎么也想不到他会在墙上挂幅字。我望了一眼那幅字，忍不住笑了一下。那幅字，我怎么看都像是小学生发蒙时写的，笔画都是"斗斗笔"，我认了好半天，也只认出了其中两个字，一个是"大"，一个是"地"。我问他在哪儿买了这个东西，他说："你说什么？买的？你买一张我看看？这可是手工的。"他的话里充满了对我的不屑。我说："手写的？"他说："你看看旁边，有我'陈新根'的大名呢，你走过去仔细看看？你莫连你老子的名字都不认识了吧。"我走过去，侧着脑袋看了半天，没认出哪几个字是陈新根。他走过来，指着旁边一行小字说："这不就是老子的名字，陈新根先生雅正。我看你把几年书都还给老师去了。"又说："你知道写这幅字的人是什么人吗？县文联主席，省书协会员。"我说："难怪比我发蒙时写得好。"他"喊"了一声："你能写出这种字还出去下苦力？这一幅字值好几千块呢。城里有头有脸的人，家里才挂这么一幅字晓得吗？"

我虽然不懂这个，可感觉这房子经爹这么一鼓捣，真的就像那么回事了："好，有点像是城里人的家了。"

"哪像你和香云住这儿时，那简直就是一狗窝。"他说。

"我们那不是办网店吗？乱七八糟的东西多嘛。"

母亲在厨房里叫吃饭，我站起来往餐厅走。他刚端起饭碗，电话响了，他接了电话便说，有事了，这饭他现在不能吃了。我让他吃了饭再去，他说："那怎么行呢？人家等着呢？什么时候叫，要什么时候到，迟一分钟都挨训。"

吃饭时我问母亲，他不是很好吗？乐呵呵的。母亲说，撑的呢，你看不出来？

边吃饭，母亲便给我说父亲。

他其实蛮想在城里混出个样儿来。住进来的那天，他就和母亲商量，要认认这栋楼的邻居。那时正是吃冬枣的时候，我们家有一棵冬枣，结的枣个大又好吃。搬家之前，他就把枣都打下来了，带到了县城。当天晚上，他就把枣用若干个塑料袋子装好，给各家各户送去，自我介绍说是七楼的邻居，可人家不收。他以为别人客套呢，放到人家地上就走，好几户从屋里扔了出来。这让他很不理解，这要在村上，别人不知怎么感激呢。第二天一早，他带着母亲站在单元门口，冲门里出来的人点头哈腰，问别人好，介绍自己是七楼的住户，可没人理会他们。他以为是他们穿着土了，不洋气，又和母亲一起去买了新衣裳，还去理发店里理了头发，可人家还是不拿正眼看他们。院子里不是有水泥桌凳吗？每天晚上，或是周末，都有人在那里下象棋，小区里一些人没事便去看棋，他也去。他觉得这才是城里人的日子，同时也可以借机和他们套套近乎。可他一去，人都散了，下棋的人把棋盘一收走人了。

我眼光落到墙上那幅字上："不是还有文联主席给他写

字吗？"

母亲瞟了那幅字一眼，说那幅字确实是文联主席给他写的，那是文联主席的爹病了，他推人家去高压氧舱推了半个月，没要人家出一分钱。本来他想接文联主席来家吃顿饭，可人家怎么都不肯来，最后给他写了幅字。

听母亲说到这儿时，我突然感到父亲有点滑稽，也有点可怜。

母亲这时说，她叫我回来，不光是因为父亲受了欺负，心里不痛快，还因为她感到父亲有点不正常了。

"有时候你爹睡到半夜，把我推醒，问我，你说他们怎么认出我们是乡下人的呢？我脸上有记号吗？我说，还要什么记号？你腰是驼的，背是弓的，脸像老南瓜样紫黑紫黑。你爹说，我要去看医生，让他们给我把脸上的一层黑皮磨掉。我说，磨掉三层也不行，你脸磨光了，说话、走路、做事的样子磨得掉吗？要变成城里人，那是一代一代人慢慢变的。他听我这样说，又高兴了，说那我就搞对了。变个城里人，两代？三代？四代？不管几代，我现在进了城，就一代了。修武是第二代，老子的孙子这一代就是城里人了吧。"

我说："这没什么不正常啊？"母亲说："有时候他又念叨着回雨村去。说他很后悔把房子卖了，山林、田地、酒厂、蜂子都转给了别人。我说，房子卖了可以再建啊，或者找香云再买回来呀，山林那些转给别人的，也可以要回来啊。可他又说不行，绝对不行，在城里住了都要一年了，又要回去，别人不笑掉大牙？或许他们还觉得我们是在城里犯了法，被赶回去的呢。"我说："你这么说，他还真像病了。死要面子活受罪。"母亲纠正我说，"你爹这是难。过年的事你还记得吗？他为何要接你二姨爹和三姨爹到县城里来过年，就是想让他们来看看他的房子，同时也给他撑撑面子，可他们都不来。过年后，不是要回去给你爷爷烧纸吗？你晓得他遇到了什么？找个车，找不到。找你二姨爹，想让他叫东林来接，我们出油钱，可你二姨爹说东林的车坏了。可后来，我们在城里租了个蹦蹦车回去，东林开着他的车追上了我们，是去县城接你三姨家的客人去了。那几天天多冷，我们坐着蹦蹦车到你二姨爹院坝时，耳朵就像冻没了，嘴也冻没了，腿木了，脸也木了。你二姨不知道你爹给二姨爹打过电话，从屋里出来就说怎么不打个电话给东林，让东林把我们捎来。你二姨这一嚷，屋里出来好几个人，都说我们坐蹦蹦车的事，说我们现在是城里人了，大过年回村祭祖，走亲戚，这么不讲究。现在村上，哪个还坐这种车出门。你爹冻得下不了车。你二姨来帮忙，才把他弄下来。一瘸一拐地走到院坝边去拍脑袋、衣服上的灰。"

母亲说到这里时，我有点想笑了："这有什么？不就是过年叫不到车吗？"

母亲说："你知道你爹有多看重吗？他买了新羽绒服、皮鞋，还去理发店染了头发，又买了条好烟带在身上。他是想吧，这次回雨村，是他住进城后第一次回村，要像个城里人到乡下走亲戚一样，让人感觉他在城里混得好，哪知道那么狼狈？那倒是好，头发、羽绒服都成黄色的了。下车时就只看见两个眼睛眨。"

"最让你爹气不过的是吃饭。我们去拜年呢，我们三姐妹中，我是大姐。吃饭的时候，你二姨爹让你爹坐哪儿？坐在东林媳妇一个叔伯姨爹的下方。难道你爹还不如东林媳妇的叔伯姨爹亲？这不是没把你爹放眼里吗？吃了饭，我们就去你三姨爹家。三姨爹家有好几个客人，都坐在桌上打麻将，你三姨爹便给我们介绍那几个人，说那个穿皮夹克戴围巾的是县城一家公司的老板，那个穿貂皮大衣长筒皮靴的漂亮姑娘是老板秘书，那个穿羽绒服的是县开发办的经理，等等，说他们每年都要帮他销不少好茶。这时又给他们介绍你爹，说你爹是他连襟，我是姨姐，只字不提我们住在县城的事。吃饭的时候，你三姨爹就做得更绝情了。斟酒时，他开了两个瓶子酒给他们倒，却不给你爹斟，对你爹说，他记得你爹喜欢喝散酒。散酒就散酒吧。可你三姨爹只顾劝他们的酒，把你爹完全搞忘了，你爹杯子空了，你三姨爹看都不看一眼。后来我听你爹说，那天你三姨爹他们喝的那个酒叫五粮液。他还以为你爹连五粮液也不认识呢。"

"这有什么好计较呢？"我说，"你算了吧，都是这种鸡毛蒜皮，我看是他小心眼了。"可母亲没有一点要刹住话题的意思。她又用"最让"另起了一段：

"最让你爹想不通的是村上的人对他态度也变了。我们给你爷爷婆婆烧纸后，准备去村里转转，新年里嘛，到人家家里拜个年，说几句吉利话，聊聊天，走动走动，乐和乐和，何况我们现在不是村里人了，算是客人了呢？可我们走了几家，王大用家、杨之弄家，等等，他们都围在桌上打麻将，王大用坐在桌上，给你爹丢过来一支烟，连茶都没倒。你爹觍着脸围过去看，桌上几个人话都不跟他说，望都不望他一眼，只数钱啊，数钱啊，简直都没把你爹当回事。杨之弄家也一样，他还算我后家人，论辈分你还叫他舅呢。我们到他家时，他们正吃饭呢，可他们连个带口话儿都没得，要在过去，新年大节里，不说请我们上桌子吃饭，总要给你爹倒杯酒吧。转了几家后，你爹说不转了。我也纳闷，怎么都这样了呢，过去，我们还在村上时，他们可不是这样的。你爹说，人走茶凉啊，过去，我煮酒，他们要找我买酒，现在，他们用不着找我买酒了。又说，他们这是瞧不起我们呢。你爹怎么也没想到我们回来，乡里乡亲是这种态度。当初，他们听说我们在县城买了房子，可不是这样的。难道他们是眼红？我们在县城买了房子，没坏着他们的事啊？后来，你爹说要去看看我们过去的房子，我也想看看，就过去了。可门锁着，香云不在。可能是回家过年去了。你爹从屋前转到屋后，转一阵，叹声气，然后在门口的一个布条碒上坐了好一阵才起来。起来时，打了自己一耳光，说，我怎么要卖了呢，猪油蒙了心吗？又说都是这个香云，如果不是她，他也下不了决心去县城买房，也不会把他在雨村的根儿拔了，弄得他现在回不来了。”

　　母亲唠叨到这儿时，我实在忍受不了了：“这没什么啊，都是他自己把问题想复杂了。他为什么一定要别人认可他，尊敬他？他的生活和别人有关系吗？"

母亲说："佛争一炷香，人争一口气呢。怎么没有关系？"

我说："我回来能起什么作用呢？我回来他就有面子了？"

母亲说："怎么只是一个面子问题呢，我主要担心他出问题。我给你说过，他都有些不正常了。"

母亲的想法很简单，父亲面临的问题很多，要我把那些问题都解决掉不实际，但我完全可以想办法制服"鸡窝头"，这事办成了，父亲的感觉就会好一些。

母亲口中的"鸡窝头"，我是认识的。别人都叫她柳妈。因是一楼，她门口有一个用铁栅栏围起来的小院子，养了几盆花，摆了晾衣架和洗衣机，等等。我和香云住这儿时，经过一楼时，偶尔会看到头发烫得蓬松的她穿着肥大的睡衣裤，在院里晾晒衣服，或者刷牙。有一回还看见她一边刷牙一边朝楼上喊着什么，活像电视里的某个广告。我一直有点奇怪，我和香云住那儿小半年，她都没找麻烦，也没觉得她是那种胡搅蛮缠的人。为什么父母一住进来，她就麻烦不断呢？

母亲嘱咐我一定要找几个能说会道的，能把"鸡窝头"唬住的，哪怕是那种胳膊上文有青龙白虎的人也行，目的只有一个，让她服个软，以后不再把垃圾往我们家客厅倒了，不再把什么不好的事都说成是七楼住的那户乡下人干的就行了。那个"鸡窝头"，虽然只是一个无所事事的家庭妇女，可能量不小。父亲在我们那栋楼里抬不起头来，很大程度上就是因为她的挑拨、她的态度。我说，我凭什么去找她，她现在又没把垃圾撒到我们屋里来？母亲说："她都往我们家倒过三次了，你是我儿子，父母受了欺负怎么不能找？"我问母亲，我们开始住进来，是不是出于一种习惯往外丢过什么，母亲说绝对没有："鸡窝头每次倾倒在我们客厅里的垃圾，除了烟头和菜帮子，还有啤酒罐、快餐面碗，等等，我们从不喝啤酒，也不吃快餐面，特别是女人用过的卫生巾，我都这大年纪了，哪还用得着这个？"我问母亲找她谈过没有，母亲说谈过啊，可她硬说是亲眼看到从我们家窗户飞出去的。我说可以找物业啊，母亲说找过了，物业要我们自己装监控，证明垃圾不是我们扔的。这不是明摆着欺负人吗？

我觉得母亲要我约人去找"鸡窝头"讲狠的办法不是解决问题的办法。我说最好的办法是装监控，可母亲却不同意我的想法，说垃圾不是我们丢的，我们为什么要替她装？她要找高空抛物的人她自己装啊，或者叫物业装啊。我说，有了证据，如果她再无理取闹，我们就去起诉啊。

母亲听我说要打官司，越是急了，连说不行不行，我们一辈子都是规规矩矩的人，没跟人打过官司，现在跟别人打官司，我们成什么人了？

我决定找父亲沟通。城里不像村上，村上是熟人好办事，遇上什么事，办法都是找熟人，即使邻里间有了矛盾，也是找熟人来解决，不得已的情况下才会找村主任。可城里没熟人可找啊。城里办事不靠熟人，而是靠制度、靠规则、靠法律。我想父亲会明白这个道理的。

十点多，父亲回来了。母亲给他热了饭，可他却没有坐到桌上吃饭。他盛了饭，夹了些菜，端着碗到了客厅，边吃向我炫耀今晚上的战绩，说晚上又推了三趟。一趟三十块的，两趟二十块的，就三个多钟头，七十块钱到手了。

我真的看不出来父亲有什么不正常，或者说他对现在的生活有什么不适应："这比你煮酒还来钱啊？"父亲说，"轻松，关键是轻松。"

母亲大概想知道我怎么跟父亲谈，从厨房出来了，坐在沙发上，嗔怨父亲："你不觉得贱了？"

父亲瞪了母亲一眼："我什么时候说过贱了？"

母亲说："不是嚷嚷着要回乡下去吗？"

"我什么时候要回去啊。我现在哪还有地方回去？我回哪儿去？雨村那些人，我都忘得差不多了，我还回去做什么？我现在，在城里也有些人脉了。"父亲说时放下碗，掏了手机，在上面划着，然后把手机举到我面前，让我看："你看你看，这都是城里人，这个是主任，这个是副院长，这个是局长。"

父亲在我面前炫耀着，这让我感觉在这时说有关"鸡窝头"的事似乎有点不妥。我望一眼母亲，母亲站起来，走到他面前，去接他手中的空碗："你就装！修武回来，我给他说了，我想让他去找几个人，跟鸡头窝去讲讲理。"

父亲又瞪了母亲一眼，从烟盒里抽出一支烟，点燃了，狠狠地吸，就像要一口把一支烟吸完似的，然后瞪着我："你去讲理？她是故意的，故意惹事的。她唯恐没人找她。"

母亲说："那我们就这样白白受她欺负？"

父亲两口把烟吸完："城里人就这样，爱摆个谱，给人家难堪。"

母亲说："你不是蛮会讲狠的吗，怎么就不讲了？别修武一走，你又天天唉声叹气，神经兮兮的，像掉了魂。"

眼看父亲和母亲要吵起来，我给父亲说，其实要解决"鸡窝头"的事不难，只要装个监控，事情就搞定了。那时，如果她再来我们家倾倒垃圾，我们就可以举报，打110，或者起诉。

父亲不同意装监控，以及举报、起诉。他的理由是，监控我们可以装，人家就可以拆，除非一天24小时守着监控。更重要的是打官司这种事是万万不能干的，那是"结子孙仇"。

父亲也不同意母亲的办法："我们能找三个人，她能找三十个。"

母亲瞪着父亲说："这也不行，那也不行，那你想个行的办法啊。"

父亲叹了一声："我不正在想的吗？"

父亲不让我做什么，我也乐得自在。再说，我也觉得父亲一切都很正常，母亲大概是有些大惊小怪了。所以，我在家待了两天，就去了温州。

一天，我和林姣娥正吃晚饭，林姣娥接到电话，说她老公出了意外。

林姣娥回去半个月后又来温州了，因为当时走得急，账没来得及结，东西也没带，这次是专门来结账、来拿东西的。她告诉我，她老公是因为瓦斯爆炸烧死了，人弄出来时已成了一块黑炭。她说，现在她后悔死了，都是为了在县城买套房子。要不是为了在县城买房子，她老公也不会死。又说，好的是矿上赔了一笔钱。这笔钱在县城买套房子也差不多了。

林姣娥说到这里时，我顿时想到了拿命换了一套县城房子的牛子。她走的那天，我接她去餐馆吃了一餐饭，送她去火车站。我笑她现在也要成城里人了。她也笑我，说要是我娶不到老婆的话，就去贵州找她。

林姣娥回去没几天，母亲又打我电话了，说父亲被派出所抓去了。

我吃了一惊。他这么守规矩的一个人，怎么会被派出所抓去呢？

"放火！"母亲说。

我越是蒙了："他放火？他清清白白一个人，怎么会放火？"

"警察来调查过了。总共放了两次，一次是把我们小区的垃圾桶点燃了，二次是把人家的棉絮点燃了。"

"他真的精神出问题了？"

"还不是呢。真是好笑又好气。你知道他为何要放火吗？他想当英雄。他放了火后，就赶快报警，去救火。警察把监控调出来一看，什么都明白了。"

按照母亲的说法，父亲滋生出这个想法，是受电视的启发。

一次他看电视，看到电视上有一个在县城务工的农民小伙子跳到江里救了一个落水儿童，市长给他戴大红花，授予他荣誉市民称号，他当时便拍了一下桌子，喊了一声"有了！"

"那时，我哪儿知道他说'有了'是什么意思呢？现在想起来，应该是这事了。"

我差点笑起来了："他可真能折腾的。这下好了，把自己折腾进派出所了。"

我笑了两声，就笑不出来了，我想起他为什么要当英雄了。

母亲要我回去找找人，请请客，活动活动，看看能不能不给父亲判刑，毕竟损失不大。

我知道，这种事我回去也不济事。可这是个态度问题，老爹进了局子，我哪还有在外面逍遥的道理？

同时，我这次感觉到父亲可能真的精神有了问题，而且，这可能才是问题。

回到家时，父亲已经被放出来了。我进门时，他坐在客厅里抽烟，人似乎小了不少，就像裹在蚕丝里的一只蛹。我望着他笑了笑，"回来了？"他说，"你回来做什么？"我说："老爹关进局里了，儿子不回来一下说不过去吧。"他说："你说我怎么就这么倒霉呢。我在大街上转啊转，转了十几个夜晚，就没碰到有抢劫的、打人的，我在江边转啊转，每次都等到江边没人了才回家，可就没看见一个跳河的。后来，我才想到自己放火这个招，可没想到有监控。他们都放给我看了，在那个时间，就是我去过。我不承认不行。"

我嘿嘿笑起来："想当英雄，当了狗熊？"他扬起头来："这回真是搞砸了啊，老子都没脸出这个门了。"

我感觉他的状态还算正常，这让我轻松了不少。

晚上，等父亲睡了，母亲溜到我房里来了，要我想想办法，说这事对父亲打击太大了，医院里没打他电话了，可能是把他辞了，而且我们这栋楼的人都把他当成神经病，他在这儿是住不下去了。

我说："我有什么办法？"

母亲说："回雨村吧。"

我说："他不是不想回去吗？"

母亲这时说出一个办法，让我回去找香云，把房子买过来。

我说："不是房子的问题吧。"

母亲说："怎么不是房子问题？如果我们雨村的房子还在，村上的人都觉得我们还是那儿的人，就不会把我们当外人看。"

"他不愿回去呢？"

"请香云来做他工作啊。香云不是在拍那些农村旧事吗？让香云找个借口，就说需要他帮助。这样他觉得回去有面子，也许就答应回去了。香云那里，我们多给点钱就是。"

"她那性子，给钱行吗？"

"她还有没有点良心？！你爹现在都这个样子了，还不都是她逼的？不是她要买房，你爹也下不了进城买房的决心。不是她把我们的房子买走，我们也不会落得在村上没有立足的地方。"

村上的砖房子更多了。公路两旁，从大石包到村委会这一段将近一公里的公路，基本成了一条长街。唯有我们家原来的那栋房子，孤零零地兀立在村委会下面的一个山包上。香云可能将房子重新粉刷过，远远地望去，墙壁显得特别白，阳光下有些刺眼，显得有些另类，有些别致。

我在二姨门口下了车，却没进二姨的店子，直接去找香云。

香云正在拍摄母鸡孵小鸡的视频，这时正在"踩蛋"。一个大木盆里盛满了水，水上漂着密密麻麻的鸡蛋。这事我见母亲做过，是检查蛋里小鸡生长情况的，如果蛋浮在水面上，旋转，说明小鸡生长得好。如果蛋浮不起来了，就说明蛋坏了。这有点像城里用超声波搞孕检。我说孵小鸡呢，香云一只手往旁边挥着，示意我站到一边去。

香云拍完视频，把蛋放回鸡窝后，才和我说话。她说再有两天，小鸡就要破壳而出了。她要让城里人看看，鸡蛋究竟是怎么变成小鸡的，他们天天吃的鸡，究竟是怎么长大的。并兴奋地告诉我，她现在已有二十万粉了，有十几条视频置顶，点击几十万。如果她现在做一些推广，视频节目做一些改进，点击量在短时间内超百万没有问题，那时她的小目标就实现了。并问我愿不愿意回来帮她。因为她现在感到缺人手了。而我可以帮她做些策划、文案之类的活。因为做视频节目最费脑筋的是拍什么，她需要有个人帮她想。

香云就是这么一个性格。她似乎并没有因为我是她前夫而对我另眼相看，总是直言不讳地说出自己的想法。

我这时才说我回来的目的，香云听了，呵呵笑起来："你是不是想复婚？想复婚就直说，别绕那么大弯子。"

"你没再找吗？"我问。

"想娶我的男人倒不少，有几个还和我睡过觉，可我看来看去，还不如你。真像俗话说的那样，千个万个，不如第一个。"

我想起了林姣娥。我觉得找老婆的话，还是林姣娥那种好，而且我也不想回雨村。

香云见我不吭声，问我："你找了？住在县城里？"

"在温州厂里认识的，她有两个孩子，年纪比我大十岁，是个寡妇。"

"那不如我啊，至少我比她年轻啊。"香云咯咯笑起来。

"其实我心里还是常常想着你的……其实你人还是不坏的，就是脾气大了点。"我突然觉得香云比林姣娥要好，如果她诚心跟我复婚，我是高兴和她复的，哪怕是回雨村，和她一起拍摄农事什么的。

可她哈哈大笑起来，说她刚才是跟我开玩笑的，嫁不嫁人对她来说是无所谓的事情："我才不在乎有没有家，嫁不嫁人呢。嫁了人，我一辈子就成了人家的长工，还不如就这样，自己喜欢怎么过怎么过。"

我没弄清楚香云到底想说什么。她就是这样，让人捉摸不定。

我只好再提及父亲要买回房子的事，说父亲实在是在城里混不下去了。

"伯父不是喜欢在城里生活吗？怎么又要回来？"

"不习惯吧。他在村里住习惯了。"

"一棵树移到城里，也能像模像样地活着，人怎么还不适应了？都说人挪活树挪死呢。伯父是多圆滑多世故的人，怎么还不适应了？"

"他是拼命地要融进城里的生活，可他却像一个油珠，怎么都融不进城市的大海。"

"我还记得当初他卖房子给我时那种神情，总在担心我变卦，签了合同了，还要去村里请保人。"

"什么人只能活在什么地方吧，就像鱼只能活在水里，泥鳅只能活在泥巴里。"

香云没答应把房子卖给我们。但她说，父亲被弄成这样，细想起来与她确实是有些关系的。所以，她想了一个办法，聘请伯父回来帮她煮酒、养蜂，因为接手煮酒的人见赚不到钱，跑了，酒也没人煮了。养蜂的人因为没经验，蜂也飞走了。她现在想拍这些视频，去别的地方很麻烦。而且，她的点击量一旦上去了，她就要办店子，销这些产品。

我不知道父亲会不会接受香云这个想法。我想如果香云去县城请他，他或许可以回来吧。

可我话还没出口，母亲打电话来了，说父亲从早晨出门，到现在都没回来，饭没吃，手机也没拿，她感觉有些不对劲。

我和香云说了父亲没回家的事，香云便要和我一起到县城。

到县城时已是傍晚，父亲还是没有回来。香云和我一起在县城的大街小巷里找了一通宵，也没找着。第二天早晨，香云说要回去拍摄孵小鸡的视频就回去了，让我找到父亲后就打她电话。

我又找了两天，仍然没找到父亲。不得已，我只好向公安局报了案，说父亲失踪了。

打完电话，接到香云发来的一段视频：阳光从大门口照进屋里，照在那些在水面上摇摇晃晃的鸡蛋上，一会儿，一只蛋像是跳动起来，再一会儿，鸡蛋裂了一道口，一只手赶快将它拿起来放到地上，这时，阳光被一个黑影挡住了，我听到视频里有人说话：小鸡出壳了？一会儿光线又亮了，这时一只黄黄的嘴壳、毛茸茸湿淋淋的小脑袋从蛋壳中钻了出来。

我听那模糊的声音像是父亲，连忙微信过去："是他？"

香云立刻回了过来，是一张笑脸。

（原载《芙蓉》2019 年第 3 期）

大　事

1

手机响起时，许子由正在梦魇里：在一个不确定的地方，观光电梯从高空坠下，电铃报警。

几乎每个深夜电话，都会让他经历这么一次，呼吸急促，大汗淋漓，好半天心惊肉跳。

这与父母年至耄耋，风烛残年，又远在千里之外的老家有关。可几次都还好，不过是有人打错了，或是有人邀了入群，他忘了打开消息免打扰。

可这次是真的。打电话的是大姐许彩霞，而且还真是母亲病了。许彩霞说，她是过去买药，顺便去看妈，才知道的。她要给许子由打电话，可妈不让，说就是感冒，怕耽误了许子由的事。她叫了村卫生室的屈幺子来看，屈幺子给她挂水，可没见效，刚才，妈突然就不能言语了，人也糊涂了。许子由要许彩霞赶快打县里的120，许彩霞说，这种情况怎么还能在路上颠呢？许子由说，你忍心眼睁睁地看着妈走？

许子由兄弟姊妹四人。许彩霞、许彩莲是大的，许子由和许子善是小的。因为许子由是大儿子，又出来工作了，许子善身体和条件都不好，父母的生活许子由管得多一些。所以，他没征求其他人意见，自作主张就叫了救护车。

这才开始穿毛衣，起床，并叫了老婆金萍。金萍也听了个大概，睡眼惺忪，揉着眼：都去？许子由说，我感觉不好，她很少生病的。说完就去敲儿子春生的房门。

一家人出门时是凌晨两点。从省城到老家四百公里高速，一百公里县道、村道，许子由往常回家，一般都要走五个小时。许子由要春生开车，说事情太突然，他得想想。

他要想的问题就是母亲的后事——虽然他现在还不能确定这是不是他此次要面对的问题。

父母的棺材、老衣老被早在三十年前自己都置办好了，后来又请石匠打了碑，做了生坟。这些都不需要他操心。他要操心的问题其实只有一个：就是怎么让她入土。

如果是别人，这个问题现在也不是什么难题，请一家家宴公司承办红白事，白事可以承担做饭、闹夜、打丧鼓、哭灵、抬棺、安葬等一应事务。

问题在于许子由的父亲不想请家宴公司来操办他们的后事。他曾经明确地告诉许子由：他死了，不要家宴公司来办。

父亲的郑重，许子由记得很清楚，那是四五年前他们回家过春节，他要回武汉的头天晚上，在他爹卧房里。

爹从来没有像那天那样和他说过话，有什么话，见面就说了，从不避人。所以，那天的话他印象深刻。

他答应了爹，只是有些疑惑爹为何不让公司来办。村里大部分人办红白事都找公司，尤其是白事，已没什么人自己办了。他想问问，可是没有。他觉得真到了那一天，爹也不知道他究竟是不是请公司了。

还好是妈。许子由想。他很清楚地记得那天爹没有说到妈，只说到他自己。

可下一秒，就感觉出不对了。要是妈这次真的要走远路，给妈办后事，爹不正好看成是给他办后事的一次演习吗？

他长叹了一声。

凌晨两点钟的街道，空旷冷清，出城高架桥上，几乎看不到什么车辆，只有街灯慌里慌张地向后奔跑。许子由第一次感到，不是他在路上走，而是空荡荡的马路朝他扑来。他把头靠在靠背上，闭上了眼。他准备休息一会儿。想象得到，无论情况如何，这几天他都难得有机会闭会儿眼了。

可刚闭上眼，脑子里跳出一个问题：他应该问问爹现在怎么样。于是打电话问许彩霞。

过了高速公路收费卡口，车子钻进沉沉黑夜里。大灯照得深远，车就像在一个没有尽头的时光隧道里穿行。

时不时有团雾翻滚，怪兽一样张牙舞爪，似乎要把许子由连人带车席卷而去。许子由有一种前途茫茫的感觉。

天露熹微，许子由将要到县城，许彩霞又打来电话了，哭哭啼啼说妈走了。许子由一下僵住了。

许彩霞告诉他，她们现在还没进城。救护车司机说，他们有规定，救护车不能拉尸体，要她们去找别的车辆。她不知道现在该怎么办了。许子由也不知道怎么办，金萍提醒他，县医院不是有同学吗？他这才给同学打电话，请他帮忙联系到了殡仪馆的殡葬车。

2

殡葬车到老家时，已是上午八点多了。许彩莲和许彩霞老公曹建国，许子善及其老婆谢六儿都来了。还有请来收殓的何婆婆——雨村风俗，人走远路，要洗脸、要穿老衣服，然后才能上材（入殓）。

还有一个风俗，死在外面的人不能进屋。许子由生怕爹不同意，打电话问，爹说：不进屋孝堂放哪里？儿孙满堂的人！

爹的开明有些出乎许子由意料。

在许子由的印象中，爹是个迂腐得无以复加的人。他念过私塾，而且念了好几年，村里人的说法是读过"长学"。长学究竟是几年，许子由没问过，但家里的书多是事实。小时候，许子由亲眼看到他家楼上有几柜子纸页发黄的线装书卷，红卫兵抄家时把那些书卷都抄出来，扔下楼，堆在院坝里一把火烧了。

过去，许子由不相信爹是读书之人，他身上找不出一点读书人的影子。从小到大，许子由没看见过他看过书、提过笔、说过之乎者也、做过与识文断字相关的事。最接近的一次是他当过小队记工员，可就当了一个月。因为月底与社员核对工分，他记的是一本烂账，他从此就不干了。因为村里的农活、小地名，用的多是些方言，他不会写，用同音字来代，他觉得难受。他说文字是有灵性的，怎么能胡乱写呢。

许子由姐弟四个，除了许彩霞没上过学，其余三个都念过书，可许子由没看见过他教过哪个孩子认过字、写过字。

许子由相信他确实念过书是在他念大学的时候。那年暑假回家，在院坝乘凉，爹突然问许子由在大学里读了什么。许子由念的是中文系，那时正学先秦，就说《论语》《孟子》，爹就问他学了哪些，许子由说《侍坐》，爹立即就背起来，背到"暮春者，春服既成，冠者五六人，童子六七人，浴乎沂，风乎舞雩，咏而归"时，还摇晃了几下脑袋。然后又背《雍也》里："贤哉回也，一箪食，一瓢饮，在陋巷，人不堪其忧，回也不改其乐"，又摇晃了几下脑袋，俨然一醉心于书的学童。

许子由惊得目瞪口呆。他没想到自己还真生于书香之家。

很长一段时间，许子由都觉得爹把自己活成了一个笑话，但后来，他有时候又觉得爹可能是一种超然或是逃避。

爹这一辈子，没怎么管过他们，几姐弟读不读书，干什么活，嫁什么人，娶什么媳妇，他都不闻不问，就像他是个外人，管他们的是妈。他自然也就没怎么对他们提过什么要求，后事算是唯一一件。

许子由母亲喂的一条小黄狗叫欢子，看到殡葬车开过来，就扑过去，咬个不停。殡葬车停稳，它就跳到了车上，用爪子刨着车顶，想钻进车里。许彩莲原坐在院坝边号哭，这时抓着车门哭起来。许子善放了鞭，烧了纸。许子由和许子善、曹建国、春生一起把妈的尸体抬进屋里。

爹一直坐在门口一把竹圈椅里，一动不动。他穿着一件有毛领的蓝色短大衣，拐棍立在面前，双手抓着，两脚插在臃肿的棉鞋里。他脸上的肉已所剩无多，最有肉感的应该是眼窝下面的眼袋，就像卧着两条肥大的蚕。阳光照过来，落在他高耸的颧骨上，嘴看起来更瘪了，山羊胡子闪着太阳的红光。

许子由从屋里出来，走到爹面前。他很愧疚，想给爹解释一下。

爹就像没听到他的脚步声，没有睁眼。许子由也从爹的脸上看不出任何悲戚。他不知道爹是睡着了，还是闭目假寐，养神，或者入定了，恭恭敬敬叫了一声：爹！

爹的眼皮弹开了，眼睛有些混浊。

我知道晚了。我没想到妈走得这么快。许子由有点哽咽，如果不折腾，也许妈还走得没这么快。

她大限到了。爹很平静，但明显有些气短，而且话有些颤抖。你舅他们都走了，只有几个表兄妹了，给他们打个电话。

许子由不知道爹是气力不支，还是压抑所致。他一边抹泪，一边点头。他想号啕大哭一场。他喉咙已经硬了好几次了——在他见到母亲，母亲再不能叫他由儿的那一刻，在母亲到家的那一刻，等等，可是他都忍住了。扼住他的是如何让妈入土的事，现在，这事比哭更重要，现在，他没有资格哭。

在路上，他已经就这事给许子善打过电话了。许子善的态度很明确：不要问他，问爹。

许子由说：这事能问他吗？事情明摆着在，今天我们给妈怎么办，他会觉得以后也会给他怎么办。

许子善说：那又怎么样？这由不得他啊。

许子由说：他比妈大了八岁，都九十五了。这是他这辈子最后的一个心愿，也是他最大的心愿。我不想让他在生命的最后有这事压着他，也不想让他带着遗憾走。

许子善说，要请人你就去请，说不定人家看在你是大学教授的面子上，来帮忙安葬你的妈。

许子善这么一个态度，许子由心里很恼火。你的妈，这是什么鬼话？难不成爹是我一个人的爹，妈是我一个人的妈？

许子由和许子善兄弟俩关系处得不怎么好，原因是许子由没有帮到他们。有一年过年，许子善直接说许子由：别人在大学当老师，父母照护好了，兄弟姊妹也照顾得好好的，你倒好，侄儿侄女一大群，竟没一个有个正经工作的。

许子善口中的别人，许子由知道。那人也在省城一所大学任教，不同的是那人是工科，随便给人家弄个白酒或是豆腐乳配方，钱就来了，路子也广，县里都把他当作大人物，老家有什么事情也都有人照应。哪像他这个教古代文论的？

许子由没给许子善解释。其实他也努力过。两个姐姐各有俩孩子，许子善有一个，他帮过他们找过打工的工厂，为许彩莲的儿子当兵、许子善的儿子读高中想过办法，可最终他们都没有一个好工作。他们把这原因找在许子由身上。

这也是他们不怎么管父母的原因之一。他们觉得，许子由家庭条件好，父母的事就该他来管。

许子由也默认了。兄弟姊妹他帮不上，他来赡养父母，也算是帮了他们吧。金萍一开始有意见，说这不是帮不帮他们的事，赡养老人也是他们的责任，他们不能让别人来承担自己的责任。许子由说，尽孝的事，就是尽自己的心，不能和别人比，就当父母只生了我一个。他曾想在城里买个房子，把父母接到城里去，可没这个实力。他工资不高，每个月不到一万块钱。金萍虽然在企业工作，工资收入高一点，可春生年纪不小了，不得不给他准备婚房。

而且父母也不愿意，他曾把父母接到城里玩过，可爹怕街上的车，怕大街上的人，一直窝在家里，第三天腿脚就开始发肿，肿得发亮，无法行走。他不得已只好把他们送回来。

许子由说：怎么说你一直在村上吧，就说没什么人缘儿，总是个熟脸吧。我，离开村里三四十年了，人都不认得了。

许子善说：那就利利索索找公司来办啊，交点钱，要办成什么样子人家就给你办成什么样子。

许子由把电话挂了。

你先去，请杨道士，请他看个日期。爹说。

你妈喂了一头年猪，你找人杀了吧。你妈这辈子，虽没积善，却没作恶，没得罪过什么人，她走远路，我估计有些人会来送送她。你得请人来做饭。爹又说。

许子由感觉爹像把什么事情都盘算好了。刚才他还在想，爹是不是会装聋作哑、作壁上观，他是不是可以和爹商量一下请公司来办事，可现在，爹的几句话把他的这个想法击得粉碎。

做饭，你两个姐，加上谢六儿，有三个人了，还请两三个人就够了。然后就是拿桌子的，打盘子的，装烟、倒茶、烧开水的，放鞭的，再就是歌师和鼓师，打金井的，抬棺的，等等，你和子善两个人去请。不要打电话，要戴了重孝上门，但不要进屋。要是别人不答应，就跪下来，跪在大门口磕头，别人还是不答应，也要磕了头，再起来。

爹说着说着有些气喘了。

3

许子由虽说出去早——恢复高考制度那年他考上了大学，然后留校任教，回来也少，但对雨村过去的丧礼是熟悉的。那时，谁家办事，人不请自来，尤其丧事，只要听到爆竹声响（落气鞭），就自己来了。哪里差人就做哪里。做饭的、筛茶的、唱歌的、打鼓的、背石头的、打金井的、抬棺的，等等，"督官"（白事管事）让干什么干什么。丧事办完，孝家除了给道士、歌师鼓师一点报酬外，一般给前来帮忙的人就是一条毛巾、一块肥皂。反正是乡里乡亲，这次你帮了人家，下次别人帮你。

为人不厚道，或是口碑不好，来帮忙的人少，不够，孝子就披麻戴孝上门去请，跪到人家大门口。"上山"时，抬棺人也会刁难你——动不动把棺落下来，要你磕头、敬烟，俗称"整孝子"。

许子由觉得，丧礼简直就像一杆秤，称着你做人的分量。

许子由也参加过公司安排的葬礼。公司设备齐全，有车，可以拉坟石、拖棺材；有打金井的电镐，无论多么难挖的地方都难不倒。有做饭的柴油炉子，有桌椅、锅碗瓢盆，有搭席棚的油布、塑料布，有厨师，无论来多少吊孝的人，他们都会做出像样的饭菜；有道士和鼓师，也有放哀乐的音响和放电影的背投，甚至还有哭丧的人，等等，只要孝家有什么要求，他们都会满足。

孝家的事情只有一个：就是给钱。这让丧礼办起来简单了许多，简直就有一种把孝家解放了出来的感觉。

服务辐射到雨村的家宴公司叫大发公司。他们的收费标准：起步价六千八百八十八元，包括做饭、打金井、抬棺，等等。一般人家，这种服务就够了。

对许子由而言，要是爹没有不让公司来办的话，这事就简单得像给人家吊孝一样。

许子由进屋时，许彩霞和许彩莲她们还在和何婆婆一起在卧室给妈穿衣服。天气虽然还不太冷，但毕竟人已死了四五个小时了，身体都僵了，衣服很不好穿。许子由没进卧室去看，他在想请道士的事，问许子善要杨道士的电话，许子善问他是不是决定不请公司了，许子由说是爹的意思。许子善说，我可是把话说在前头，要请人你去请，莫打我的主意。你也别觉得自己是个大学教授，人家就会买你面子。现在面子最大的是钱。

许子由明白，许子善并非全是推责。许子善在村上没什么人缘儿，名声不好。他好赌，谢六儿也喜欢赌，还穷讲究，喜欢抹口红，还时不时染个头发什么的。两口子赌博，又没有固定的经济来源，家里不成样子。强子初中毕业出去打工，也很少回家。一个收山货的男人来了，谢六儿便跟着那男人跑了。人要许子善出去找一找，许子善不找，把谢六儿留在家里的衣裳鞋子等拢在一起，一把火烧了，然后也出去打工了。没想打了不到一年，人掉搅拌机里了。厂家赔了他九万块钱，他回来了。谢六儿也回来了。她肚子里怀了那男人的孩子，想跟那个男人结婚，可那男人不仅有老婆，还有三个孩子，不要她。她只好把肚里的孩子打掉了。

许子善腰里缝了钢板，就更有理由不种地了，谢六儿也不种，两口子把时间都用在打牌上。有时候还在自己家里支场子，也不知道那用命换来的九万块钱能打几年。强子也不回来，过年也不回，不知道他还把这儿当作自己的家没。

这种人能请动谁？请那几个牌友？

许子由没有说爹的意思是让他们俩去请人的话，说了也白说，只问许子善要杨道士的电话，现在，最急的是必须请到道士。一切都要等杨道士看了日期后才能做计划。

这时许子由的电话响了，是许彩霞的儿子曹斌打来的。说外婆去世了，他回来不了，请不动假，只能过春节回来给外婆上坟了。

许子由知道，许彩霞她们可能早就给孩子们打过电话了。

许子由刚挂了曹斌电话，许彩霞就出来了。她长得特别像妈，尖脸，白发，高颧骨，身材瘦小，说话的声音也像。

大舅，菊花要来的，把帅帅也带来。帅帅现在还没放学。菊花准备去接他。这样，家家（外婆）就有重孙磕头了。大舅也有人帮着磕头了。

许彩霞说的磕头，是指孝子给吊孝的人还礼。吊孝是要给死者磕头的，磕头时孝子要给吊孝的人磕，还礼。人多了，孝子就有些受不了，就由年轻一辈的男丁来替。许子善腰里有钢板，自然是不能磕头的。

现在，许子由还没想到这些。

许子善打了几个电话，终于问到了杨道士的号码。他把号码说给许子由后又说，你一定要自己办，可别怪我没提醒你。小心人在屋里烂了。人烂在屋里了，我是无所谓的，我的脊梁骨早就断了，不怕别人戳了。

4

杨道士七十多岁的样子，面目清癯，上嘴角有两撇白胡子，不长，就像一对单引号。许子由一报出自己的名字，杨道士便说晓得晓得。村里第一个大学生，又在省城当教授，名字如雷贯耳。杨道士邀许子由进屋，许子由迟疑了一下，杨道士说，现在没谁还记得这个讲究了。

许子由把放在车上的一条烟两瓶酒拎下来，放到杨道士家的桌子上。杨道士客气了几句，便问许子由：你真准备自己办？许子由说，我想尽量不拂家父的意思，他一辈子，没对我提过什么像模像样的要求，这算是他给我提的唯一一个要求。杨道士说，百行孝为先。孝顺孝顺，顺就是孝，孝就是顺。现在这样的人不多了。许子由说，惭愧之至，没尽到孝道，不肖之子。杨道士说，别的不怕，就是请抬棺打金井的人有点难。

杨道士给许子由泡了茶，便问许子由母亲是什么时候走的，又问许子由母亲、许子由和春生的生庚八字，然后举起一只手来掐算。算了一阵问许子由明天时间紧不紧，如果明天不行，那就要三日后了。因为接下来的两天，一个重丧日，一个破日。

明天是太急了，几个孙子赶不回来，他得让他们回来看看他们的婆婆、外婆最后一眼，而且在这么短的时间内要请到人来几乎不可能。许子由想了想，把出殡日子定在三天后。

杨道士这时便问许子由请了打丧鼓、唱丧歌的人没有，如果没有，他来帮忙。许子由求之不得，连忙拜托杨道士。

杨道士打了一阵电话，给许子由说，他找到三个人，一个打鼓，一个吹箫，一个唱歌，也算吹吹打打都有了。

许子由和杨道士进门时，爹坐在堂屋里。堂屋里空空荡荡，杨道士便望着许子由父亲问：还没上材（入殓）？许子由父亲抱起双手给杨道士打了一个拱：棺材放在草楼上，没人弄下来，子善去请人了。杨道士给许子由父亲还了一个礼，许老先生节哀顺变。许子由父亲说，要辛苦，杨先生了。

父亲的话有点哽咽了，许子由听得喉咙一紧。

许子由从没见过爹的悲伤，就像他不知道悲喜似的，现在，悲戚之情顿时涌了上来。许子由他把悲戚压下去了，他要尽量让爹轻松些，撑过这几天。

这时，许彩莲过来了，走到许子由身边，要他过去一下。

许子由跟着许彩莲到了灶房，许彩莲便和许子由说，要给何婆婆表示一下。从前就是给点旧衣裳什么的，现在旧衣裳没人要了，要许子由干脆就给她一点钱，一百两百都行。

许子由掏出两百块钱给许彩莲。

许彩霞在烧灶火。灶是两口锅的灶，一口大锅上扣着锅盖，有热气滋滋逸出。许子由猜想那可能是烧的烫猪水。

许彩霞现在生的是另一口灶里的火。她和许子由说她在准备饭，人都还没吃早饭，她得先弄点什么让大家垫巴一下。

这时，许彩莲和谢六儿一起从卧房出来了。

小灶里的火也燃了。火光在许彩霞脸上跳跃。许子由突然觉得就是母亲坐在那里。

许子由眼睛一酸，特别想哭。许彩莲这时便给许子由说，如果许子由决定自己办，就要打发人买东西了。许子由问要买些什么，许彩莲说，柴米油盐，烟酒菜柴，等等。许子由问大概要多少，许彩莲说她说不准，现在办红白事，宴席的标准都高，不仅要猪肉，还要牛肉、鸡肉、鱼肉，这是起码的。酒要有白酒、啤酒，还要饮料，白酒还要是瓶子酒，饮料也要是罐装。烟最低要十块以上的。又说许子由是省城的人，什么都要高一些才好。许子由说，应该不会有很多人来吧，老幺在村上没什么人缘，我又在外面，跟村里人没什么交集，你们又不在本村里。许彩莲说，这怎么说得准呢，现在的人都喜欢赶情，是亲不是亲，都来一下。也有的干脆就是来蹭吃蹭喝，俗话说人死饭门开，这种事也不好赶别人走的。

许子由要许彩莲帮忙估一估，许彩莲要许子由去找办经销店的华子。没公司以前，村上不少人办事，就是请华子帮忙进货。他会根据东家的情况把货进来，用不完退他，不够他再去买。他还备有搭棚子的油布、桌凳，等等，可以租。只是不知道现在他还做不做这个。

许子由正要打电话联系华子。谢六儿手碰了一下许子由的小臂：哥，你还是想清楚了再打电话吧。

谢六儿穿着一件水红色薄羽绒服，棕色高跟皮鞋，黑弹力裤上套了斑点纹短裤裙，还画了眉毛，涂了一点口红。许子由看着有些不舒服，心想，都这个年纪了，还这么穿，这么画，何况又是这种场合？想怎么说几句，又不知道该怎么说。

谢六儿还与别人不同的是，她称呼许子由时，不像别的人那样随孩子叫许子由伯伯，许子由不知道她是不愿意让自己矮了辈分，还是觉得这样更亲近。

许子由望着她。

其实，不请公司花的钱还多些。她说。

许子由哪里在想着省钱？答道：是爹要我们办。谢六儿说，他老迷糊了。哥你真不知道自己办有多麻烦。许子由说，我知道。谢六儿又碰了一下许子由的手，把声音低了些，杨道士看了这么长的一个日子，无非就是想多要你几个钱。现在的天气，四五天，不说我们这些孝子受不了，就是死人放这些天，怕人都臭了。

许子由不耐烦地说，时间已定下了，给爹也说了，不能改了。

5

许子善还是没有回来，请的人也没有到。穿好衣裳的母亲不能上材，只能孤零零地放在床上。许子由心里急，打许子善电话，不在服务区。

曹建国说：他是不是打牌去了？

许子由瞪了曹建国一眼。曹建国几年前中过风，脑袋开过刀，有时犯迷糊。在田间做活，天黑了不知道回家的路，要许彩霞去找。自家的田块也记不住，要许彩霞往地里带，可有时又很清醒，记得儿子曹斌、孙子帅帅的生日。

许子由想去找许子善，正要出门，屠夫赵师傅进门了。

紧接着就有一黄一黑两只狗跳进屋。

许子由正和赵师傅说话呢，三只狗突然撕咬起来，咬得狗毛乱飞——欢子不知从哪儿蹿出来了。赵师傅朝黑狗踢了一脚，又踢跟着他的那条黄狗，它们才嗷嗷叫着跳到屋外去了。

欢子这才过来嗅许子由的腿脚和手。

有了赵师傅，加上曹建国、许子由自己、儿子春生，应该可以把棺材弄下来了。许子由这时就请赵师傅帮忙。赵师傅爽快地答应了。可春生不知去哪儿了。寻春生，杨道士说他去买白纸和墨水去了。许子由只好作罢了。

太阳已当顶了。许子由心里急，扛着单梯去草楼那里。太阳在地上拓了一路歪歪扭扭的格子。

搭好梯子，许子由上了草楼。棺材上覆着油毛毡，油毛毡上积了厚厚的一层尘埃。许子由扯开油毛毡，尘埃飞扬，待落定下来，两口红棺材显影出来，鲜亮如初。

许子由还记得两口棺材置办之后的那个夏天，那时许子由刚参加工作，还没成家。他记得回到家那天，两口棺材还是原色，放在堂屋中间，父亲正在用砂纸打磨。

母亲脸上每道皱纹里都是笑意：你看，十六花（指有十六根圆木，截面有年轮纹，故称十六花）的，点头（棺材的高度）一个三尺二，一个三尺三，不算小了。你爹想磨光滑了，再上清漆、响堂（用皮纸、石灰、桐油，等等，在棺材里面裱糊）。

雨村人对于棺材的看重，许子由是知道一些的。许多人认为有一口很好的棺材，是一件很体面很荣耀的事，也是人一生成败荣辱的体现。不少人活着时生活马马虎虎，俭省得很，但一定要置办一口像模像样的棺材。许子由觉得，雨村人在棺材上寄寓了很多梦想。

两口棺材并排摆在一起。许子由在一口棺材前蹲下来，双手抠住棺材底部，想挪动一下，可试了好几次，棺材纹丝不动。

许子善听到猪叫了才回来。他把孝帕挽在头上，腰间也没系麻绳。看见许子由，就把许子由拉到一边，说人是太难找了，他跑了好多户人家，打了好多电话，电话费打完了，电话也打得没电了，可也只有一个人答应了。许子由不好说什么，问他，人呢？许子善说，我答应给他一百块工钱，可我不知道你答不答应，所以，我先回来问问你。你觉得可以的话，我就给他打电话，他马上就来。

许子由想不到是这样。

见许子由犹豫，许子善说，你不答应？你以为现在还是从前，给人下个跪，别人就来帮你？现在不行了，用钱办事成习惯了。

又埋怨爹妈做事没长后眼，晓得现在村上没劳力在家，怎么要把一个烂壳壳放到那高的地方？

打电话吧。许子由不想听许子善的牢骚，大姐二姐都给孩子们打电话了，我给几个表兄妹也打电话了，说不定一会儿就有人来磕头。总不能人来了，去床前磕吧。许子由说时就从兜里掏出钱包来，许子善说，你最好一次多给点。我想办法说服他，让他搬了棺材后就不走了，留在这儿帮忙。你最好给赵师傅也说说，让他也留在这儿。许子由给了许子善两千块钱。

许子善找的人是陈跛子。

赵师傅这时刚把猪毛漩了，剖了脊，割了猪头。一只白生生的无头猪趴在漩盆上，颈脖红扯扯的，滴着血。狗又多了几只，争舔着溅在地上的猪血。

许子由走到跟前，对赵师傅说，许子善找的人到了。春生也回来了。应该行了。赵师傅瞥了一眼陈跛子，你行？

许子善说：你可别小看老陈，看起来风吹得滚，可劳力足得很。要不是他腿瘸了，妈那棺材，他一个人能从楼上扛下来。

赵师傅说：那就试试吧。把血糊糊的双手伸进盆里荡了荡，在围腰上擦了擦，就往草楼那边去了。

许子由这时站在门口叫春生和曹建国。杨道士这时正在写白对联，知道是要弄棺材，也放下笔出来了。

赵师傅先上楼，用木杠撬起棺盖，喊陈跛子上去。要陈跛子抬小头，他抬大头，将棺盖打横，然后套绳子，可陈跛子抬着棺盖时，人迈不动步。春生爬上去帮他，才把棺盖抬起来了。

系好绳子将棺盖放下来。赵师傅要许子由和曹建国上去。陈跛子却要下去，说他今儿腿打战，手上是软的，要换个人上来。

哪有人换？只有杨道士和许子善了。赵师傅望了望许子由，说，必须再找个人来，不然弄伤了人，或是弄坏了棺材都不好。

6

上材这么件小事，根本就没在许子由的考虑范围中，想不到却如此麻烦，这让许子由心里的压力更大了。杨道士见许子由着急，说他可以打电话让打鼓的老万先过来。老万人还年轻，刚满六十岁。

许子由现在太需要人了。当务之急，除了上材，还有搭席

棚、买柴火。搭席棚的塑料布要么去借，要么去买；柴火买来
要锯，要劈。还要借桌凳，甚至借炊具，等等，这些都要人。
于是便要杨道士请他们几个都早点过来。

说完就往灶房走。他准备将请厨师的事交给两个姐。只有
她们才熟悉村上哪些人菜做得好，哪些人热心肠。

然后去找华子，和华子商量到县城买菜的事。

许子由回到家时，饭已做好了。人都上了桌，却没看见爹。
问杨道士，杨道士说，做招魂幡，去砍竹子，回来时，人就没
在堂屋了，他也以为许老先生是休息去了。许子由赶快去自己
房里看，却没有。谢六儿才说，她先看到爷爷去他自己卧房了，
不知道出没出来。许子由赶紧去爹的卧室，果然看到爹在那里。
他坐在椅子上，怔怔地瞪着床上。

许子由说，爹，饭熟了，都吃饭呢。爹不吭声儿，也不动。
许子由走到床边，高声叫了一声爹，爹才扭了一下头。

你们都忙，没人陪她。我在这儿，陪陪。爹说。

欢子哼了一声，许子由这才看到欢子卧在床边。

许子由垂下了头。真是罪过，竟然没想到要陪陪妈！简直
还不如一只狗！

妈的衣服穿好后，许子由还没来得及看一眼。这时才看见
了。妈戴一顶黑色平绒帽，身穿满式黑绸褂子，脸上干干净净，
样子很安详。

爹，是我的疏忽。许子由望着爹说。

又转过身对着床上说：妈，对不起，没能……陪着你。许

子由喉咙突然硬了。他似乎现在才意识到妈已经离开他了，她再不会看他，答应他，叮嘱他了。他扑通跪下来，高叫了一声：妈！泪如泉涌，再也控制不住了……

吃过饭，许子由劝爹去睡，说他来陪妈，可爹却不睡，要许子由忙去。许子由只好叫来春生，要春生陪着爷爷和奶奶。

这时许彩莲找他说请厨师的事，说人她倒是想了几个，但现在还没和她们联系。她要许子由给个话，能否适当开点工钱，因为五天，时间太长了。

许子由说，一天两百行不行？跟歌师鼓师一样。许彩莲说，论辛苦，厨师比他们辛苦多了，一日三餐，晚上还要办夜宵，可是大伙都是帮忙，也不能一边是两百，一边是三百，那样得罪人。

又说，开始这几天，每天早中晚三顿，顶多十五到二十桌，请两个厨师，再加上她、许彩霞和谢六儿帮厨就够了。到了后面，出殡前一天，再多请两个厨师来。这样可以为许子由节约一点。

许子由哪还有心思顾忌钱？只想早点把人请到，给许彩莲说，这是个小事，我也不熟悉情况，你们当请人请人，当花钱花钱，不需给我说。

就在这时，老万来了。老万还没吃饭，杨道士要老万先帮忙把棺材搬进屋再吃饭，以便布置孝堂。

几个人正往草楼那边走时，余傻傻来了，是准备来吃席的。村上，不论谁家办红白事，他就会去吃席，从开始一直吃到结束。他虽然五十多岁了，走路摇摇晃晃，可劳力不错，村上人常常喊他帮工，做些下力气的活。赵师傅看见他，便叫他：余傻傻，来帮忙！

增加了老万和老余，棺材很快就弄下来了，抬进了屋，搁在两张大方桌上。

这时杨道士开始摆放灵牌、供果、香烛、化纸盆，在棺材下面摆上长明灯，等等。一帮人一起把尸体抬过来，安放到棺材里。

欢子这时卧到了棺材底下。

杨道士又把写好的白对联贴到大门上。这时孝堂才像那么回事了。

许子由这就要春生和金萍去县城采买。

一会儿，许子由去华子那里把油布和桌凳弄回来了。和赵师傅、杨跛子、余傻傻、许子善一起搭席棚。席棚搭起来简单，只要在房子挑檐上系上绳子，另一头打几根木桩，把油布拴上去就行了。

搭好席棚摆桌凳，赵师傅给许子由说要回去，许子由多给了他一百块钱，赵师傅不要，说这种事，谁碰上都要搭个手。又说，许子由母亲是个好人。他每次路过，都喊他喝茶，遇饭吃饭，从不嫌弃他是个屠夫。现在她老人家走远路，他能帮到忙是他的福分。许子由听他这么说，心里挺感动。就问他能不能在出殡那天帮忙抬棺，赵师傅说他就是这样想的。本来想在这儿帮几天忙，可老婆病了，家里还有个孙子，没人照料。

这时，太阳已经要落山了。

厨师杨婶和吴四妈，吹箫的老齐和歌师宏哥也前后来了。灶房里忙起来了，孝堂里也有了阵阵箫鼓声。

爹坐在孝堂里，双手抱着拐棍。看见许子由便撑着拐棍站起来，用拐棍指指外面。许子由明白爹是有话要他说，于是扶着爹到了外面。

爹要许子由请个做文的先生。

做文就是做祭文，有大文和小文两种。小文是致祭者要献的，还要献肴馔。农家小户，自然不能带着祭文而来，就请现场的先生代笔，代读。小文一般陈述死者生前与致祭者之友情。致祭者在死者灵前跪听，动情处，涕泗滂沱，泣不成声。大文要追述死者一生修为，如何敬老扶幼、为家操劳，如何和睦邻里、积善行好，等等。封殓之前读大文，所有孝子跪听。

可这都是很久前的事了。现在，早没人做文了，尤其是致祭者的小文，也没有人献肴馔了。亲朋邻里，一概用钱。

最多是请人写个悼词。

现在没人会做文了。许子由说，一般是写个悼词。

那就，写个悼词。所谓盖棺论定，人走时总要有个说法。爹说完，就拄着拐棍进屋了。

谢六儿和许子善这时走到许子由跟前。哥，我们说个事。许子善很长时间都没叫过他哥了，心情好时叫一声老大，许子由听起来有点怪怪的。

有个事我想跟你商量一下，妈的后事，是你在安排，也只有你有这个能力安排。我也是妈养大的。所以，我不想外人知道，这事是你一人安排的。许子善说。

许子由说，本来就不是我一个人安排的啊，你们，几个姐，都出力了。

谢六儿怕许子善说不好，忙说，是这样子，现在无论谁家办事都要收情。我们虽然赶情不多，可算算也还是有一些。这些年我们也没办过事，人家没有还情的机会。这次，我想有些人会来还情。所以，许子善的意思是，收情的事，我们来管，收情的人也由我们来请。

许子由这时听明白了。他觉得这两口子也太会算计了。请人的时候，用一块钱都问他要，现在却想着要收情。亏他们说得出口。

哥，其实我们也是为你考虑，要是你收情，将来的麻烦可就大了。只要你收了人情，有人过事，就会给你发请帖，打电话。有人过个生，或是下窝猪崽，要办事，也要请你，你大老远跑回来给他还情？不可能吧？你请人带情，他现在赶一百，你得还两百，因为你是大学教授。要是我们收，你就没这个麻烦事了。谢六儿说。

许子由承认，谢六儿的话有些道理。问题是他压根儿没想收情的事。我没想收情，给妈送行，只要人来了就行。许子由说。

那怎么行？那你是瞧不起人啊。谢六儿说，你要不收情，就没人来了。哥你不想就我们这几个人天天守着妈吧？那哪叫办事？那让人家看笑话了啊。

许子由不知道这事有这么复杂。他感到越来越陌生了，兄弟姊妹，爹，甚至所有的一切。

许子善见许子由犹豫，说：哥，你觉得这样子可以，我们就这样办了。既然要让外人看到是我主办这事，那我会做得像样些。这么说吧，跑腿跑路，给人下跪的事，我和谢六儿承担了，你就安安心心坐在孝堂里，动动嘴，主要任务就是让外人看起来悲痛，要是不悲痛，也不要紧，人过八十是喜丧。

许子由说，你跪得下去？

许子善说，我让强子回来啊。他代我啊。

7

许子由向杨道士打听到，现在悼词写得最好的是退休的郑老师，于是准备去请郑老师。正要走，许子善拦住了他，要他先请督官。

督官是总理一切丧葬事务的，非常关键。丧礼一应事务，小到吆喝人入席吃饭，大到安排人打金井抬棺，都是督官的事。督官有号召力、有权威，会协调，丧礼就会办得顺畅。

悼词出殡前才念，还有好几天，怎么都来得及，而督官现在是当务之急。许子善说。

你现在去请他，他也没工夫在这儿耗啊。许子善又说，郑老师写得快，一两个小时的事，出殡前一天去也来得及。许子善又说。

许子由觉得许子善的话有道理，便问他督官请谁合适。

王天麻啊，许子善说，他是干部。请得动他，找抬棺的人也容易多了。许子由说，他会不会干？许子善说，干什么事不都是一个钱字？钱给足了，他还有不干的？

许子由和王天麻没什么交往。他一向不愿意与官打交道，他就这么一个性格，在学校里也是。他不想跟当官的人拉拉扯扯，也看不起那些在官面前卑躬屈膝，或者与官打得火热并以此为荣的人。

问许子善还有没有别人，许子善说，江元成啊。

江元成就是许彩莲的男人，二姐夫，能说会道。许子由不知道他也做起督官了。

许子善又说，不过最好不要请他。要说他本来也是孝子，女婿半边儿。要来他早该来了，不来，就是他不想来，或者他早算准了，等我们请他呢。

这个二姐夫确实是个人精。他和许彩莲的钱，不是放在一块用的，各自挣钱各自花。许彩莲要自己买点衣服，要给父母或娘家亲戚买点礼物，就得用自己的钱。江元成也一样，每次买礼物，只给他那边的亲戚买。孩子的花销，则是两人一起拿，清清白白。

许子由听人说过这事，他有些不相信，想问问许彩莲，可觉得不合适。有些话，即使亲姐弟间，也是不好问的。

许子由觉得许子善的说法不无道理。

许子由又问还有没有别人，许子善说没有了。

又说，你一定要去请王天麻，一定要把王天麻请来。只有把他请来，你才好请打金井的人、抬棺的人。他就是这两天不来，只要他出殡前一天来，你请人的时候只要告诉别人督官是王天麻，就比给别人下跪强。

许子由还是决定先去请郑老师。车子刚点了火，突然听到一阵噼里啪啦的鞭炮声。

雨村吊孝，进孝家之前，先放鞭炮，然后再去灵前上香、磕头、烧纸。许子由不知是谁来了，忙下了车。

因为许子善腰里有钢板，跪不下去，现在能下跪还礼的只有他和春生。

一股鞭炮的青烟和火药味卷了过来，然后是菊花牵着帅帅出现在青烟中。

菊花是许彩霞的女儿，帅帅是孙子——儿子曹斌的孩子。

菊花今年已经四十岁了。在广州打工时嫁了个广东男人，有了孩子才回家，可男人一直没来过，孩子除了小时候来过，大了也不来了。菊花也不常到广东那边去，开始是那边住半年，这边住半年。这几年干脆就不回去了，一直就住在娘家。她给许子由的印象就是一天到晚在打电话。许子由问过她不回去的原因，她说和公婆处不好，要么就是男人也在外打工，不在家里了。去年开始，她在网上开起了微店，卖些雨村的土特产，样子就像不会再去广东了。

许子由有时候怀疑菊花并没说实话。

帅帅是曹斌的孩子。曹斌也一直在外面打工，似乎主要工作就是结婚、离婚，七八年时间，结结离离四五次了，现在仍单着，帅帅是最先那个老婆的，那个老婆不要孩子。曹斌打工带不了，只有让许彩霞带。

见是菊花他们，许子由便让春生进屋去答礼。

菊花带着帅帅在灵前磕了头、上了香、烧了纸，拉起了还礼的春生，然后谢六儿给二人发了花（孝帕），帮他们戴了。

菊花这才走过来和许子由说话，要帅帅叫许子由舅爷。

见过许子由，菊花拉着帅帅去厨房见许彩霞了。许子由这才开车去请郑老师。

8

许子由回来时，天已黑了。几只大灯泡把席棚里照得亮煞煞的，四五张桌上都坐满了人，脸上都油亮亮的。孝堂里传出清脆悠扬的引磬声。

大都是女人和老人，还有一些孩子。其中一张桌上的大人小孩子头上都戴了花，许子由估计是几个舅表兄的家人，走过去，一张桌上的人都站了起来，有的叫他表哥，有的让孩子叫他姑爹，叫他姑爷等。几个表兄，还是小时候见过的，这些年，与他们之间没有走动，表嫂们他都认不出，侄女们更认不出，许子由只好答应一气。

另有几张桌上，大多是老人，白发斑斑，胡须飘飘。许子由亦认不出，走过去，给他们打躬作揖，然后进门拿来烟，给他们一一敬烟。

爹一直坐在孝堂里。许子由敬完烟，走到爹面前，爹拄着拐棍站了起来。许子由把爹按下去，大着声给他说请先生的事，说大后天来。爹把手扬在耳朵上，问许子由说什么，许子由又说了一遍，爹才听清了。

许彩莲从灶房出来了，说饭好了，问许子由是不是开饭，许子由看了看表，已经七点多了，说赶快开吧，客人们许是早饿了。

这时许彩莲和谢六儿便开始往桌上铺桌布，摆放一次性碗筷和饮料。

菜上齐了。谢六儿过来，叫许子由吃饭，说客人们都在吃了。许子由先去请爹，爹说他晚上不能吃了，要许子由请先生们。

杨道士还在念经，老万和老齐在一旁配合，时不时打一阵鼓，吹两声箫。许子由走到杨道士跟前，请杨道士吃饭。杨道士将一段念完，合上经书才站起来。

许子由又要许子善去吃饭，他在这儿陪陪爹。许子善说，一起吃呀，你现在不吃，待会儿不是又要麻烦厨师给你一个人做？

许子由不忍心偌大的孝堂里，只有爹一个人守着。要许子善先出去吃，吃了来换他。

许子善出去后，爹拿拐棍指了指棺材下面。许子由这才看见棺材下方长明灯后面卧着欢子。它两腿伸在前面，将头搁在腿上，闭着眼，就像睡着了。

许子由明白爹的意思是让他给欢子弄点食物，于是拿了欢子的食盆到灶房里，弄了些米饭、骨头和肉，放到欢子嘴边，可欢子看了许子由一眼，又把眼闭上了。

欢子认识许子由。许子由每年回家过年，一下车，欢子就和他亲热，咬他裤脚，甚至直起身来，把两只前蹄搭到许子由身上，要许子由摸它脑袋；坐在火弄里烤火，欢子也挨着许子由趴着，把嘴巴搁在许子由脚上；往哪儿走走，它也跟着。

妈曾经和许子由说过欢子，说它懂事，听话。要它在家，它就在家，从不乱跑，更不偷吃猪食。说每年杀年猪，师傅把猪内脏掏出来，丢在盆里，要欢子看着，欢子就规规矩矩守在那儿，野狗都不敢近前。

许子由今天没注意，杀猪的时候，欢子和那些野狗咬了架没有。

许子由叫着欢子，拍它脑袋，拍食盆。可欢子只睁睁眼回应一下许子由就又把眼闭着了。许子由想，欢子这是太痛心了？

于是想起学校里老童养的一只拉布拉多，太老了，许子由每天晨起散步，看见老童遛狗，两人都慢腾腾的，似乎有随时倒下来的可能。他有时脑子里会想起孔子乘着一辆瘦马拉的破车周游列国的情景，又想起邻居婉小姐在药店为她的贵宾犬买避孕药的事。

一会儿，杨道士他们吃完饭进屋了。许子由便和杨道士他们说欢子不进食的事，杨道士说他早听说过这狗精灵，想不到还这么忠义，人愧不如。

又说，世上的事情，也许狗比人看得更明白，只是狗不能言语而已。

正说时，几个表嫂也进屋了，劝许子由和爹出去吃饭。许子由过来搀扶爹，爹这才站了起来。看许子善那桌上空出几个座位，便走过去。

因为请了厨师，又在县城里买回了菜，晚饭席面便很体面了，有了炸肉丸、蒸肉、扣肉、牛肉、鸡肉、鱼，等等，火锅有两个：一个猪排骨，一个牛肚。

许子由上桌时，许子善正在喝酒。他夹了一个猪骨头啃了一口，说厨师应该是不错的厨师，现在手艺退步了，不如从前了。这么新鲜的料子，真正的粮食猪，可他们就做不出公司的厨师那个味道。

许子由心里烦，心想难道许子善一直坚持要请公司，就是为了那个味道？

许子善说时把许子由面前的塑料杯子拿过来，突突往里面倒了大半杯酒：哥，喝点，晚上熬夜，冷。

许子由想不到许子善这个时候还有心情喝酒。

吃了饭，许子由进灵堂看欢子，这时看见欢子正咬着一块骨头，咬得嘎嘣响。杨道士说，它没事了，它大概是见许老先生和你没吃饭，也就不吃。你和许老先生一出去，它就吃起来了。许子由看食盆里，饭和肉都吃光了。

许子由拿了一条烟、两瓶酒去找王天麻。可王天麻却不能答应，说他当管事（红事）和督官的事，被人举报了，县纪委处分了他，给了个留党察看处分，向全县发了通报，搞得他现在连去赶个人情都不敢了。

许子由不好再说什么。起身走时，王天麻说他有一个大音箱，里面灌了哀乐，可以借给许子由用几天，道士念经的间歇放放哀乐，有个气氛。

许子由没要王天麻的音箱，他怕爹接受不了。

许子由回家时，村里那些老人们已经走了。席棚里空荡荡的，有人把桌子移了移，在席棚里笼了一堆火。火跟前围坐着几个人，一旁桌上，坐着几个人打牌。

进孝堂。孝堂里有两个火盆，一个火盆放在鼓师歌师道士旁边。杨道士刚念了一场，这时和他们几个乐师一起烤火，喝茶，屋里安静下来。另一火盆放在门背后，一旁坐着爹、许彩霞、金萍和曹建国。金萍伏在椅背上打瞌睡。见许子由进门，许彩霞说，还以为大舅睡了呢。许子由说刚才去找王天麻了。并和许彩霞说，他准备找二姐夫江元成。

许彩霞这时劝许子由、金萍和春生找个地方去睡会儿。许子由说不困。许彩霞说，昨晚上你们赶了一夜路，今天忙了一整天，哪有不困的？又说，晚上守夜的事，大舅要有个安排，不能你们几个一直挺着，四五天时间也挺不住。

许子由还没考虑这事上来，许彩霞这一提，他也感到是个事情。守灵的基本队伍，就是他们兄妹几家人，必须轮班才行。

还有一件事就是爹。爹这样挺着，他担心挺出病来了。爹真的是风烛残年，他真不知道什么时候来一股风，把他身上的一点命火吹灭了。

便问许彩霞，爹的卧房收拾了没有。许彩霞说收拾了，放过妈的那套被子都搂走了，换了新的。许子由说，爹应该不会忌讳那张床吧。许彩霞说，农村里，没人计较。

许子由于是劝爹去睡，把爹拉了起来。

安顿好了爹，又坐到火盆边。许彩霞便和许子由唠起闲话来。她问今天来的那些老人许子由还认不认识。许子由说不认识了。许彩霞便说那个白胡子是黄发洋的爹，戴线帽子的婆婆是广成子的妈。

许子由说好像对黄发洋和广成子有点印象。

许彩霞说，广成子的妈比我们妈年纪还大几岁，满九十了，还能在林子里扒柴。

许子由说，不简单啊，有这么好的身体。

许彩霞说，强盗都是逼起来做的，她几个儿子，都不管她。

又说黄发洋的爹，今年也奔九十了，也是一个人过着。他最担心的事就是死了没人埋，所以早早地就请人把墓做好了，留了一个洞，想的是死之前自己爬进去。正把这一些都准备好了，又有了埋人的公司，打听到公司要六千八百块钱，就开始攒钱，养老金、低保什么钱都存着，现在应该差不多了。

许子由听了心里五味杂陈，感慨不已。许彩霞也叹息，我们也要不了几年了，身上也有土腥气了，看样子，也只有早点准备六千八了。还是你们有单位的人好，不怕死，不管是火化还是入土，总之有人管，不怕烂到家里。

聊了一会儿，金萍醒了。许彩霞又催促许子由和金萍去睡。许子由说，他要找许子善商量一下守灵的事。许彩霞说，外面打牌的应该有他。许子由站起来时，又听许彩霞说，幸亏爹妈养了一个有用的儿子，我们没爹妈的福气。

9

许子善要许子由和春生先去睡，睡了起来守后半夜，许子由只好依了。这一是因为他确实累了，二是现在许子善正在兴头上，不会去睡。

许子由就要许子善进孝堂去，孝堂里现在只有曹建国一个人了。

歌师唱歌，道士念经，是要孝子陪着的。歌师乐师绕棺而行，边行边唱，孝子要拄着哭丧棒跟随。道士念经时，有时也要孝子跪在一旁做些应答。

白天，陪歌师和乐师的任务基本是曹建国担了，陪杨道士的基本是春生和帅帅。现在，帅帅睡了，如若春生睡了，许子善不到孝堂来，曹建国一个人照应不过来。

许子由带着金萍和春生进自己卧室，却发现床上已经睡了三个小孩。许子由说我们去你幺爹家吧。金萍却不愿意，说不如就在车上眯一会儿。许子由说，天这么冷，冻感冒了怎么办？金萍说，车上不是甩了羽绒服吗？

春生也不想去许子善家里睡，说实在冷，就开空调好了。

许子由知道金萍是有些看不惯许子善和谢六儿。

车子就泊在屋后一棵柿树下，不远，四五十米的样子，依稀听得见孝堂里渺茫的歌声、箫鼓声，以及引磬声。屋角新挂上去的一个灯泡也可以照到这里。

春生打开车门，让他妈一个人躺在后排，又搭了一件羽绒服在他妈身上，然后把驾驶座和副驾座椅往后移了移，就和许子由上车了。

春生着了车，开空调，又把天窗开了一丝缝才躺下去。

许子由将腿跷在前台上，一会儿醒来，便觉屁股疼，腰疼，手脚也麻，慢慢收起腿，用手去揉一阵，腿才有了知觉。看手机，刚刚转钟（凌晨十二点）。

许子由进席棚，席棚里没人了，灯光格外明亮，照着满棚的桌凳。起风了，油布扇动，发出呼呼啦啦的响声。

进孝堂才看到许子善在牌桌上。他们把牌场搬到孝堂了。

乐师和歌师这时在歇息。许子善看见许子由进去，说许子由这个班接得也太积极了，说好一点，现在才转钟。又要许子由干脆还是睡去，要接班时就打他电话。

杨道士仍在念经，声音不大，咕咕哝哝，磬也没敲那么响。许子由看见一个戴着孝帕跪在灵前磕头的人，却不认识。

许子由以为是哪门亲戚前来吊孝，等他磕了头，坐下来，许子由便给他敬烟，说不好意思，实在是困了，刚才去睡了会儿。

那人说，你就是许教授？许教授不认识我，可我还知道许教授的，听善哥说过。许子由知道这人不是什么亲戚了，忙问他是何人，那人说姓宋，善哥要他来替替。

许子由这才明白，老宋是许子善请来帮忙当孝子的。

许子由瞅了许子善一眼。也真是太不像话了，自己打牌，请人来磕头。想说几句什么，可最终忍住了。

爹起床了。许子由问他为何不多睡会儿，爹说睡不着。爹坐下来，许子由见火盆里的火熄了，准备生点火。爹却拿拐棍指外面，要许子由出去说话。

抬棺的人找好了？爹问。

许子由说还没。爹说那你就别找了，让子善去找。

许子由说，还是我和他俩人去找吧。

爹手中的拐棍用力跺了一下地面，你从明天开始，就老老实实守在灵堂里，哪都不要去！

许子由想，爹是因为他没守在孝堂生气，还是因为许子善在孝堂打牌？便说，好吧。

10

二天开过早饭，许子由便打电话联系江元成。江元成一接电话就说，他是想早点过来的，可走不开，家里有猪，还有一只牛，请人来喂，一天至少要给人两百块工钱。所以，他准备在外婆出殡前一天来。

这说法真是无懈可击，许子由感觉他早就想好了。犹豫着还请不请他当督官，可不请他又怎么办？

最终还是请他了，喂猪喂牛请人的花费他认。江元成说，听说是幺舅在办，那得幺舅开个口才行。

许子由想不到江元成这么裹筋（办事不麻利），想给他解释，可又觉不妥，便答应给许子善说。

许子善却不知道什么时候溜走了，打他电话，电话关机。

找谢六儿，也没看见。许彩霞说，幺舅他们一定回家睡觉去了。

许彩莲也在灶房里。许子由便向许彩莲问江元成的微信，许彩莲问许子由要江元成的微信做什么，许子由说，想转点钱给他，他怕我说话不算数。许彩莲说，大舅要转给他什么钱？许子由说，他要过来的话，要请人喂猪、喂牛，要付人家工钱。许彩莲说，他还真会瞎扯，牛早几年都没喂了，一头猪，都是他妈在喂。许子由说，不说这些吧，他到这边来，总要耽搁时间，再说也不是外人。许彩莲眼里滚下泪来：他还有一个妈在，他这样做，他妈要是倒了，看谁给他做饭！又说，大舅你干脆别请他，看他自己觉得有没有意思。

许彩莲都说到这儿了，许子由自然不好再问江元成微信了。出灶房，许彩霞跟了出来，扯了一下许子由的衣袖说，小姨在电话里和小姨爹吵了好几次了，要他早点过来帮帮忙，可他不过来。大舅还是想别的办法请他小姨爹过来，免得两人为这事又闹筋。许子由说，我知道。许彩霞又说，还有一件事，我想问问大舅，这场事实际是大舅掏钱办的，可收情的又是幺舅。我们赶情赶给哪个？许子由说，要你们赶什么情？姑娘奔丧，人来了就行了。许彩霞说，姑娘毕竟是外人，都这样。许子由说，别赶。你今天赶给他，明天就在牌桌上给人家了。

天没昨天好了，太阳就像怕冷一样，躲在厚厚的云层后面，像个扔在稀泥里的打狗粑粑，阳光淡兮兮的，似有似无。

请来帮忙的人开始忙起来了。劈柴的劈柴，泡茶的人开始生炉子，收情的也支好了桌子。许子由不知道今天会来多少人，会来哪些人。

杨道士和老万他们吃过早饭就休息去了，孝堂安静下来。许子由见灵前的蜡烛快要烬了，抽了两根蜡烛换上，跟着又烧了纸，插了香，又往长明灯里添了油。

爹坐在孝堂里，仍然像昨天那样抱着拐棍，瞪着眼前的棺材，眼珠子一动不动。许子由记着爹要他老老实实待在孝堂的话，就到爹身边坐下来。

坐在孝堂里的还有几个表嫂和她们的孩子。见许子由坐下来，其中一个表嫂便坐过来和许子由说话。

表嫂头发花白，背有点驼，穿得干净整齐，许子由估计年龄应该也有六十了。

表嫂先是问春生成了家没有，准备什么时候结婚，如结婚，要许子由一定告知一声，也让她们逛逛大城市。

又问许子由的学校在哪儿，隔楚街远不远，她妹妹有个姑娘就在楚街帮人卖服装。

又说表兄这几日去广州看孙子去了，儿子在广州打工，娶了媳妇，有了孙子，一时赶不回来。说这些年来，他们都没走动，没来看看姑爹姑妈真是失礼，等等。

表嫂很健谈，说得许子由窘起来。这些年来，他怎么都忘了去几个表兄家走一走，看看舅舅舅妈。不由得想起《红楼梦》里那些姑舅姨来。都是很近的人啊，怎么都不认识了呢！

许子由一时想不起她是哪位表兄的当家了。想问，又觉失礼。爹就像看出了许子由的窘迫，问她，你是——

她说：我是表兄大舅老三家里的啊。姑父现在都有重孙了呢。姑父这身体看样子能活一百岁，那时候就可以看到玄孙了。

许子由不知道爹听懂了没有。他只见爹怔怔地望着她，眼里泪晃晃的。

正说着，有鞭炮声起，许子由知道是有人来吊孝了。过了一会儿，许子善才来了，大概是听到了鞭炮声。

许子由把许子善带到外面，说江元成要他打电话的事，许子善把电话掏出来，却不打，只骂人：你说他还是人吗？岳母死了不来奔丧，不来帮忙，请他来管点事，开口就是钱，还怕我不认账，要我给他打电话，这是要我给他保证啊。我给他保证个屁。

许子善骂时，真把手机装进口袋了。

许子由有点不明白许子善为何发这么大火。现在说这些管用吗？他给别人家做过督官，懂，他既然做过督官，就必然认识一些抬棺的人。没他你请谁去？

许子善说：公司啊。跟他们谈一谈，只要他们来打金井、抬棺。

许子由忽然想起，许子善是不是因为怕自己拿钱，才不给江元成打电话，忙说，你给他打电话吧，那钱我出。

许子善果然把话放软了：依我，我就不给他打，我就不相信离了他，地球就不转了。

手也伸到裤兜里掏手机了。

挂了电话便给许子由说，他现在就要钱。

许子由用微信转给许子善八百块钱，要许子善转给他。

陆陆续续又来了一些吊孝的人，照样都是老人。昨天来过的黄发洋的爹、广成子的妈也来了。

午饭前，江元成骑着摩托来了。

他买了几个震天雷放了，放得地动山摇。进得门来，先在灵前磕头上香、烧纸。

春生和帅帅都不在孝堂，曹建国在陪乐师和歌师绕棺，许子由只好跪下给他还礼。他起身拉起许子由，然后走到爹面前，又跪下来，说自己被一头猪一条牛绊住了，来晚了。起来，又给许子由说，人站得恭恭敬敬的。许子由说，知道知道，二姐都说了。心里却咕了一句：真会演戏，没进好莱坞真是屈才了。

江元成戴好孝帕，端了茶，就拉许子善到外面去。许子善去了一阵回来，给许子由说，钱我已经给他了。他说还带了音箱，音箱不收费，算赶情了。

江元成这才进入角色。他从摩托车上拎下一个带拖轮的音箱，摆到大门口，拿起麦克风扑扑吹了几口气，吹得音箱轰轰响，然后开始吆喝帮忙的拿饭。

11

因为有了这个音箱，歌师的歌声和杨道士的念经声，常常被撕得稀烂。许子由感觉原来某种程度的安宁被打破了，有了一种纷杂和闹闹哄哄的意味，他担心爹会排斥，特意走到爹面前，问爹闹不闹，是不是把江元成的音箱关了。爹说，还好，还好。许子由以为爹没听清他的话，用手指放在门口的音箱，爹点头表示他知道。许子由感觉爹真是有些昏糊了。

吃过午饭，许子由把江元成和许子善叫到柿树下，商量请人抬棺的事。江元成说，这事你们别问我。许子由说，你不是常常给别人当督官吗？江元成说，我当督官的那些个家庭，丧礼都是找公司办的，人都是公司掌着的，我连他们姓甚名谁都不晓得。

许子由在江元成身上寄予了厚望，听江元成这么说，有些泄气，也有些生气。可还是耐着性子对江元成说，公司的老板你总熟吧，有他电话吧，问问他呀。江元成说，大发公司老板的电话我确实有。如果你们请他们公司来办，我这就给他联系。

许子由心里说，要找公司还找你？

你帮我想想，你们那个村里，能不能找到几个抬棺的人。许子由问。江元成想了想说，下功夫找的话，也许能找个七个八个。那我可要把丑话说在前头，我们村里，也不认识两个老的，也不认识大舅，所以，纯粹帮忙是不可能的事。许子由说，那是当然，我们适当给点报酬。江元成说，一个人三百，包抬棺，包打金井，不包我联系的费用。

许子善一直在一旁抽烟，一只手叉在腰间，眼望着远处，似乎这件事与他无关。这时插了一句：我们这儿最高工价也只两百，抬棺也就那么一会儿，远近一公里不到，这有点不仁义呢。

那你们就别找我了。江元成说过就转身走了。

许子善看他走远，对许子由说，我还没说他敲诈呢。你说说，这不是敲诈是什么？坐地起价啊。

许子由在心里笑了一下。人都只能看到别人的不对，自己永远都是正确的那一方。

许子由很沮丧，他没想到会是这样。问许子善：你说怎么办？

许子善说，找公司啊。我早就说要找公司。你都看到了，请江元成找人，如果他能找来十六个人，也罢了，可又只答应七个八个，剩下的七个八个又怎么办？你能找到？都是给钱，又和请公司来办有什么区别？

许子由说，我想尽量照顾爹的感受。

许子善说：他的感受？他的感受还在原始社会！谁家有事，一呼百应，不谈钱，不要钱，都当自己家的事。现在什么时代了？离了钱就不能呼吸的时代。

许子由说，我就不相信我们村找不出十六个抬棺人了。村里的人，哪户人家男人打工去了，哪户人家家里有还能抬棺的人，你应该大致都知道吧。我们一户一户地算，然后，我们分头去请。

许子善说：要请你请。我是不请。我真不相信，我一下跪，人家就会来帮忙，现在没谁同情谁了。再说，我也跪不下去。

许子由实在忍不住了：爹的意思是你去请。他让我待在孝堂里。

许子善说：那你就待在孝堂里啊。

转过身走了几步，又回过头来说：我要是腰里没得一块钢板，我就一个人把人背到坡里去。四回就够了，一回背棺材盖，一回背棺材底，一回背棺材框，再用一回背人。

又说：你别把大学教授当蛮大一回事，现在人当回事的是钱。你哪怕是个傻子，只要有钱，别人像敬神一样敬着你，要是没钱，就是神，也没人敬你。

许子由还是决定请人。他想起了屠夫老赵的话。即使他和许子善在村里没有人脉，但妈是个好人，也许人会念她的好。再说，不是还有曹建国、老万他们，不是还有春生、强子，有江晖、江琳吗？

于是去灶房找许彩霞，请许彩霞帮忙想想村上哪些人家里还有能抬棺的人。许彩霞说，我们这一条冲里，在家的好脚好手的青壮男人，除了几个开店子的、村干部，就是几个手艺人了。你不如联系赵师傅，他们那边种茶少，不少人还在种田，在家的人应该多一点。

正说着，许子由电话响了，打开接，原来是江晖，说他不能来给外婆奔丧了，他谈了个朋友是越南的，正是这几天，要赶过去办手续。

江晖离四十不远了，好不容易谈个朋友，许子由能怎么说？

许彩莲也在一边，许子由刚挂电话，许彩莲便说，大舅要他回来，他又在扯谎。去年说找了个缅甸的女朋友，要办签证什么的，把钱骗去了三四万。

许子由说，村上不是确有从越南过来的媳妇吗？

<h2 style="text-align:center">12</h2>

许子由给老赵打了电话后，便去华子店里买了些烟酒放在

后备厢里，然后开车去了老赵那里。老赵带着他登门请人，跑了一个下午，请了四个人，加上老赵，五个。

许子由回来时，晚饭已经开过了。席棚里只有两桌打牌的人。灯亮得刺眼。

江元成坐在孝堂里，看见许子由，忙站起来，朝灶房那边喊许彩莲，要许彩莲拿饭。许子由赶紧进了灶房，对许彩莲说，他一个人，就把饭菜一起煮热就行了。

许彩莲边给许子由热饭热菜，边问许子由人找得怎么样了。许子由说找了五个，明天再去找。许彩莲说，大舅一下午找了五个人，算不错了。村上现在真的找不出什么人了。这话许子由信。

许彩霞说，有的人后天就要到，要打金井、背石头。爹选的那地方，山硬，隔公路也有一段距离。

许子由吃饭时，许彩莲说，大舅要让春生再去县城采买了。菜所剩不多了，明天，估计人不多，还可以混一天，但后天人会多起来。

吃过饭，许子由把江元成叫到柿树下，说请人的事——许子由估计，他要找齐十六个人是很难的，只能请江元成帮忙了。如果江元成能找到七个八人，那问题基本就解决了。江元成说，我不找了。一个人三百，我没瞎喊。二舅还嫌工价要得高。我们那儿请人摘柑子，一天两百，供吃缴。虽然抬棺只要那么一会儿，可出殡是开亮口，这么远，他们得头天就到，前前后后就是两天。许子由说，他的话你也信？江元成说，信他的话，我还在这儿练嗓子？许子由说，这事名义上是他办，实际上所有的事，都是我在管。你看在我面上，看在爹妈面上。江元成说，我真的就是看在大舅和外公外婆面上。许子由给江元成打了一个拱，这事就拜托你了。我们兵分两路，找人。你只要打电话联系，联系好了，我让春生后天去接人。

第二天吃过早饭，许子由准备去七组、八组——许彩霞说，那两个组山高，在家的男人应该多一些，而且七组的小组长聋耳朵与许子由是同学。

聋耳朵像老赵一样带着许子由去找人，找了半天，找到三个。

回来已是下午，问江元成找了几个人。江元成说，我正想给你打电话。说时就拉许子由到外面，往柿树那儿走。许子由问人找齐了？我这边加起来有了八个。江元成说，问题有点严重。我找了十几个人，都不愿意。最后我才弄明白原因，周勇不让他们过来。许子由说，周勇？江元成说，就是大发公司老板。许子由说，他还能管他们给谁做事？江元成说，他们都是跟大发公司签了合同的，说合同里就有这一条，不能私自参与与殡葬公司相关的业务。

天比昨天更阴沉了，风也大起来，把地上的灰尘搅了起来，又把地面的鞭渣卷到一起。样子像要下雨了。

江元成说：只有找周勇了。你这儿不是有八个了吗？跟他谈谈，看看能不能找他租八个人来。如果不行，干脆就请他们打金井、抬棺，反正他们公司是按项目收费的，你把你请的八个人都退了。

许子由觉得这是唯一的办法了。从昨天到现在，他跑了那么多路，几乎找了大半个村子，就找了八个人。无论再怎么努力，都不可能再找到八个了。

也只能这样了。许子由说，你跟周勇联系吧，毕竟你们熟悉一些，价格只要不是特别不靠谱就行。只有一个要求，他们人来后，不要说是公司派来的，就说是许子善请来的。

许子由进孝堂，歌师和乐师已开始奏乐唱歌了。许子由走到爹跟前刚坐下，爹便大着声音问他，子善找人的，找得怎么样了？

从昨天下午到现在，许子由一直没看到许子善，也没看到谢六儿。他不知道许子善去哪儿了。差不多了，您老放心。他把嘴对着爹的耳朵大声喊道。

正说着，江元成在门口向他招手。

走到柿树下，江元成说，问题大了，周勇不答应，哪种方式他都不答应。许子由说，他不是就干这事吗？江元成说，爹说不找公司来办后事的话，传到他耳朵里去了。

许子由想不到会出这种状况。他满以为这事江元成一个电话就搞定了。

大舅，你亲自给他打电话吧，或者干脆跑一趟。反正你车也在这儿，来回最多一个小时。江元成说。

大舅，真的再没别的办法了，自己请人的事想都不要想了。明天就要打金井、背石头了。江元成又说。

许子由没想再去请人的事，他在想周勇会不会买他面子。

现在，请公司来办是潮流，爹怎么就不明白呢？不想请公司办也就算了，怎么还到处乱说，让人家都知道了呢？江元成又说。

许子由说，你别说了，我们一起去见见周勇。

13

周勇就住在山下小河边。有个大院子，院里泊着一辆轿车，四台货车。院子下面有一条弯弯曲曲的石阶路通到水边。

周勇在家里等着许子由。今天有一单红事，一单白事，但他都没去。

周勇很年轻，四十岁上下，方脸，留小平头，西装革履，看起来很精神，还有几分憨厚。他笑嘻嘻地说许子由是名人，其实他很早就知道许子由，只是没见过面而已。许子由觉得他很谦和，和他想象中的大相径庭。惭愧，在外面待久了，乡里乡亲的都不认识了，请周老板包涵。并打了一个拱。

周勇的老婆走出来，给许子由和江元成泡了茶，便回里屋了。许子由这时便跟周勇说请人抬棺的事。

周勇说，这事本来不应该是件事情。我有人，有车，许教授也看到了，我的车出去了几辆，现在院子里还停了四辆，我现在可以同时办五桩事。但问题是，我不能答应。令尊说他以后不请公司，这也罢了，我做生意，不赌这个气，我不能接受的是，他说现在村上出现的一些问题，譬如说儿女不孝的，偷鸡摸狗的，赌博打牌的，乱搞两性关系的，等等，都是因为我办公司办出来的。他老人家这样说我，这是让我不办安葬这事了啊，我怎么好意思再去您家？

许子由想不到爹会这样说。对于爹不让公司来办他的后事，许子由也有一些揣测。他觉得那不过是一种情怀。爹是一个迂腐且恋旧的人，对那些逝去的生活方式有些怀念之情。还有一个原因是，他可能觉得自己有一种荣光，他有两儿两女，孙子一大群，人丁兴旺，而且还有在省城当教授的儿子，他的后事不要公司来办也能办到。

想不到爹对公司如此抵触的原因是这。

在许子由印象中，爹不是个爱管闲事的人，有那么一点看破红尘、与世无争的高蹈，怎么会突然对公司承办安葬的事大加挞笞？许子由说，他也一向不议论什么事情，会不会是周老板弄错了？

周勇说：怎么会？在德爷的丧事上，我亲耳听他说的，当时我还和他理论了。许教授我说一个情况您就明白了。我办安葬业务上十年时间，村里的那些烂事，是这十年才有的？不是啊，早就有啊。怎么能说是我办公司办出来的？这冤枉人啊。

许子由觉得爹的这个说法，真的有些荒唐。爹这个人周老板也许并不了解，他这个人迂腐，食古不化，而且年纪大了，脑子不是很清白，您就海涵一下。

周勇想了想说，我有一个条件，如果许教授能答应，我马上安排。

许子由说，什么条件？

周勇说，我要打我公司的横幅去。

许子由想不到周勇会提出这个条件。这个条件爹是不可能接受的。问周勇：能不能换个思路，譬如说把价格提高一些？

周勇说：不能。这不是钱的问题。

许子由才发现，这个看起来憨厚谦和的年轻人，其实一点也不随和。他站起来，想走。这时，江元成扯了扯他衣袖，让他坐了下来。

大舅，无非就是一横幅的事，周老板想打就打吧。现在公司打广告不是正常？江元成说，即使不打，这事能瞒过爹？人都有一张嘴呀。

来的路上，许子由想的唯一一个问题就是让周勇给那些人交代一下，不让他们说是公司的人。

许子由说，我答应了爹，不能食言。

江元成说，你可以给他老人家解释啊。你尽力了啊，实在是村上没人了啊。他再怎么迷糊，也知道现在的形势啊。

许子由有一种江元成是周勇卧底的感觉，但还是同意了他给爹做工作的提议。现在没别的办法了。

孝堂里，杨道士在念经，老万几个在一旁歇着。许子由进去，坐到爹旁边，正要跟爹说，爹的拐棍往外面一指，站了起来。

许子由扶着爹走到外面，又进屋提了一把椅子出来，放在院坝边一张桌旁，扶爹坐下。

人都找齐了？爹说，我问了子善了，他说人你去找了。

许子由不想再瞒爹，把找人的事大致说了，又说了去找大发公司的事。

爹双手抱着拐棍，一动不动，眼瞪着远方，怔怔地，好半天才说：孟子说，养生者不足以当大事，惟送死可以当大事。

爹说了这句话，然后扭过头来问许子由：为什么孟子说惟送死可以当大事？朱子是这样解释的，事生固当爱敬，然也人道之常耳；至于送死，则人道之大变。孝子之事亲，舍是无以用其力矣。

许子由说，时代变了，有些观念也要变。欧阳修就说，祭而丰不如养之薄也。再说，公司办丧礼这事，也是情非得已，并非孝子不当大事。

丧礼，可以正风俗、厚人伦、明善恶、行教化，现在成了什么？爹望着许子由。

许子由说，过去，教化形式单一，丧礼便成了一个载体，现在不同了。

是人心变了！爹手中的拐棍狠狠地戳了一下地面。

许子由不想听爹说下去了。他觉得爹活在过去，跟他不在一个时空。

他现在最主要的目的就是要爹明天能够平静地接受公司进场。看来，爹的情绪还好，应该不会做出什么太出格的事来。

悠扬清澈的引磬声传了过来。爹不再说什么，只瞪着对面的山。许子由看到有一滴泪淌下来，混浊浊的，在他深壑般的皱褶里翻越。

14

许子由回到孝堂时，许子善问：怎样？许子由叹了一声，还能怎样呢？许子善说，我早料到是这个结果，你不听。许子由说，我给爹保证了。他走的时候，我一定不请公司。许子善瞪着许子由，你说什么？你不准备把他带走？他一个人住在这里怎么办？

许子由还没考虑这问题——这是个大问题啊，他一辈子可都是妈侍候着的，就连吃饭，也要妈盛好后递到他手上，洗脚要妈给他打水，洗好了要妈给他擦脚。现在，妈走了，他怎么生活？也许是这几天熬夜把头熬昏了，这样的大事竟然都没想起来。

我倒是想把他带过去，这是最简单的办法，就担心他不愿去。许子由说。

不愿去？跟我？我能蹲下来给他擦脚？他能跟我们一起吃快餐面？许子善说。

许子由明知道许子善不会理这个事，故意说，让谢六儿给他做饭啊，他也是她爹呀。俗话说养儿防老，这正是他需要我们的时候啊。

许子善说，这话放在他们这代人身上，还算勉强说得通。父母病了，我们还去跑。死了，我们在这儿守灵，熬夜，磕头。我们呢？到了那一天，会有谁在身边，会有人来熬夜？想都别想。我们这辈人，不管怎样，还记得有个窝，他们呢？只怕连家的路都不记得了。父母在他们那里就是一提款机，以为这一切都天经地义、理所当然，压根儿就没想过要为父母做什么。就说强子这个狗日的，几年都没回来了。这次，老子给他打了几十个电话，要他回来，他都不回来。

许子由虽然觉得许子善的话有些强词夺理，却不想反驳他。现在这种情形之下，道理管什么用？

江元成也在一旁，只听着，并不插言，又怕兄弟二人闹翻了，就问许子由晚上守夜的事怎么安排，是不是还是幺舅前半夜大舅后半夜。许子由本来想跟许子善换一换，这几晚，每晚都是他和春生守后半夜，一直没睡好。而且明天又是最忙的一天，明晚又是一通宵。可想想算了，无论怎么说，许子善腰里有钢板。

江元成说过就离开了。许子由也离开了。他得给周勇打电话，请他安排人过来。还得给老赵和聋耳朵打电话，让他们帮他把人辞了。

二天吃过早饭不久，郑老师就到了。他提了一个小布袋，布袋里装着毛笔和墨汁。他在灵前磕了头，化了纸，上了香后，便和许子由说，想先找老人家聊一聊。

孝堂里人渐多起来，歌师唱歌，乐师奏乐，有点闹，许子由便给爹说要到许子善家去，爹立刻站了起来。

许子由刚回来，周勇就来了。周勇开着轿车，后面跟着一辆货车，货车上下来了四个男人。

周勇给亡者磕了头，上了香，把跪在地上还礼的许子由拉起来。然后才吩咐跟随来的几个男人，把车上的东西卸下来。

东西是两根老杠（抬棺的主杠），一把电镐，一把钉耙，一把十字镐，几只背篓，几把撮箕，一圈缆绳，然后是一幅白色横幅。周勇让他们把横幅挂在大门旁。

许子由瞟了一眼横幅，上写着"沉痛悼念谢春桂老孺人"几个大字。下面是一排小字，写着大发家宴公司的电话号码、QQ 号码、微信二维码。

许子由不得不承认家宴公司有公司范儿。

也觉得横幅内容并不过分。他一直担心周勇会写上两句他意想不到的话。

许子由问周勇：就四个人？周勇说，打金井、背石头，四个人足够了。抬棺的人明天五点以前会到，绝对保证不误时辰。

周勇说完，就要许子由带他们去墓地。许子由要给他付定金，周勇说不必，有好多人家办事，手头没钱，都是他们先垫钱，等收了人情，再从人情钱里拿？何况堂堂许教授呢？

从墓地回来，许子由去灶房把许彩霞叫了出来，想和她说说爹的赡养问题。他想，爹心里一定也在想这个问题。那空洞洞的眼神里，也许有一部分就是对自己未来的迷茫。他得让爹安下心来。

他想了三条路，一条是去做爹的工作，让他去武汉，但他估计这难度很大，爹不愿在城市生活，而且担心一旦进城，有生之年再难回来；二是请个人侍候；三是让许彩霞或许彩莲侍候，他付工钱。

许彩霞刚才正在切扣肉，手上油腻腻的。她揪起围腰擦着双手，似乎并不知道许子由要找她说这个问题。她笑了一下，我说不好，这事大舅还是问幺舅才好。

许彩霞这样说是有道理的。乡村，有儿有女的家庭，养老的事一般是儿子的。

问了，他让我把爹带走，可是我担心爹不去。许子由说。

幺舅照护爹是天经地义啊。许彩霞说。

他这么个情况，能照护吗？所以，我想请个护工。许子由说。

他被人侍候惯了，谁愿意像妈那样侍候他？许彩霞说。

你们呢，你，或者许彩莲？许子由说。

我们怎么行呢？曹建国脑子不清白，菊花和帅帅跟着我们，帅帅读书，天天要接要送。曹斌都挂四十的边儿了，要是他真的找了媳妇往家里带，总不能往这边带吧。大舅要不问问小姨吧。小姨虽然家里还有个老人，可没有别的牵扯，小姨爹又能干。

许子由说，我一样付工资，爹的吃穿用度，我都包了。

许彩霞说，要不，我们三家轮流照护吧，一人一个月，推磨。或者住这儿，或者把他接到自己家里去。要不，就送养老院。

许子由知道这个办法行不通。不说许子善不会答应，就是爹也不会同意，而且，他总感觉这个办法不好。

许子由突然感到一种悲凉。他恍恍惚惚觉得，有一种像链条的东西，断掉了，七零八落。

15

爹和郑老师吃午饭时才回来。郑老师给许子由说，老人家讲得很好，他想象不到九十多岁的老人，记忆力有这么好。许子由说，他到现在每餐还能吃几片肥肉，饭量比我差不了多少。

郑老师又说，令堂真是天底下最伟大的母亲。许子由喉咙一下硬了，泪水在眼里打转。郑老师想让许子由说说，许子由摇了摇头，说他现在说不了。

吊孝的人越来越多了。十张桌子眼看就要坐满了。席棚里闹嚷嚷的，有人打牌，有人聊天，鞭炮声不绝于耳，鞭炮间歇，有孝堂里传出来的引磬声和箫鼓声、歌声。

开饭时间到了，江元成拿着麦克风呼喊。帮忙的人提了事先包好的塑料桌布、餐具出来丢到桌上，另有人忙着往桌上摆酒水饮料，客人们自己开始铺桌布，呼东叫西。

天气阴沉，又有风，似乎比昨日更冷了。爹回来后，仍旧坐到孝堂门边的一把椅子上，仍旧双手抱着拐棍，怔怔地望着面前的棺材，眼神仍是那样空洞。

自从在爹空洞的眼神里读出他对未来的担忧之后，许子由便很害怕再看爹的眼睛。现在，爹的空洞里，似乎又多了一种期待。他很想告诉爹，他会把爹以后的生活安排好，可是到现在，他却没想出一个能令爹满意的办法。上午，他找过许彩莲和许子善了。许彩莲的意见和许彩霞一样，三家轮流转，可许子善不干。况且这也不是个办法。

许子由问金萍，金萍说，你觉得最好的办法是什么？许子由说，让许彩霞或是许彩莲住过来。毕竟是自己的亲爹，怎么说都会比外人尽心一些，更要紧的是爹的感觉会好些。金萍说，那就做她们工作，给她们钱啊。许子由说提了啊，过去请她们办事也都是给钱啊。金萍说，你给多少？许子由说，一直是三千啊。金萍说，四千，四千不行就五千，五千不行六千，但有一个条件，必须住到家里来，必须把老人侍候好。

金萍到底是办公司的人，考虑问题讲究效率，也有她的角度。

许子由感觉金萍的办法可以一试，有时候钱多钱少不是一个单纯的量变关系。

许子由准备吃过午饭后再找许彩霞和许彩莲。他走到爹面前，请爹出去吃饭，爹却摇头，要许子由去吃，拄着拐棍站起来，说他累了，要去休息。

许子由感到爹的精神状况不太好，问爹是不是哪里不舒服，爹又摇头，说他是想白天睡会儿，晚上起来陪陪他妈。她这一走，真正是阴阳两隔了。许子由便不再劝了，扶着爹去了卧房。

吃过午饭，许子由便再找许彩霞，许彩霞这次没说家里事多的话，只说要跟许彩莲商量。她的想法是和许彩莲轮流照护，人住过来，这样两家的事也可以兼顾到。许子由让许彩霞去叫许彩莲，许彩莲也不再说没工夫的话，但说这事还是要跟么舅或谢六儿说说才好。许子由问为什么要跟他们说？许彩莲说，大舅每个月给这么多钱，万一么舅和么舅妈又想干了呢？又说，这钱本来是不该要的，都是父母所生，侍候老人本来都是分内之事，可无奈现在家里缺口太大了，一点钱都让几个孩子刮光了，而且正经事一件都没做。

许子由听懂了，许彩霞和许彩莲现在愿意照护爹了。这才松了一口气，可又觉得有些悲哀，他不知道许彩霞和许彩莲什么时候都变成这样了。她们都是心地善良的人，也是有孝心的人。许子由并不怀疑许彩莲的话，都是孩子把她们掏空了。可这样养出来的孩子，懂得大人的辛劳吗？

许子由给许子善说，许子善连着说了几声好。许子由没听明白许子善这几声好里，到底有没有别的意思，也懒得问。

16

傍晚时分，天飘起毛毛雨来。前来吊孝的人也更多了。无论孝堂还是席棚里，都熙熙攘攘。

爹起床了，到孝堂时，许子由连忙站起来，把位子让给爹，并揽着爹坐下来。爹问他大文做得怎么样了，许子由这才想起关在许子善家里写悼词的郑老师。

下午，吊孝的人多，许子由没怎么离开孝堂，只去看了看母亲的金井。许子由去时，周勇已经走了，只有他带来的四个人在那里。两人挖井，两人背石头。许子由给他们敬烟，道声辛苦。其中一个打井的人说，这地好，四周都是石头，挖下去却刚好一孔黄土。

许子由走时，那人要许子由晚上送个灯和篾席过来。按风俗，晚上要在金井里点上灯，上面盖上篾席。

许子由拿了一瓶酒、两包烟去许子善家里。这时郑老师正用小楷毛笔在一张大白纸上写着。几张四开白纸已密密麻麻写满两张。

就要写好了。郑老师说，班门弄斧，还请许教授斧正。

许子由说，天下文章，唯抒发真情而已。

郑老师又说，我没有以孝子口吻，因为是悼词。

许子由说，郑老师怎么顺手怎么写。

正说着，许彩莲打电话来，要他们回去吃晚饭。

人更多了。席棚里十张桌子都坐满了人，还有人站在背后抢坐第二发。许子由和郑老师只好到孝堂找座位。爹看见郑老师，抬起双手给郑老师打拱。

杨道士和歌师、乐师都出去吃饭去了。孝堂里安静了些。许子由坐到爹的右后边，郑老师坐到了爹的左边。

郑老师先跟爹说写悼词的事，现在不兴文言了，之乎者也大家都听不懂，所以只能写成白话文。爹说好。郑老师说，现在也没人看重悼词了，公司办丧礼的，基本上取消了这个项目。所以也不大写了。爹说知道。郑老师又说，其实也就是把您讲的那些事捋了捋。要是您自己把那些内容用文言写出来，写成一篇祭妻文，那或许不啻韩愈的《祭十二郎文》。爹说，韩昌黎文起八代之衰，岂可同日而语？郑老师朝爹拱手，您老谦虚，我们望尘莫及。

爹这时望着郑老师说，明白我为什么不想请公司吗？郑老师想了想说，公司就是一种生意吧，您老可能是觉得丧礼不应该是用来经营吧？爹点头说，是的，人活了一生，走，离世，后人丢几个钱，万事大吉，这还在把人当人看吗？郑老师说，还真有这么一点。爹又说，我总觉得那样太草率了，就像处理一个麻烦似的。郑老师说，还真是这样。

丧礼！爹的声音大起来，从第一件事报丧开始，那就是在行教化。丧歌唱的是什么？怀胎之难，养育之艰。道士念经，经书里讲的什么？行善积德，广济众生。再者，人人都是父母养育，父母谢世，这也是检验你做人的时候。你堂堂正正做人，行为端正、行善积德，孝亲友邻，办葬礼时便自然有人来帮你、送你，否则你就得不到帮助。这是不是让人多了一份敬畏？

郑老师说，是啊，我就听说过不少"整孝子"的故事。

爹望着郑老师点头，教化是什么？教是讲道理，化是潜移默化。这就是化啊。公司办丧礼？那不过就是把人埋下土，还有什么教化可言？

然后扭过头看着许子由：明白我为什么要子善去请人吗？他得受到斥责，得醒悟。

许子由想不到爹是用这种方式在点拨许子善，想想也是用心良苦了，爹，子善会明白的。这次没请到抬棺的人，主要责任在我。

想起周勇说他与人论辩，又觉得爹就像那个挺着长矛与风车作战的堂·吉诃德，不禁长叹一声。

三人聊了一会儿，用过餐的人进孝堂了。许子由扶着爹站起来到席棚去吃饭。

上了桌，许子由给爹盛了饭，再给郑老师盛。给郑老师斟酒时，郑老师问许子由，老人家要不要喝一口？

爹不喝酒。许子由说，就给自己盛饭。可爹说，你给我倒一杯。

许子由从没见过爹喝酒。过年，许子由会带几瓶好酒回来，可爹酒不沾唇，况且现在又是在这种情境之下。

许子由问爹，您真想喝？

爹说，我陪陪郑老师。

许子由拿了只塑料杯子，倒了大约一两酒，放到爹面前。爹端起杯子敬郑老师，郑老师站起来，喝了一小口，可爹却把杯中酒都倒进嘴里了。

许子由以为爹是出于礼仪，敬过郑老师就会吃饭，便夹了些爹平时喜欢吃的菜，要爹吃饭，爹却把杯子放到许子由面前，要许子由再倒点。

许子由担心爹喝多了，往杯中倒了半两酒。爹接过杯子就端到嘴上，一口把酒干了，才端起了饭碗。

17

消夜过后，前来吊丧的人陆陆续续走了一些。席棚里显得宽松了。许子由从孝堂出来，看见一张桌前坐着老赵和奋耳朵他们。

一般而言，留下来守最后一夜的都是亲眷，许子由没想到他们会留下来。

许子由走过去，给老赵他们奉烟，要他们回去或是找个地方休息。老赵说，老人家要走远路，他们要在这儿陪一个晚上，明早帮忙抬一肩。许子由说请了公司，老赵说，请了公司他们也要帮忙抬，老人家待人太好了，不抬一肩心里过不去。

许子由有些感动，心想人世纷杂，却也总有些仗义之人。

进孝堂，没看见爹，问许彩莲，许彩莲说睡了，就让他睡会儿吧，封殓时再叫醒他，让他看妈最后一眼。

许子善今天没打牌，看春生和帅帅陪歌师和乐师绕棺，脚实在拖不动了，就替替他们。

雨村风俗，天开亮口时封殓，封殓前读大文。读过大文，孝子看最后一眼，道士发"路引"，念《开路经》，灵柩出宅。

杨道士一直掐着时辰。看看时辰将到，便让江元成把孝子都叫进孝堂。

许子由、许彩霞等孝子孝媳孝孙孝侄媳孝侄孙等都跪到灵前。孝堂都跪满了。许子善不能跪，就站立在一旁，勾着头。

郑老师走到灵前，先毕恭毕敬给亡人鞠了躬，又转身给孝子们鞠了躬，才开始读起悼词：

> 谢春桂老人，生于民国二十四年冬月初十，家贫，三岁即被送入许家当童养媳。其时，公爹早逝，许氏家道中落，家产唯薄田十数亩，瓦屋三间。婆婆严苛，忍冻挨饿，以为常事，打骂鞭笞，家常便饭。五岁时，即学女红，打猪草，一次跌入河中激流，被水冲出数十米，几乎殒命。十一岁，即学打柴、推磨，后学犁地，打枷，艰辛备尝。十六岁，与其夫在政府领取结婚证，圆房。诞儿女七，夭三，养霞、莲、由、善四。孝悌仁慈，不因婆婆严厉，而心存怨怼，事之至孝。

婆婆染病，每喂药必亲尝，不离枕席。其时，灾难频仍，缺衣少粮，儿饥号。借粮熬粥，必先奉婆婆。时有人劝其将莲送人哺养，她怒斥其人，宁肯饿死，绝不将我儿送人当小媳妇。遂上山挖蕨根，采竹米，下河铲野菜，刮树皮。总算熬过了那段日子。婆婆临终，执其手不放，喃喃说我儿读书把脑子读坏了，许家就交给你了……

郑老师读到这儿时，许子由泪水夺眶而出，耳朵里也是一片啜泣声。

仍睡在棺材下面的欢子也呜咽起来。

婆婆逝于公元一九六一年，即年诞由，霞九岁，莲七岁，又两年，诞善。时吃粮靠工分，一家六口，能挣工分者，唯丈夫与她二人。吃糠咽菜，难以果腹，老人夜行百里，以茶换粮，饿狼追逐数里，老人持火把与搏，逐退群狼。莲、由见母苦，欲辍学务农，老人手持竹笤，把莲和由打到学校，以至以后，莲、由再不敢提不去学校一事。由高中时，学校要交两元资料费，由回家说与母，母要由弄柴去，走时拿钱即是。其时她身无分文，遍寻家中，唯有一堆干辣椒，遂磨辣椒面一升，先去小学校卖，再挨户兜售，走了半个村子，状如乞讨，后下乡干部看见，才借给她两元钱。老人将钱给由时，并不说这钱来得艰难，只要由要钱就回来拿。由走后，与其夫说：我绝不让我儿在学校挨冻受饿，低人一头。此一节，由并不知。

许子由再也忍不住了，"嗷"的一声哭了起来。许彩霞和许彩莲也哭开了。一时孝堂里一片哭声。有人捶胸，有人捶地。

> 舐犊情深。霞、莲渐长，先后许配曹氏、江氏。担心孩子在婆家受委屈，倾力置办嫁妆，入深山伐木，晾干后背回，常常通宵达旦。第二天照常出工。
>
> 老人常念道我儿跟着我受苦了。遂不惜一切，为儿操劳。俗话说，爹妈疼的断肠儿。善高考屡不中，老人先是延师学木匠，后又学篾匠，节衣缩食，恭敬师傅，一心想为善谋个好前程。善到婚配之年，聘谢氏六儿。老人开始为他们建新房。夙兴夜寐，风餐露宿……

许子善站在旁边，头一直低着，泪往下漫着，"啪嗒啪嗒"落到地上，他抬手抹了一次又一次。这时，"呜"的一声，要跪下来，腰却不济，倒在地上。

此时孝堂内外无有不痛哭者，哭声淹没了郑老师读悼词的声音。

> 彼苍者天，曷其有极！

许子由只听清楚了悼词的最后两句。他想让郑老师把悼词留下来，起身时，见悼词已在化纸盆中熊熊燃烧。

哭声一浪高过一浪，久久不息。杨道士看了看手机上的时间，和江元成说了几句，江元成才要孝子们都起身，说要封殓了，请孝子们看最后一眼，不要让泪水洒到棺材里去了。

此时哭声更大了。

18

封殓时，公司的抬棺人就到了。杨道士发了路引，念了《开路经》，乐师奏乐，灵柩出宅。

许子由抱着灵牌走在前头，后面是八个力夫，手托着灵柩。灵柩出大门后，江元成示意许子由站在"车"（绑在一起的杠子）前，等灵柩放到车上再把灵牌放到灵前。

开饭。孝子、公司的人、吊孝的人、帮忙的人等上桌吃饭。此时，天还没亮开。席棚里的灯泡亮得扎人的眼。

许子由突然想起后半夜一直没看见爹。见江元成在身边，便问他看见没有，江元成说没呀，爹这几天都没怎么睡，昨晚上喝了点酒，也许睡沉了。许子由有点后悔没去叫醒爹，便进了卧房。

爹！许子由叫了一声，没听到应，又叫了一声，还是没应。

打开灯，见被子盖得好好的，像在安睡。许子由又叫了一声，同时用手推了一下被子。

爹一动不动，许子由头皮一紧，把被子揭开，看见枕边有一摊血。许子由脑子里嗡地一响，连声叫起来。

江元成听见叫声跑进来，瞟了一眼，把手伸到爹鼻子去探，感觉不到气息，对许子由说，爹他老人家，走了，跟妈……去了。

许子由有一种天塌下来的感觉，一阵晕眩，人要倒下来，便扶着床沿跪下来，这才吼出一声：爹！

江元成跪在地上烧了落气纸，才出门叫人。

许彩霞、许彩莲跑进来，跪在地上恸哭。许子善两手抓住床沿，也跪了下来。前来吊孝的人、帮忙的人都挤到卧房里。江元成拉许子由起身，大舅，妈的灵柩还搁在屋外，没入土，爹的后事要料理，现在不是哭的时候，你现在得起来拿主意。

江元成说了几遍，许子由才起身了。

将妈的灵柩送上山后，许子由和许子善回家。路上，许子善问许子由请杨道士看了爹的出殡日期没有，许子由说，后天。许子善问许子由准备怎么办，许子由说，只能请公司了。

说时悲从中来，鼻子又酸了。我对不起他，他那么抗拒公司办他的葬礼，临了还是要让公司来办。要是他真的在天有灵，他的灵魂将不得安息。

许子善说，哥你就不要自责了。爹是个明白人，他还看不出现在是什么情况？

许子由想问问许子善明不明白爹为何不想让公司来办，可话到嘴边，又咽下去了。他觉得现在还不是说这个话的时候。又想，许子善要真是个明白人，哪还要他说？

将爹送上山回来，许子由倒在床上便睡了，一切开销或送往都由金萍来料理。第二天九点，江元成叫醒了许子由，说他和许彩莲、许彩霞要回去了。许子由仍睡意沉沉，辛苦你们了。江元成说，许彩霞和许子善好像还有话要说。许子由这才明白过来。

许彩霞、曹建国、菊花、帅帅、许彩莲、江元成，许子善和谢六儿整整齐齐坐在堂屋里，看见许子由，谢六儿立刻起身要给许子由打洗脸水。

许子由洗漱好回到堂屋，许子善便喊吃饭，又要谢六儿去叫嫂子和春生。

吃饭时，许子善把许子由的酒杯拿过去，要给许子由斟酒，哥，爹妈在，我们聚拢的机会就多一些。爹妈不在了，我想你也不会常常回来了。我们兄弟姊妹这么整齐地坐到一张桌上喝酒的机会可能不多了。

许子由喉头突然一硬。他突然觉得自己成了孤儿，一切都太突然了。他虽然天天担心老人会突然撒手而去，可又总感觉那一天很远，至少不会是现在。我对不起他们。

谢六儿见许子由说话有些哽，便呵斥许子善，说什么呢？！就不能让哥好好吃顿饭！许子善说，我这不是想让哥喝点酒嘛。

江元成说，大舅，你就不要老陷在里面出不来了。都说我们这两出丧礼办得好，两个老人走得体面，走得风光。许彩莲说，是啊，人是这几年来村上办丧事来得最多的，席面是最体面的。

许子由知道江元成和许彩莲这话是安慰他，可他听着不舒服。办丧事，是要让亡者满意，哪是讲自己体面？望了许彩莲一眼。

江元成又说，兆头也好。妈出殡不下雨，坟刚拢好，便下起了雨。爹也一样，坟拢好时下雪。俗话说，下发下发，是说老人家要保佑我们后人发财发家呀。

许子由更不想听这些了。他们所想，无非是自己发不发。所有的一切，都离不开发财。除了发财，他们还有没有别的念头？

许子由把酒杯递给许子善，喝点吧，我想好好睡一觉。

许子由其实想醉一场。他心里愧疚，愧疚得喘不过气来。他辜负了爹，爹最后的一个心愿，他没办到。还有个压力是爹究竟是怎么死的。爹是不喝酒的，那天他为什么要喝？难道他是自杀？如果是，爹为何要自杀？江元成和许子善都说，爹绝对是太老了，都九十五了，天命所归，寿终正寝。

吃过饭，都去堂屋坐着。许子由喝了点酒，头有些晕乎，又想去睡。正打着哈欠，江元成要他去外头说话。

大舅两桩事，花费至少有四五万吧？江元成说。

许子由压根儿都没想花了多少钱的事，还不知道呢。

江元成说，幺舅这算盘打得也太精了。大舅知道他这回收了多少？七万多。

许子由说，哦，知道了。

江元成说，不少人是看在老人分上，还有些人是看在你的分上，也有人是看在我们的分上。可人情钱他一个人拿了。这不合理。还有一件事，他想一个人占这房子，说要办个酒厂。

这房子是爹妈的遗产啊。按照法律，我们都有权继承啊。他要办酒厂，得有个说法呀。是他侍候老人多一些，还是给了钱？这多年我知道，给钱都是大舅，端茶递水，都是许彩莲和许彩霞。他凭什么先放出话来，要把房子拿来办酒厂。

许子由说，这房子能值多少钱？

江元成说，怎么说也值两万吧。关键是做法。爹妈的东西，我们做姑娘女婿的，可以不要，但这话要说清楚。

江元成这时又说起妈袄子荷包的钱的事，说许彩莲弄妈去医院时，爹让她在箱里拿了一千块钱，她拿出来后，就放到妈的袄子荷包里。可妈回来，换下衣服后，许彩莲去掏钱，荷包空了。爹死了后，许彩莲和许彩霞、谢六儿一起翻箱倒柜找了几遍，再也没找到钱。又说一把铜罐，谢六儿大摇大摆地提回去了。那可是个古典儿，据说现在值几千块了。

许子由听江元成说了一阵，问道：就这些事？江元成说主要就是这些，大舅你要主持个公道。

许子由想不到会出这种事情。他本不想理这些事情，可看来不理不行。

许子由进屋，许彩霞还在灶房里拾掇，许彩莲便叫许彩霞，要她歇歇再弄。

许子由觉得，真正的事只有一件，就是房子的事。其他什么妈口袋里的钱、铜罐等，那是不能说的。爹妈尸骨未寒，兄弟姊妹为争家产闹起来，传出去也太不好听了。

最公平的办法就是将房子和家当折价，分成四等分。他的一分不要。可话还没开口，许子善便说话了，江元成，你不是要在一起说说话的吗？说啊，当着哥的面说啊。

江元成望许子由，许子由佯装没看见，只打哈欠。江元成又望许彩霞，许彩霞专注地拍着帅帅衣服上的灰尘。

只好说了。房子和家当，按法律办事，应该依顺序继承。许子善说，你现在要依顺序继承，爹妈在的时候，你们来侍候一天，是不是拿了一天的钱？江元成说，你侍候了吗？你拿了钱吗？许子善说，有个伤风感冒，寻医弄药，是你江元成做得多，还是我做得多？

说着说着争吵起来了，又说到铜罐和妈袄子荷包里的钱来了。

许子由顿时感觉爹妈就像一根绳子，他们就像绳子上的珠子，现在这根绳子断了，珠子四散而去，七零八落。

他已无法控制局面，也无法说服他们。金萍说了办法：既然现在说不下来，那我们就先把房子锁着。

人这才安静下来。

19

许子由在家歇了一夜才走。锁好大门上车，回过头来，门口空落落的，再没有两位颤颤巍巍的老人倚门而望。可拉开车门上车，又感觉两老还是站在那里，看着他。

车子开出很远，许子由仍然觉得两位老人站在院坝边望着他。

爹妈的新坟隔公路不远。走到那儿，他让春生停了车，和春生一起走到坟前。

天气好了，阳光普照。远处的山、近处的楼房、茶园、公路，一切历历在目。许子由看着看着，突然觉得一切都陌生起来。

欢子趴在两座新坟中间，看见许子由和春生来了，便汪汪叫了两声，站起来。

许子由站在墓前，想长眠于此的父母已成了青山的一部分，不禁悲从中来。他在母亲的墓前跪下，磕头，跪行到父亲墓前磕头。起身时，春生见许子由满脸是泪。

欢子咬着许子由裤脚，又站起来，两只脚搭到许子由腰间，嘴里呜呜啦啦的。许子由不知道欢子是不是想安慰他。他摸着欢子的头，然后坐下来，把欢子抱在面前。

欢子，跟我们去武汉吧，你不能一直就待在这里。他说。

自从许子由母亲下葬后，欢子就一直守在坟边。许子由弄它回去，可一转眼它又跑来了。许子由给它送过几次食。许子由要许彩霞他们把它弄过去，可欢子一见他们就逃开了。

我知道你想念他们，你想给他们守墓。可是你守在这里，他们也不能再活过来啊！许子由又说。

欢子汪汪叫了两声。许子由不知道欢子是同意了，还是抗拒，抱起欢子站起来。

许子由把欢子带走了。他感觉带走的是整个故乡……

（原载《长江文艺》2020年第11期）